MENACES

ŒUVRES DE DANIELLE STEEL
AUX PRESSES DE LA CITÉ

Album de famille
La Fin de l'été
Il était une fois l'amour
Au nom du cœur
Secrets
Une autre vie
La Maison des jours heureux
La Ronde des souvenirs
Traversées
Les Promesses de la passion
La Vagabonde
Loving
La Belle Vie
Kaléidoscope
Star
Cher Daddy
Souvenirs du Vietnam
Coups de cœur
Un si grand amour
Joyaux
Naissances
Le Cadeau
Accident
Plein Ciel
L'Anneau de Cassandra
Cinq Jours à Paris
Palomino
La Foudre
Malveillance
Souvenirs d'amour
Honneur et Courage
Le Ranch
Renaissance
Le Fantôme
Un rayon de lumière
Un monde de rêve
Le Klone et Moi
Un si long chemin
Une saison de passion
Double Reflet
Douce-Amère
Maintenant et pour toujours
Forces irrésistibles
Le Mariage
Mamie Dan
Voyage
Le Baiser
Rue de l'Espoir
L'Aigle solitaire
Le Cottage
Courage
Vœux secrets
Coucher de soleil à Saint-Tropez
Rendez-vous
À bon port
L'Ange gardien
Rançon
Les Échos du passé
Seconde Chance
Impossible
Éternels Célibataires
La Clé du bonheur
Miracle
Princesse
Sœurs et amies
Le Bal
Villa numéro 2
Une grâce infinie
Paris retrouvé
Irrésistible
Une femme libre
Au jour le jour
Offrir l'espoir
Affaire de cœur
Les Lueurs du Sud
Une grande fille
Liens familiaux
Colocataires

(Suite en fin d'ouvrage)

Danielle Steel

MENACES

Traduit de l'anglais (États-Unis)
par Céline Cruickshanks

Les Presses de la Cité

L'édition originale de cet ouvrage a paru en 2021 sous le titre *COMPLICATIONS* chez Delacorte Press, Random House, Penguin Random House Company, New York.

Les Presses de la Cité, un département Place des Éditeurs
92, avenue de France 75013 Paris

ISBN : 978-2-258-20349-5
Dépôt légal : août 2023

À mes enfants chéris,
Beatrix, Trevor, Todd, Nick,
Samantha, Victoria, Vanessa,
Maxx et Zara.

Que chaque instant de votre vie
soit magnifique,
et vos difficultés
peu nombreuses et facilement résolues.

Je vous aime tant,
Maman/D S

1

Après une fermeture de quatre ans pour rénovation, l'hôtel Louis XVI venait de rouvrir ses portes. Situé au cœur de Paris, dans la très calme rue Boissy-d'Anglas, à l'angle de la rue du Faubourg-Saint-Honoré, l'établissement jouissait d'un cadre idéal : non seulement la voie était piétonne, mais en plus un garde laissait uniquement passer les véhicules des personnalités et des clients. Malgré sa taille plus modeste que celle des traditionnels palaces parisiens, le Louis XVI était l'hôtel préféré des célébrités, des membres de la jet-set et de l'élite internationale. Il offrait des chambres magnifiques et des suites grandioses, toutes décorées de superbes antiquités provenant de la remarquable collection d'art des propriétaires. Elles étaient également tapissées d'exquises draperies confectionnées dans les soies et les satins les plus fins – sans oublier les parquets, aussi somptueux que ceux de Versailles. Le cachet de l'établissement, à la fois intime et luxueux, lui permettait de soutenir la comparaison avec la plupart des résidences de ses hôtes.

Surtout, les clients appréciaient le charmant directeur de l'hôtel, M. Louis Lavalle, qui avait fait ses classes au Ritz et dont la réputation sans tache suscitait la jalousie de ses concurrents. Il avait géré le Louis XVI d'une main de fer pendant trente-huit ans et était très respecté de nombreuses stars de cinéma, chefs d'entreprise et autres personnalités connues du grand public qui auraient beaucoup souffert d'une indiscrétion. Et cela ne s'était jamais produit. M. Lavalle faisait tout son possible pour protéger de la presse et des paparazzi les hôtes de son établissement. Encore fallait-il qu'il les juge dignes du Louis XVI, car il ne tolérait aucun écart de conduite. Et les clients qui ne se montraient pas à la hauteur de ses attentes se voyaient interdits de réserver ne serait-ce qu'une table au déjeuner, sans parler d'une des fabuleuses suites. On surveillait en particulier de très près les rock stars, accueillies avec froideur et réserve. Quant aux nouveaux riches incapables de se comporter dignement en public ou de respecter les lieux, ils n'avaient jamais été les bienvenus.

Quand l'hôtel avait fermé pour rénovation, M. Lavalle, âgé de 74 ans, dépassait depuis longtemps l'âge de la retraite. Mais il ne donnait aucun signe de vouloir s'arrêter. Hélas, il était mort des suites d'un cancer foudroyant onze mois avant la fin des travaux que même son décès prématuré n'était pas parvenu à retarder, tant il les avait orchestrés d'une main de maître. C'était lui qui avait enregistré les premières réservations deux ans auparavant – l'établissement affichait complet bien avant la réouverture ! Le jour de l'inauguration, on avait accroché dans le hall son portrait en costume de cérémonie, que les anciens habitués contemplaient avec nostalgie. Certains en avaient la larme à l'œil : M. Lavalle, un homme d'une loyauté sans faille et toujours prêt à se sacrifier pour protéger la réputation de ses clients fidèles, manquait cet événement pour lequel il avait tant œuvré. Ce n'était pas le cas des membres du personnel qui, certes, respectaient profondément le directeur, mais avaient à moult reprises souffert de son inflexibilité.

Parmi les clients présents, on apercevait quelques nouveaux visages, car l'établissement avait reçu plusieurs annulations de dernière minute la semaine précédente. Personne ne connaissait le nouveau directeur, Olivier Bateau, qui prenait la relève de M. Lavalle. Quant à l'ancien adjoint, il faut croire qu'il ne s'était pas remis de la perte de son directeur, car il avait démissionné peu de temps après son décès, puis avait déménagé en Espagne.

De son vivant, Louis Lavalle passait ses vacances d'été dans le sud de la France, où il possédait une maison. Il l'avait léguée à son fils unique prénommé Albert, médecin à Tahiti. Il était marié à une femme du pays et père de trois enfants. Rares étaient ceux qui connaissaient l'existence de cet enfant caché, à part Ghislaine, la première gouvernante de l'établissement qui avait été la discrète compagne de Louis pendant les vingt dernières années de sa vie. Lavalle et son fils étaient des étrangers l'un pour l'autre : Albert, issu d'un premier mariage dissous quelques mois après sa naissance, avait été élevé par son grand-père maternel en Bretagne et ne venait jamais à Paris. Quant à Louis, il se contentait de lui rendre visite à Tahiti tous les cinq ou six ans.

Après la mort de son père, Albert avait été stupéfait d'apprendre qu'il avait été désigné comme son seul héritier. À sa grande surprise, Lavalle avait amassé une véritable fortune au cours de sa carrière et cet héritage allait permettre à son fils et sa famille d'être dotés pour la vie. Albert se souviendrait toute son existence de son père avec affection.

Lavalle avait également légué une somme généreuse à sa compagne de longue date. Peu après les funérailles, Ghislaine s'était retirée dans un petit appartement coquet à Cannes où elle passait une retraite paisible.

La troisième génération des propriétaires de l'hôtel, des Londoniens d'une grande discrétion, préférait demeurer dans l'anonymat. Le Louis XVI représentait une véritable mine d'or pour leurs affaires et Lavalle avait mis dix ans à les convaincre d'entreprendre les travaux de rénovation qu'il estimait indispensables. L'ajout de divers éléments de haute technologie lui semblait notamment essentiel pour retenir la clientèle branchée. Même si l'ancienne génération se souciait assez peu de cet aspect, il était pourtant nécessaire pour attirer les plus jeunes et assurer sereinement l'avenir de l'établissement.

Ainsi, pour sa réouverture, le Louis XVI disposait d'un système téléphonique digne d'une station spatiale. Tout était prêt à l'exception de quelques détails que les techniciens tentaient fiévreusement de régler. Conscient qu'il ignorait encore beaucoup d'éléments sur la plupart des hôtes attendus cette semaine-là, le nouveau directeur se retirait chaque soir avec les dossiers hautement confidentiels que son prédécesseur, malgré sa mémoire prodigieuse, avait pris soin de remplir année après année.

M. Bateau avait 41 ans et, à l'instar de Lavalle, il avait divorcé après un mariage de courte durée. Il avait commencé sa carrière à la réception du Cap-Eden-Roc à Antibes pendant deux ans, puis au Ritz, où il avait fait ses preuves sans qu'on le considère pour autant comme une recrue exceptionnelle. En effet, dans le milieu, il avait la réputation d'être peu fiable. Pourtant, lors de ses entretiens à Londres, il avait séduit les propriétaires du Louis XVI, pressés de trouver un successeur à Lavalle après sa mort prématurée. Le poste comportait des responsabilités que M. Bateau n'avait jamais assumées jusqu'alors, mais intelligent et désireux de leur plaire, ce dernier était parvenu à les convaincre qu'il saurait se montrer rapidement à la hauteur de sa tâche.

Olivier Bateau avait pris soin de recruter lui-même son adjointe, Yvonne Philippe, âgée de 32 ans. Leurs chemins s'étaient croisés au Ritz, où elle travaillait à l'époque depuis plus d'un an en qualité de sous-directrice affectée à la réception, et elle l'avait impressionné par ses compétences. Fraîchement diplômée de l'École hôtelière de Lausanne, elle avait fait ses armes au très chic Baur au Lac à Zurich pendant trois ans avant de rejoindre le Claridge's à Londres, puis le Four Seasons de Milan. Comme Olivier Bateau, elle parlait couramment l'anglais, l'allemand et le français, ainsi que l'espagnol et l'italien tandis que lui connaissait le russe. Surtout, Yvonne dégageait une sérénité imperturbable qui le réconfortait, car c'était un homme anxieux de nature. Elle n'avait d'ailleurs pas tardé à se rendre compte que la réouverture imminente de l'établissement le rendait très nerveux.

Le secteur de l'hôtellerie a quelque chose d'unique : il est impérieux de veiller aux moindres désirs et au bien-être des clients, et un incident peut survenir à tout moment. Olivier en avait fait plusieurs fois la triste expérience. Au Ritz, il avait vu mourir coup sur coup deux stars du cinéma américain – l'une d'une overdose, l'autre d'une attaque cérébrale. Il avait aussi dû gérer des vols de bijoux et plusieurs alertes à la bombe, ainsi que divers incidents diplomatiques où sa discrétion avait été mise à rude épreuve. Il s'en était honorablement sorti, le plus souvent avec le soutien de son responsable. Aujourd'hui nommé à la tête du Louis XVI, c'est lui qui allait devoir prouver ses compétences avec l'appui de son adjointe. Par chance, Yvonne était remarquablement dégourdie, et elle-même avait été contrainte de résoudre toute sorte de crises à ses postes précédents. En outre, elle connaissait déjà certains habitués du Louis XVI pour les avoir côtoyés dans d'autres établissements : des hôtes certes distingués, mais surtout très exigeants... C'est pourquoi le nouveau directeur comptait sur la jeune femme pour l'aider à satisfaire leurs moindres caprices. Son rêve le plus secret était de surpasser la légende de Louis Lavalle. Un objectif très ambitieux pour un homme qui n'avait pas les nerfs d'acier de son prédécesseur.

Pour le moment, la réouverture se déroulait sous les meilleurs auspices, à l'exception du réseau internet et téléphonique qui tombait soudainement en panne sans raison dans certaines parties de l'hôtel, pour se remettre à fonctionner tout seul quelques heures plus tard. C'était comme si un fantôme leur jouait des tours. « Peut-être Lavalle », avait suggéré Yvonne en plaisantant, mais son supérieur n'avait pas trouvé sa remarque amusante. Olivier Bateau croyait aux esprits. Il était d'ailleurs convaincu que les hôtels disposaient d'une âme, ce qui était corroboré par plusieurs superstitions. Son prédécesseur le torturait-il pour le simple plaisir de lui rappeler qu'il était toujours aux commandes, même depuis l'autre rive ? De ce qu'il savait de lui, celui-ci était parfaitement capable de hanter le système téléphonique, ne serait-ce que pour le plaisir de se manifester depuis l'au-delà. Après tout, Lavalle s'était toujours comporté comme si c'était lui le véritable propriétaire du Louis XVI. Il se montrait même par moments très possessif à son sujet ! Il fallait bien admettre que son règne avait été grandiose. En attendant, Olivier, qui trouvait le système beaucoup trop complexe pour un établissement de cette taille, bataillait encore avec son fonctionnement.

Le hall du Louis XVI abritait trois boutiques : l'une d'entre elles présentait des modèles de sacs à main de différentes marques dont plusieurs Hermès vintage en alligator à plus de 100 000 euros pièce. La prestigieuse marque italienne Loro Piana avait aussi sa place dans le hall, ainsi qu'un célèbre bijoutier. Le hall comptait également plusieurs vitrines louées par de célèbres marques de luxe, qui leur servaient avant tout à mettre en avant des articles en vente dans leurs magasins de la rue du Faubourg-Saint-Honoré. L'emplacement était idéal car le bar et le restaurant trois étoiles du Louis XVI, très réputés, attiraient des clients fortunés qui prenaient plaisir à admirer les bijoux et produits exposés. Naturellement, l'édifice disposait d'un système d'alarme sophistiqué et d'une équipe d'agents de sécurité.

Les chambres étaient, bien entendu, très chères, compte tenu de la magnificence du décor et du profil prestigieux de la clientèle, et la direction n'avait pas hésité à relever encore les prix avant la réouverture. Parmi les habitués, on comptait des millionnaires qui possédaient les plus grandes fortunes d'Europe, d'Asie, du Moyen-Orient et, dans une moindre mesure, des États-Unis, car les Américains semblaient préférer les palaces du Ritz ou du Four Seasons. Tout était réservé pour les quatre mois à venir. Bien entendu, la direction avait mis de côté quelques suites pour les réservations de dernière minute des clients les plus influents, mais cela ne suffirait sans doute pas pour honorer toutes les demandes.

Cela faisait trois jours que l'établissement avait rouvert. Ce matin-là, Olivier avait consulté le registre des hôtes attendus et désigné ceux qu'il avait l'intention d'accueillir personnellement, et ceux qu'Yvonne devrait accompagner à leur chambre. Les autres seraient laissés aux bons soins des assistants en poste à la réception. Yvonne fut à la fois surprise et honorée de découvrir sur sa liste le nom de Gabrielle Gates, une habituée de l'hôtel issue de la haute société américaine qui comptait parmi leurs clients les plus distingués. Elle l'avait déjà aperçue une fois au Claridge's, mais encore trop inexpérimentée à l'époque, elle n'avait pas été autorisée à l'approcher. Gabrielle Gates, une consultante en art très réputée, avait fait ses classes aux côtés de son père, Theodore Weston, l'ancien propriétaire aujourd'hui décédé d'une prestigieuse galerie à New York ; quant à sa mère, elle aussi disparue, elle avait été célèbre en son temps pour sa beauté. Aujourd'hui âgée d'une quarantaine d'années et mère de deux filles étudiantes, Gabrielle avait été l'épouse d'Arthur Gates, l'un des investisseurs les plus prospères des États-Unis, de vingt-cinq ans son aîné. C'était une femme séduisante, très chic, au caractère volontaire, qui dégageait une aura de puissance et cette assurance propre aux enfants uniques adorés de leurs parents. Malheureusement, la réputation de Mme Gates avait été entachée par le scandale qui avait éclaté deux ans auparavant, lorsque Arthur l'avait quittée pour une femme beaucoup plus jeune qu'elle. Pendant plusieurs mois, la presse à scandale s'était déchaînée sur l'immense fortune d'Arthur Gates et l'extrême jeunesse de sa nouvelle épouse. L'histoire avait fait couler beaucoup d'encre avant de tomber dans l'oubli, comme tous les ragots. Gabrielle était une femme discrète et particulièrement réservée sur sa vie privée. Elle s'était abstenue de tout commentaire et les paparazzi avaient fini par se lasser d'elle. De son côté, Arthur, à 68 ans, continuait à faire les gros titres avec Sasha, son épouse de 24 ans, une Russe rencontrée à Saint-Moritz, à peine plus âgée que sa fille aînée.

Yvonne connaissait bien ces croqueuses de diamants : les hôtels où elle travaillait depuis le début de sa carrière en étaient remplis. Ces femmes s'affichaient avec des hommes toujours plus âgés qu'elles, et surtout immensément riches. Pour une raison difficile à comprendre, ceux sur lesquels elles jetaient leur dévolu, flattés d'être l'objet de leur attention, les gâtaient sans commune mesure. Les épouses délaissées recevaient pour leur part une généreuse compensation sous forme de résidences ou de chalets à la montagne, de yachts, bijoux, avions ou œuvres d'art. Quant à ces jeunes femmes, elles remportaient le gros lot, quelle que soit la durée de la relation, et lorsque celle-ci prenait fin, elles retrouvaient sans trop de mal un autre protecteur tout aussi riche et puissant, voire plus encore, que le précédent. Yvonne s'était toujours dit que ces femmes tenaient un bon filon, et elle les avait un peu enviées au début, mais pas longtemps. Pour sa part, elle n'aurait pas voulu épouser un type de ce genre, et l'idée de se marier pour l'argent la rebutait. Un authentique prince charmant aurait été le bienvenu dans sa vie, mais pas un vieux de 70 ans, quel que soit le contenu de son compte en banque ! Elle n'était pas assez vénale. Sans compter que certains hommes qui fréquentaient ces très jeunes femmes la répugnaient. Elle n'avait jamais rencontré Arthur Gates en personne, mais il faisait tellement plus âgé que Gabrielle sur les photos ! Sans compter qu'il était déjà veuf quand il avait convolé avec elle en troisièmes noces… Malgré son air distingué, il devait accuser le poids des ans, et vu la manière dont il avait plaqué femme et enfants pour s'enfuir avec une aventurière de 20 ans, la moralité et lui faisaient deux !

Yvonne découvrit que Gabrielle Gates avait réservé leur suite habituelle et qu'elle voyageait seule. Elle avait fait sa demande assez tardivement, et ça n'avait pas été évident de la satisfaire. Dans les registres de Louis Lavalle, son nom était suivi de plusieurs étoiles, ce qui signifiait qu'ils devaient remuer ciel et terre pour elle. Mme Gates venait fréquemment à Paris pour affaires ou pour rendre visite à ses amis, toujours en compagnie de son mari, à en croire les notes de l'ancien directeur. Cette fois-ci, bien entendu, ce ne serait pas le cas. Leur fiche précisait également que les Gates possédaient leur jet personnel, mais pas lequel des deux conjoints l'avait récupéré après le divorce. Une voiture avec chauffeur devait aller chercher Mme Gates à l'aéroport de Paris-Charles-de-Gaulle et non au Bourget. Ce qui signifiait que l'Américaine voyageait sur un vol commercial.

Cela faisait deux ans que Gabrielle n'avait pas remis les pieds à Paris. Pendant les travaux de rénovation du Louis XVI, avant son divorce, elle avait dû descendre au Ritz et au Four Seasons lors de ses déplacements dans la capitale, mais à ses yeux, aucun de ces palaces ne tenait la comparaison. Enfant, elle avait été heureuse de séjourner au Ritz avec ses parents pendant leurs vacances en Europe, mais depuis qu'Arthur lui avait fait découvrir le Louis XVI, celui-ci était devenu son hôtel préféré. Elle adorait son atmosphère intime, les suites d'un confort sans pareil – surtout leur favorite, qu'ils réservaient à chaque séjour –, et son emplacement si pratique à proximité des boutiques du faubourg Saint-Honoré.

Le secret de la liaison de son mari s'était éventé un an environ après la fermeture de l'hôtel. Impossible de préserver leur mariage après ce scandale, mais de toute façon son ex-mari ne semblait pas s'en soucier. À l'époque, leurs filles avaient jugé ridicule la liaison de leur père et s'étaient montrées furieuses contre lui. Deux ans et demi plus tard, elles ne lui avaient toujours pas pardonné, même si elles le revoyaient.

La fin de vingt-deux ans de mariage avait été un coup dur pour Gabrielle. Elle savait bien qu'Arthur avait une préférence marquée pour les jeunes femmes, ce qu'elle n'était plus à 43 ans. Mais cette Sasha lui soutirait une véritable fortune ! Tout le monde savait comment opéraient les croqueuses de diamants, mais c'était autre chose que d'en faire personnellement la douloureuse expérience. Elle avait demandé le divorce six mois après avoir appris la liaison. Le jugement, négocié dans la plus grande discrétion, avait été prononcé l'année passée. Gabrielle avait abordé cette épreuve avec dignité et s'était abstenue de dire du mal de son ex-mari en présence de leurs filles même si, en privé, l'humiliation la rendait amère. Plus que de la rancœur, elle se sentait dévastée. Elle avait cru que leur amour était sincère et durerait toujours, et que leur différence d'âge comblerait l'attirance d'Arthur pour des femmes plus jeunes. Hélas, Sasha avait réussi à le piéger. Et comme souvent dans ce genre d'histoire, elle était tombée enceinte très vite. Le petit garçon avait 3 mois à présent et, grâce à lui, l'avenir de sa mère était tout assuré. Gabrielle doutait quelque peu du sien. Pourtant, ses affaires marchaient bien, elle n'avait pas mis sa carrière entre parenthèses pendant la période chaotique de la rupture. Sa fille aînée venait de terminer ses études et avait déménagé à Los Angeles tandis que la cadette, en dernière année de licence à l'université de Georgetown à Washington, s'amusait beaucoup. La naissance de leur demi-frère les avait quelque peu perturbées et Gabrielle devait bien reconnaître que cela lui avait fait un sacré choc à elle aussi. Cependant, elle n'aurait pas dû être surprise, car Sasha était une aventurière sacrément douée, une vraie pro. Toute cette affaire était décidément humiliante au possible.

Peu lui importait qu'Arthur passe, en général, pour un idiot aux yeux de tous. Gabrielle était fâchée de constater parmi ses pairs des hommes qui l'enviaient, des types dont elle réalisait maintenant qu'ils n'avaient jamais été de vrais amis. Heureusement que ses parents n'étaient plus là pour la voir ainsi tombée aux oubliettes, eux qui avaient prodigué tant d'amour à leur unique enfant, née sur le tard. L'abandon d'Arthur leur aurait brisé le cœur, et c'était un maigre réconfort d'imaginer la colère que son père aurait ressentie à son encontre. Toujours est-il que cette épreuve lui avait donné l'impression d'être devenue indésirable, prématurément vieillie et vulnérable. Gabrielle le cachait bien et conservait son calme, son sang-froid et son professionnalisme en toutes circonstances devant ses clients, mais elle était anéantie, à un point que même ses filles ignoraient. Pendant des mois, elle avait versé toutes les larmes de son corps, inconsolable, quand elle se retrouvait seule. Elle se sentait hébétée et n'avait plus aucun espoir en l'avenir. Et puis elle n'avait aucune envie de devoir tout recommencer à zéro alors qu'elle était arrivée au mitan de sa vie. Aller mieux lui avait pris plus de deux ans. Pendant cette période, elle était rarement sortie de chez elle et n'avait plus voyagé que pour se rendre aux salons et festivals d'art les plus importants, et uniquement lorsqu'elle y était obligée pour rencontrer des clients. Elle ne faisait jamais la moindre allusion à Arthur, sa nouvelle femme et leur bébé, et personne ne se serait d'ailleurs permis d'aborder le sujet avec elle.

Gabrielle avait fini par vaincre sa tristesse grâce à une thérapie auprès d'un excellent psychiatre qui lui avait prescrit un traitement médicamenteux pendant quelques mois. Son amour pour ses filles et son dévouement au travail l'avaient également aidée à prendre le dessus. Mais tout cela lui avait demandé du temps. Elle s'était décidée en dernière minute à venir à Paris pour visiter la Biennale des antiquaires et assister à une importante vente aux enchères organisée par Sotheby's. Le hasard faisant bien les choses, cela coïncidait parfaitement avec la réouverture du Louis XVI. Elle était à la fois curieuse de le découvrir après les travaux de rénovation, et nerveuse à l'idée d'être submergée par ses souvenirs, d'autant plus qu'elle avait eu la faiblesse de demander leur suite habituelle. Elle espérait surtout ne pas tomber sur Arthur et Sasha à la Biennale, mais c'était peu probable. La nouvelle épouse de son ex-mari avait des goûts moins sophistiqués et préférait l'art contemporain. Arthur avait d'ailleurs dépensé une fortune pour lui offrir plusieurs œuvres avant-gardistes hors de prix.

Cela faisait des années que Gabrielle n'avait pas voyagé autrement qu'en jet privé, mais Arthur l'avait conservé et elle ne souhaitait de toute façon pas l'entretenir. Après l'atterrissage, elle descendit sur le tarmac, vêtue d'un simple jean et d'un pull noirs, avec une veste en fourrure sur les épaules, des mocassins aux pieds et son grand sac Birkin en cuir noir pendu à son bras. Malgré sa silhouette mince et élancée, son joli visage au teint parfait, ses cheveux très foncés et ses immenses yeux verts, Gabrielle ne cherchait jamais à attirer l'attention sur elle. Elle aimait se fondre dans la foule en toute discrétion. Mais quiconque posait le regard sur cette femme remarquait immédiatement son allure aristocratique, sa grâce tranquille et son élégance naturelle. Au fil des années, elle avait développé son propre style à la fois sobre et chic. Certes, il fut un temps, au début de son mariage, où Arthur l'exhibait comme une poupée, mais elle ne s'était jamais sentie à l'aise sous les feux de la rampe. Désormais, Arthur possédait la créature de ses rêves, une jeune femme qu'il était ravi d'exposer aux yeux de tous sans se soucier de sa vulgarité, tandis qu'elle s'efforçait juste de lui soutirer le plus d'argent possible. Pour sa part, Gabrielle n'avait jamais traité Arthur de cette manière. Elle l'aimait sincèrement et avait de toute façon hérité une petite fortune de ses parents. Son ex-mari était désormais affublé d'une nouvelle épouse qui représentait tout le contraire de Gabrielle qui respirait la grâce et la dignité.

Elle fut accueillie personnellement devant l'avion par un agent d'Air France qui l'aida à récupérer ses bagages et la guida jusqu'à une discrète Mercedes noire envoyée par l'hôtel. Le chauffeur était anglophone, comme l'avait demandé Gabrielle, car son français était malgré tout assez limité. Son ex-mari avait offert à Sasha une Bentley gris métallisé et lui-même conduisait une Lamborghini. Ils adoraient le luxe que leur procuraient les investissements fructueux d'Arthur. Pour sa part, Gabrielle ne se souciait pas de ce genre de choses même si elle avait réservé une place en première classe afin de bénéficier du plus d'intimité possible. C'était d'ailleurs très confortable de voyager ainsi, et elle en profita pour se reposer et n'avala rien de toute la durée du vol. Gabrielle avait toujours été svelte comme le voulait la mode, mais après ces deux années particulièrement difficiles, elle était désormais peut-être un peu trop mince. Elle était impatiente de retourner dans son hôtel préféré et espérait que tout allait bien se passer durant son séjour. Il lui arrivait encore de se dire qu'elle pourrait peut-être remonter le temps, mais elle savait bien au fond que c'était chose impossible. Alors, dans ces moments-là, elle se répétait à l'envi qu'elle était mieux sans lui. Arthur lui avait montré sa vraie nature et sa déception ne pouvait qu'être immense, mais elle ne demandait à personne de s'apitoyer sur son sort. C'est la raison pour laquelle elle avait pris ses distances avec tous leurs amis communs. La dernière chose qu'elle souhaitait au monde était de s'abaisser en dénigrant celui qu'elle avait tant aimé, et encore moins se sentir malheureuse en repensant à lui.

En toute logique, Gabrielle savait qu'un jour viendrait où elle serait de nouveau heureuse. Et ce voyage à Paris constituait une étape importante de sa nouvelle vie. Son séjour au Louis XVI réveillerait sans doute des souvenirs difficiles. Toutefois, l'idée qu'elle pourrait toujours rentrer chez elle ou s'installer au Ritz si le besoin s'en faisait sentir la rassurait.

Gabrielle se détendait peu à peu à mesure que la voiture s'approchait de la Ville lumière. Elle se sentait même fière et contente. Elle adorait Paris et il n'était pas question d'y renoncer à cause de son ancien mari.

La Mercedes se gara devant le Louis XVI et Gabrielle mit quelques secondes à reprendre ses esprits et se décider à ouvrir la portière.

Pour conserver ses employés de longue date pendant la période des travaux, l'établissement avait versé à la plupart de ses salariés une rémunération partielle et certains avaient même été payés en totalité en attendant de reprendre leur poste. Aussi, à l'arrivée de Gabrielle, le portier, tout sourire, la reconnut-il immédiatement. Il la salua chaleureusement en soulevant sa casquette, puis se chargea de ses bagages tandis qu'elle franchissait la porte à tambour et se dirigeait vers la réception.

À première vue, l'hôtel avait très peu changé. Les œuvres d'art et le mobilier semblaient identiques et disposés aux mêmes endroits ; le nouveau tapis du hall d'entrée reprenait exactement le motif de l'ancien. Toutefois, on apercevait ici et là les éclats du marbre neuf et brillant, et les vitrines de présentation des bijoux avaient été modernisées.

Les uniformes rouges des grooms, inchangés depuis des décennies, étaient tout nouveaux, tout autant que ces jeunes garçons à peine sortis de l'adolescence. Gabrielle fut un peu surprise de ne reconnaître personne parmi le personnel de l'accueil. Elle avait imaginé que certains membres de la vieille garde seraient encore présents, bien qu'elle ait eu vent du départ à la retraite de son ancien adjoint et de la gouvernante en chef après le décès de M. Lavalle. Elle aperçut un homme chauve âgé d'une quarantaine d'années, à l'air nerveux, dont elle devina qu'il devait être le nouveau directeur. Elle lui dit son nom et lui-même se présenta avant de lui souhaiter la bienvenue. Olivier Bateau devait s'attendre à ce qu'une telle femme porte une tenue moins discrète, à l'image des autres hôtes de marque. En tout cas il pria Yvonne Philippe de la mener jusqu'à sa chambre. Gabrielle, quelque peu ébranlée d'être traitée ainsi, l'imputa à son nouveau statut marital puisque, pendant toutes les années où elle accompagnait Arthur, Louis Lavalle avait toujours pris la peine de les conduire en personne vers leur suite.

Elle se sentait épuisée après le vol. Yvonne le comprit et se montra silencieuse et attentionnée tandis qu'elles traversaient le hall d'entrée. En chemin, Gabrielle ne manqua pas de remarquer de menus aménagements, mais rien qui venait bouleverser l'esprit ni le décor d'origine du Louis XVI qui plaisaient tellement à ses clients. Le nouvel ascenseur tout en marbre et en miroirs lui sembla très moderne par rapport à l'ancien, mais elle fut surprise de constater qu'un employé était toujours là pour appuyer sur les boutons, un luxe superflu à ses yeux. Yvonne lui décrivit les fonctionnalités high-tech dont disposaient désormais toutes les chambres, et l'avertit qu'Internet et le téléphone ne marchaient pas encore parfaitement, mais que cela ne devrait pas prendre plus d'un jour ou deux pour être réglé. Gabrielle lui apprit qu'elle avait prévu de séjourner toute la semaine à Paris.

Lorsque Yvonne déverrouilla la suite avec la clé magnétique, Gabrielle retint son souffle tandis que la porte s'ouvrait comme par magie. À première vue, les lieux n'avaient pas changé. Certes, les étoffes semblaient neuves, mais le mobilier et la palette de couleurs étaient toujours dans les tons bleu pâle. Les satins et les brocarts s'accumulaient dans toutes les pièces, et les rideaux paraissaient encore plus somptueux que les anciens. Le tapis d'Aubusson avait été remplacé par un autre, mais l'effet était aussi élégant qu'auparavant. En y regardant de plus près, on remarquait que de nouveaux meubles anciens avaient été ajoutés dans la chambre, ainsi qu'un minibar à miroirs neuf. La cheminée en marbre blanc sculpté qui leur avait tant plu à l'époque trônait toujours au milieu du salon. Les salles de bains de la suite, avec baignoire et douche, étaient étonnamment modernes et tout aussi spacieuses, avec un côté rétro. Yvonne lui expliqua comment régler sur un iPad les lumières et la température des pièces, et même l'ouverture des rideaux.

C'était le meilleur relooking que Gabrielle ait jamais vu et cela lui rappelait un peu, d'une certaine façon, celui qu'elle s'était offert. Elle s'était soudainement sentie si vieille quand Arthur l'avait quittée pour une fille de 20 ans qu'elle avait fini par prendre le taureau par les cornes. Elle avait dans un premier temps envisagé un lifting, mais par bonheur, le chirurgien plastique qu'elle avait consulté l'en avait dissuadée et lui avait suggéré à la place des traitements moins invasifs : quelques injections de Botox et de *fillers* pour combler les rides, et une petite cure d'ondes électromagnétiques pour que son visage retrouve toute sa jeunesse. Et le résultat avait dépassé ses attentes ! Les changements subtils lui donnaient simplement l'air reposé et en bonne santé, et mettaient en valeur ses traits. Elle paraissait dix ans de moins que son âge réel. Gabrielle sourit à l'idée qu'elle avait subi une rénovation discrète, à l'instar du Louis XVI. Même ses filles n'avaient rien remarqué, alors que cela faisait des mois. Elle était tellement heureuse de sa décision. Cette première étape avait marqué le début de sa nouvelle existence. Et la deuxième grande transition était celle-ci : s'envoler pour passer une semaine à Paris sans autre compagnie que la sienne.

Ses bagages furent livrés dans la suite et elle offrit un bon pourboire à Yvonne pour ses services. Celle-ci avait relevé l'éclair de surprise sur le visage de Gabrielle quand Olivier avait commis l'erreur de ne pas la conduire jusqu'à sa chambre. Toutefois, la cliente était trop bien élevée pour le lui faire remarquer et s'était montrée cordiale à son égard. Et dire que le nouveau directeur n'avait rien vu ! Son inconscience ne manquait pas d'inquiéter Yvonne.

Quelques minutes plus tard, Gabrielle ferma la porte et découvrit les cadeaux de bienvenue offerts aux clients importants de nationalité américaine : une pyramide de macarons confectionnés par le chef, une assiette de fraises, une corbeille de fruits, une énorme boîte des meilleurs chocolats de la capitale, un gigantesque bouquet de roses et une bouteille bien frappée de Dom Pérignon (le champagne préféré des Gates, qu'ils appréciaient davantage que le Cristal).

Elle s'assit dans un fauteuil et contempla la pièce : peu de choses avaient changé ici, contrairement à sa vie personnelle. Arthur devait être en train de jouir de la compagnie de sa nouvelle épouse alors que ces deux dernières années, Gabrielle avait vécu comme une recluse – elle avait d'ailleurs promis à son psychiatre de sortir davantage, d'où ce voyage à Paris. Ses filles avaient grandi pendant les quatre années qu'avait duré la rénovation de l'hôtel, et étaient désormais des adultes. Bien sûr qu'elle se sentait encore seule. Et le fait d'être à Paris, dans la chambre même où elle et Arthur avaient été si heureux, n'arrangeait en rien son amertume. Les larmes lui montèrent aux yeux, alors Gabrielle se leva pour admirer les toits si parisiens du faubourg Saint-Honoré. Les doubles vitrages bien conçus empêchaient le bruit de la rue de pénétrer dans la suite et le nouveau système de climatisation, commandé à l'aide de l'iPad, ajoutait au confort. Gabrielle savait pertinemment qu'il lui fallait aller de l'avant. Elle fut malgré tout submergée d'un profond sentiment de tristesse qui ne dura qu'un court instant, car elle avait compris depuis longtemps que cela ne changerait rien à sa situation et refusait de donner à la dépression une chance de l'abattre à nouveau.

Un coup d'œil à sa montre la décida à se rendre sur-le-champ au Grand Palais où avait lieu la Biennale des antiquaires. Elle avait l'intention de faire quelques repérages et d'admirer les stands dans l'anonymat, en faisant mine de flâner. Certains vendeurs avaient dépensé près d'un million de dollars pour concevoir leur espace, et elle était impatiente de découvrir le résultat. Elle déboucha la bouteille et se servit une coupe de champagne avec un macaron en repoussant Arthur de ses pensées. Il ne faisait plus partie de son existence et ne méritait que l'oubli. Elle se trouvait à Paris, dans son hôtel préféré qui, tout comme elle, avait subi un changement positif. C'était tout ce qu'elle s'autorisait à penser en rafraîchissant son maquillage après avoir brossé ses longs cheveux noirs. Elle avait toute la vie devant elle, et elle comptait bien jouir de chaque instant, quoi qu'il lui en coûte. Dix minutes plus tard, elle se dirigeait vers le hall d'entrée, un sourire aux lèvres. Elle était si heureuse d'être là.

2

Au moment où Gabrielle Gates se glissait dans la Mercedes avec chauffeur que l'hôtel avait engagé pour l'accompagner pendant son séjour à Paris, un individu capta son attention. C'était un homme de haute taille, aux cheveux gris, à la mine sévère et vêtu d'un costume sombre. Il sortait d'un taxi, une mallette à la main, et tirait une petite valise à roulettes. Elle remarqua immédiatement l'agitation du portier lorsqu'il le vit, mais l'inconnu, l'air préoccupé, pénétra d'un pas pressé dans l'hôtel sans un sourire. Il ne pouvait s'agir que d'un personnage important. D'ailleurs, le chauffeur de la Mercedes semblait lui aussi l'observer.

— Qui est ce monsieur ? s'enquit-elle avec curiosité. C'est quelqu'un d'important ? Le portier avait l'air impressionné…

— On peut le dire, oui, confirma le chauffeur en lui jetant un regard dans le rétroviseur.

Il avait à peu près son âge, sobrement vêtu d'un costume noir, d'une chemise blanche et d'une cravate, et son anglais était correct.

— Il s'appelle Patrick Martin, c'est notre ministre de l'Intérieur. Il compte se présenter aux élections présidentielles au printemps prochain.

L'homme pressé avait effectivement l'âge de l'emploi, une cinquantaine d'années, et maintenant que le chauffeur le mentionnait, il dégageait une autorité naturelle.

— Vous pensez qu'il peut gagner ?

Bizarrement, elle était intriguée par cet inconnu. Il ne semblait pas très drôle, certes, mais son air à la fois grave et digne l'avait frappée.

— C'est possible ! Peut-être pas directement au premier tour, mais il a toutes ses chances. Dans notre pays, les élections présidentielles se déroulent en deux temps. Martin est un homme très respecté, même s'il ne se montre pas très chaleureux. Nous serions sans doute mieux lotis avec un président sérieux pour changer de tous les guignols qui se sont succédé à ce poste ! Sans compter que le pouvoir leur monte tous à la tête… On en voit qui se mettent à amener leurs maîtresses et leurs scandales à l'Élysée ! Patrick Martin, lui, jouit d'une réputation irréprochable. Il est plutôt… vieille France, vous comprenez ? Mais il a le mérite d'être honnête.

— Il en a tout l'air, constata Gabrielle, amusée par les propos du chauffeur.

— Il y a beaucoup de partis politiques en France. À la prochaine élection, Martin affrontera sûrement deux candidates des partis extrêmes, l'une à gauche et l'autre très marquée à droite. Évidemment, des trois, c'est lui qui semble être favori, mais rien n'est jamais gagné d'avance…

— Ces temps-ci, la politique est compliquée, et ce dans tous les pays, conclut-elle en se plongeant dans le dépliant de la Biennale.

Elle se demanda un instant ce que Patrick Martin pouvait bien avoir à faire à l'hôtel, et quelle était la raison de son empressement. Une femme, peut-être ? Puis elle ramena son attention sur l'exposition qui l'attendait.

En arrivant à la réception du Louis XVI, le futur candidat à l'élection présidentielle demanda à parler à Olivier Bateau. Ce dernier l'avait déjà repéré et s'avança immédiatement vers lui.

— Je suis honoré de vous rencontrer, monsieur le ministre, annonça Olivier d'un ton quelque peu pompeux.

Patrick Martin parut mal à l'aise. Il avait fait la réservation lui-même par téléphone et avait indiqué son souhait d'éviter à tout prix de se faire remarquer. Les directeurs d'hôtel devaient pourtant être habitués à ce genre de requête.

— Ma chambre est-elle prête ?

Patrick avait demandé une chambre standard pour une personne en précisant qu'il l'utiliserait pour une réunion, ce dont Olivier doutait fortement. De toute évidence, il s'agissait plutôt d'un rendez-vous galant… Après tout, Martin était bel homme.

— Bien sûr. Permettez-moi de vous accompagner, répondit le directeur, plein d'entrain.

Depuis une semaine, désireux d'accueillir les clients les plus importants, il passait plus de temps à la réception que dans son bureau. Il avait déjà raté le coche avec Gabrielle Gates, bien qu'il ne s'en soit pas rendu compte, contrairement à Yvonne qui se souvenait de l'accueil chaleureux qu'on lui réservait au Claridge's et au Four Seasons de Milan.

Patrick Martin et le directeur empruntèrent l'ascenseur. Olivier avait demandé que leur hôte distingué soit installé au troisième étage, destiné aux meilleurs clients. Il était impatient de lui dévoiler la suite qu'il lui avait réservée, l'une des plus belles de l'hôtel, et le guida d'un pas vif. Mais en lui ouvrant la porte, Olivier vit le visage du ministre se décomposer.

— Désolé, je pensais avoir réservé une chambre simple, et me voilà dans une suite immense et luxueuse…

Il semblait tout sauf enchanté, il avait même l'air plutôt choqué.

— En effet, monsieur. Nous vous avons surclassé, sans frais supplémentaires. Nous avons le plaisir de vous offrir l'une de nos plus belles suites…

Olivier paraissait ravi, mais le ministre de l'Intérieur, les lèvres pincées, semblait particulièrement mécontent.

— Navré d'insister, mais pouvez-vous me mettre dans une chambre ordinaire ?

— Je crains que non, monsieur. Nous sommes complets, et de nombreux clients ont spécifiquement réclamé leurs anciennes chambres. J'espère que vous passerez un agréable moment chez nous, rétorqua Olivier, un brin agacé.

— Bon. C'est seulement pour une nuit. Mais il n'est pas bien vu pour un ministre de s'offrir un tel luxe, même si c'est lui qui le finance de ses propres deniers.

En effet, il avait utilisé sa carte de crédit personnelle lors de son enregistrement.

— Je dois compter sur votre plus grande discrétion quant à ma venue, réitéra-t-il.

— Bien sûr, monsieur. C'est bien compris.

Habituellement, la réception de l'hôtel demandait si d'autres invités rejoindraient le client, mais Olivier n'osa pas poser la question au ministre de l'Intérieur, un homme puissant à la tête d'agences gouvernementales garantes du secret national. Patrick Martin, mal à l'aise, observait le décor, visiblement impatient que le directeur prenne congé. Ce que ce dernier s'empressa de faire.

Après le départ d'Olivier, Patrick se laissa lourdement tomber dans un fauteuil Louis XVI et poussa un long soupir. Il se sentait anxieux d'être là et ne parvenait pas à se détendre. Il ouvrit sa mallette et y jeta un coup d'œil, puis vérifia le contenu de sa valise à roulettes. Tout y était. Il finit par se lever et se dirigea vers le minibar pour se servir un whisky sec qu'il but d'une traite avant de s'en verser un deuxième. Puis il retourna s'asseoir, son verre à la main, en attendant que son invité arrive.

Quand Olivier Bateau revint à la réception, il aperçut un homme d'une quarantaine d'années, grand et bien bâti, occupé à remplir le formulaire d'enregistrement. Alaistair Whyte-Jones avait les cheveux argentés et les yeux bleus, l'air à la fois distingué et sérieux, et il parlait couramment le français, non sans une pointe d'accent britannique. Il avait réservé une suite junior, c'est-à-dire une chambre avec un coin salon – une nouvelle configuration depuis la rénovation de l'hôtel, qui en proposait plusieurs à ses clients. C'était la première fois qu'il descendait au Louis XVI, et sans donner plus de détails, il se contenta d'annoncer qu'il venait ici pour des raisons professionnelles. Paris était sa ville préférée, et il se montrait ravi de pouvoir s'y octroyer quelques jours de vacances. Il balaya le hall de son regard chaleureux avant d'emboîter le pas à la jeune réceptionniste qui le mena jusqu'à sa chambre.

Rien dans le profil de M. Whyte-Jones n'indiquait qu'il était un VIP : son comportement était celui d'un citoyen ordinaire, éduqué et bien élevé, qui ne fréquentait pas les hôtels de prestige et comptait profiter au maximum de son court passage au Louis XVI. Son allure était typiquement britannique : il portait une veste en tweed, un pantalon gris et des chaussures en daim brun foncé. Sans être un lord ou un homme de la haute société, il faisait penser à un gentleman farmer et ne méritait donc pas d'être accompagné par le directeur ou son adjointe. Cela ne sembla pas le perturber le moins du monde, et il parut tout à fait disposé à rejoindre sa chambre guidé par la jeune femme de l'accueil. Il avait lu plusieurs articles sur la réouverture du Louis XVI et avait eu envie de le découvrir par lui-même. Son seul regret était de n'avoir personne avec qui partager cette expérience, mais il était empli de gratitude et heureux d'être là.

Un couple d'Américains s'était enregistré peu après Alaistair Whyte-Jones. Ils affichaient un air réjoui, presque euphorique, comme s'ils s'apprêtaient à célébrer un événement. Yvonne se demanda s'ils étaient en voyage de noces, mais s'abstint de leur poser la question. Les noms de famille sur leurs passeports étaient différents, toutefois cela ne voulait rien dire. S'ils venaient de se marier, la jeune épouse n'avait pas encore eu le temps de modifier son patronyme sur ses papiers d'identité. Sans compter que de nombreuses femmes ne prenaient plus le nom de leur époux, surtout les Américaines. Un groom vêtu de son magnifique uniforme rouge les conduisit jusqu'à leur chambre. Ils paraissaient très excités, et leur bonheur était palpable. Yvonne sourit en les voyant s'engouffrer dans l'ascenseur et échanger un baiser. Ils avaient pourtant dépassé les premiers émois de la jeunesse : leurs passeports indiquaient que l'homme avait 38 ans, et sa compagne 39 ans. Elle n'avait aucun moyen de vérifier si leur histoire était digne d'un roman à l'eau de rose ou d'une série télévisée.

En réalité, Richard Sheffield avait rencontré Judythe au mariage de celle-ci deux ans auparavant. Le marié était un vieil ami qui l'avait invité en souvenir de l'époque où ils étaient colocataires, pendant leur dernière année à l'université du New Hampshire. Judythe travaillait dans le service publicité d'un magazine à New York, et elle avait attendu d'avoir 37 ans pour se marier. Le prince charmant n'avait jamais frappé à sa porte, aussi avait-elle fini par se convaincre qu'elle ne devait pas laisser passer sa chance d'épouser Steve Oakes. Celui-ci occupait un poste d'analyste financier à Wall Street, et bien qu'il ne soit pas doté d'une personnalité remarquable, c'était un homme bien et solide. Ils semblaient plutôt bien assortis, s'entendaient à merveille et pratiquaient les mêmes sports. Cependant, il leur était déjà arrivé de rompre plusieurs fois par le passé, notamment parce que Judythe rêvait encore de rencontrer quelqu'un de plus excitant. De son côté, Richard, rédacteur pour un magazine de voyage, était marié à une infirmière depuis trois ans et ils n'avaient pas encore d'enfant.

Richard et Judythe avaient eu un véritable coup de foudre pendant la réception. Bien entendu, ils n'avaient pas osé se l'avouer sur le moment, et la jeune femme avait même tenté de se convaincre que leur attraction était due au fait qu'ils avaient tous beaucoup bu. Mais quand Richard l'avait invitée à danser, Judythe, qui n'avait jamais été autant attirée par quelqu'un de toute sa vie, avait ressenti une sorte de courant électrique passer entre eux. Ils avaient fait de leur mieux pour dissimuler leurs sentiments jusqu'à la fin de la soirée et Judythe était partie en lune de miel avec Steve dans le Wyoming. Toutefois, dès son retour, elle ne pensait déjà plus qu'à Richard. Pareil pour ce dernier, qui n'avait pas tardé à inviter la jeune femme à déjeuner. Le cadre était cette fois différent, il n'y avait ni alcool ni musique, et ils ne s'étaient pas trompés : quelque chose était en train de se passer, une attirance réciproque les unissait déjà. Leur histoire était donc celle d'un véritable coup de foudre.

Il avait suffi de trois déjeuners en tête à tête pour que, deux mois après son mariage, Judythe se retrouve dans les bras de Richard dans un hôtel. Ils se sentaient tous les deux terriblement coupables de leur liaison, mais ne pouvaient se résoudre à mettre un terme à leur idylle. Elle était consciente d'avoir commis une épouvantable erreur en épousant Steve, et Richard était arrivé à la même conclusion sur son mariage.

Sa femme se plaignait en permanence et estimait que le travail de son mari n'était pas assez brillant. Elle manquait d'imagination, avait les voyages en horreur et passait tout son temps libre dans le New Jersey auprès de ses sœurs. Ils vivaient un peu la même chose, chacun de son côté, lorsqu'ils s'étaient rencontrés au mariage de Judythe.

Celle-ci s'en voulait terriblement de trahir Steve. Cinq mois plus tard, elle avait trouvé le courage de lui annoncer qu'elle s'était trompée et qu'il méritait mieux qu'elle. Elle avait essayé de lui cacher sa relation avec Richard, mais la vérité avait fini par éclater. Son mari s'était comporté en parfait gentleman malgré les circonstances. Il était dévasté par leur séparation, mais tous deux s'étaient persuadés qu'il était préférable d'y faire face au début de leur union plutôt que des années plus tard. Elle avait demandé le divorce après quelques semaines, et le jugement avait été prononcé au bout d'un an.

Malheureusement, celui de Richard avait pris plus de temps. Sa femme avait sorti les griffes quand il lui avait annoncé qu'il ne pouvait imaginer avoir un jour des enfants avec elle. Elle avait alors fait de son mieux pour transformer cet échec sentimental en bénéfice financier et avait exigé de Richard une indemnité considérable en contrepartie de ses « souffrances physiques et morales ». Leur divorce avait seulement été prononcé un mois plus tôt.

Richard avait lui aussi entendu parler de la réouverture du célèbre hôtel parisien, et il avait fait des pieds et des mains pour réserver ne serait-ce que la plus modeste chambre du Louis XVI – son statut de journaliste new-yorkais spécialisé dans le voyage l'avait bien sûr beaucoup aidé. Le prix de leur séjour avait fait exploser leur budget, mais le jeune couple avait plus que tout envie de profiter de la vie après des mois difficiles. Après leurs séparations respectives, ils avaient emménagé ensemble et espéraient se marier un jour, sans toutefois avoir encore de projet précis pour l'avenir. Les deux divorces avaient pompé toute leur énergie, et ils se faisaient une fête de voyager en Europe. Les amoureux avaient prévu de passer quatre jours au Louis XVI, avant un week-end à Rome dans une chambre d'hôtel gracieusement mise à leur disposition. L'un et l'autre n'avaient jamais connu un tel bonheur. Grâce au courage et à l'honnêteté dont ils avaient fait preuve, leurs rêves étaient enfin devenus réalité. Et quel meilleur endroit que Paris pour célébrer leur amour ? C'était la première fois que Judythe séjournait dans un hôtel aussi luxueux. Elle était sur un petit nuage, la vie venait de lui offrir le plus beau des cadeaux et tout ce qui adviendrait ensuite ne serait que du bonus. Pour couronner le tout, avant leur départ, Richard avait obtenu une promotion assortie d'une augmentation substantielle.

Ils se réjouissaient de voyager ensemble et avaient hâte d'avoir des enfants.

Cet après-midi-là, Gabrielle Gates se rendit donc au Grand Palais pour repérer l'emplacement des différentes galeries de la Biennale qui l'intéressaient. À son retour, elle commanda du thé et s'installa dans le salon de sa magnifique suite pour se détendre. La nostalgie qu'elle avait ressentie en retrouvant cet environnement sans Arthur s'était dissipée, et la pièce commençait déjà à représenter autre chose que ce lieu sacré qu'elle avait autrefois partagé avec son ancien mari. Ce dernier avait bafoué leurs souvenirs sans aucun scrupule, alors pourquoi devrait-elle éprouver de la peine à cause de lui ? Elle avait fait le voyage jusqu'à Paris pour vivre à fond sa nouvelle vie et le moment était venu d'en profiter. Le temps lui appartenait désormais, et après ces années passées le cœur brisé à cause d'Arthur, elle méritait bien de ne pas gaspiller une seule minute.

Dans sa chambre, Alaistair Whyte-Jones ouvrit une fenêtre, alluma un cigare et se servit un cognac. Il avait décidé de se détendre et de jouir des lieux avant de ressortir. La suite junior était plus élégante que ce à quoi il s'attendait. Son unique regret était de ne connaître personne à Paris pour prendre du bon temps. Il tira une carte de visite de son portefeuille et appela le numéro inscrit dessus en vue de confirmer un rendez-vous pour le lendemain. Il n'avait jamais rencontré son interlocuteur, mais un ami commun l'avait aidé à obtenir une consultation.

De leur côté, Richard et Judythe avaient prévu de flâner dans Paris, mais leurs plans changèrent à la vue du grand lit et de la bouteille de champagne déposée à leur intention dans la chambre. Ils firent longuement l'amour, puis partirent se promener bras dessus, bras dessous le long de l'ancien faubourg Saint-Honoré jusqu'au jardin des Tuileries, où ils s'assirent sur un banc pour s'embrasser. L'un comme l'autre avaient encore du mal à croire au bonheur qui les attendait dans leur vie future, un bonheur que rien ne pourrait empêcher. Leurs soucis juridiques étaient réglés et ils avaient payé leur dû. Désormais, leur existence allait se dérouler sans heurts.

Ils dînèrent dans un petit bistrot, puis retournèrent à l'hôtel et firent de nouveau l'amour. La vie ne leur avait jamais semblé aussi parfaite. Et quel plus bel endroit que Paris comme décor à leur bonheur sans nuage ? Cette fois, quand ils se diraient oui, il ne s'agirait pas d'une erreur.

Le nouveau directeur du Louis XVI avait regagné son bureau derrière la réception, et il commençait tout juste à se détendre et à reprendre son souffle quand

Yvonne fit son entrée. Elle lui rapporta que tout allait pour le mieux dans le meilleur des mondes.

— À part les petits soucis avec le réseau, que les techniciens règlent au plus vite, tout va comme sur des roulettes, annonça-t-elle avec un sourire.

— Pour l'instant ! Sache que tout peut changer d'une minute à l'autre… Les hôtels sont des organismes compliqués, de véritables êtres vivants dotés d'un esprit et d'une âme qui leur sont propres, précisa-t-il en secouant la tête.

Yvonne avait déjà compris que son supérieur était un homme pessimiste, rongé par l'anxiété, et qu'il voyait tout en noir.

— Je trouve que pour une première semaine après quatre ans de fermeture, les choses se sont plutôt bien passées !

Après un court moment d'hésitation, Olivier Bateau hocha la tête, puis il se souvint du ministre de l'Intérieur installé dans la prestigieuse suite. Qui était donc cet invité mystérieux attendu par Patrick Martin cette nuit-là ? Pour Olivier, il n'y avait pas l'ombre d'un doute, le ministre trompait sa femme. Et peu importe, après tout ! Olivier Bateau voulait seulement croire que lorsque Patrick deviendrait président, il n'oublierait pas le traitement de faveur dont il avait bénéficié au Louis XVI.

3

Patrick Martin semblait nerveux à l'idée de retrouver son invité. Il faisait les cent pas dans la suite et, à plusieurs reprises, il s'approcha de la fenêtre pour regarder dehors en prenant bien soin de rester caché derrière les rideaux. Il avait déjà descendu deux verres de whisky lorsque enfin on frappa à la porte. Il avait indiqué par SMS à son mystérieux visiteur le numéro de la chambre et lui avait enjoint de se diriger directement vers l'ascenseur sans décliner son identité à la réception. Le personnel de l'accueil serait trop occupé pour remarquer l'arrivée d'un étranger qui semblait familier des lieux.

Patrick s'empressa d'ouvrir la porte quand il entendit taper. Un jeune homme d'une grâce inouïe, âgé d'une vingtaine d'années, pénétra dans la chambre. Il était d'une beauté à couper le souffle, avec des cheveux blonds et raides jusqu'aux épaules et un corps délié aux muscles bien dessinés. Sergei Karpov était un ancien danseur formé à l'Académie de chorégraphie de Moscou, et il vivait à Paris depuis trois ans en gagnant sa vie comme mannequin. Chaque fois qu'il posait le regard sur lui, Patrick ressentait immanquablement une convoitise mêlée de colère et de dégoût, et il avait l'impression d'être prisonnier de son attirance. Le jeune homme s'avança dans la suite avec la furtivité d'un chat – ou plutôt d'un léopard, auquel sa silhouette longue et mince faisait immédiatement penser. Il lui sourit en saisissant la bouteille de champagne dans le seau à glace, puis il leur servit deux coupes.

— Sympa la chambre, lança-t-il avec un rictus malicieux tandis que Patrick refusait le verre qu'il lui tendait.

— Je vais m'en tenir au whisky.

Sergei haussa les épaules pour indiquer que ça lui était égal.

— J'ai été surclassé, ajouta Patrick.

Le jeune Russe explorait la pièce, ouvrant et fermant des placards, pendant que le ministre se rasseyait, mal à l'aise. Le jeune homme était tellement imprévisible.

— C'est que tu es devenu un type important, confirma Sergei. Encore plus depuis que tu vises la présidence…

— Rien n'est moins sûr. En revanche, c'était une folie de venir ici. Cet endroit est bien trop fréquenté. Nous aurions dû nous retrouver ailleurs. Je pensais qu'ils seraient débordés avec la réouverture, mais j'avais tort !

Son surclassement lui avait prouvé le contraire. Il ne passait pas du tout inaperçu.

— Les hôtels bas de gamme ont le don de me déprimer. Je mérite bien un peu de luxe et de volupté. Toi aussi, du reste.

Le ministre ne fit aucun commentaire. Sergei, parfaitement à son aise, prit place dans l'un des fauteuils et étendit gracieusement ses longues jambes devant lui. Il saisit le téléphone et, avant que Patrick puisse l'arrêter, commanda au service d'étage du foie gras, du caviar et de la vodka.

— Je suis affamé, annonça-t-il en raccrochant, avant d'attraper son amant et de l'embrasser brusquement.

Puis il se mit à le caresser tout en retirant leurs vêtements. Sergei était très doué et Patrick, incapable de lui résister.

Une minute plus tard, ils se retrouvèrent nus sur le lit, défait d'un geste impatient par Sergei, et ils se livrèrent à un rapport sexuel cru, quasi bestial, jusqu'à ce que le jeune homme exulte en rugissant tel un lion. L'acte avait été bref et fougueux, comme à l'accoutumée. À peine avaient-ils repris leur souffle qu'un employé toqua à la porte. Patrick repoussa vivement son amant en lui indiquant la direction de la salle de bains, dissimula leurs vêtements qui traînaient et enfila à toute vitesse un peignoir. En ouvrant, Patrick savait qu'il ne manquerait pas d'attirer l'attention : ses cheveux ébouriffés contrastaient avec son visage renfrogné. Il ordonna de tout laisser sur la table roulante et signa le reçu à la hâte en priant pour que

Sergei ne quitte pas sa cachette. Il savait combien le jeune homme pouvait se montrer déroutant, sadique et incontrôlable, ce qui le rendait encore plus irrésistible à ses yeux. Le Russe attendit que la porte se referme pour sortir, nu comme un ver, fier d'exhiber son corps magnifique. Il se jeta sans façon sur le caviar et le foie gras, puis se versa un verre de vodka bien fraîche. Il en proposa à Patrick mais ce dernier, peu enclin à se laisser aller, secoua la tête. Sergei, parfaitement conscient que Patrick était sous son emprise, paraissait jouir de chaque minute.

— Tu as tout apporté ?

Patrick acquiesça, l'air abattu.

— Il est où ?

Le ministre pointa du doigt sa mallette.

— Donne-le-moi, ordonna Sergei d'une voix suave.

Patrick hésita un court instant avant de se lever, vaincu. Il tendit la mallette au jeune homme qui s'en saisit avec un sourire satisfait, ravi de sa soumission et impatient de découvrir son contenu. Sergei sortit des piles de billets, qu'il posa sur la table pour les compter. Toujours nu et d'une beauté irrésistible, il érotisait à dessein chacun de ses gestes pour exciter son amant tourmenté par le désir.

— Tout est là, grogna ce dernier.

— Je vois ça… Mais ça ne va pas être suffisant. J'ai bien réfléchi. Nous nous étions mis d'accord sur ce montant, mais c'était avant que tu décides de te présenter aux élections présidentielles... Tu vaux beaucoup plus à présent. Te voilà devenu un homme très important... Je veux plus, déclara Sergei avec un sourire malicieux.

Patrick prit un air peiné.

— C'est impossible. J'ai déjà dû mentir aux nombreuses personnes que j'ai sollicitées pour rassembler autant de liquide. Entre la banque et ma femme, j'ai épuisé tous les moyens à ma disposition. Je ne peux rien faire de plus !

Son désespoir transparaissait sur son visage et dans sa voix.

— Eh bien, imagine ce que tu vaudras pour moi une fois que tu seras président, lança Sergei en éclatant de rire.

— Pour l'amour du ciel, s'écria Patrick, combien de temps penses-tu que ce petit jeu va durer ?

— Aussi longtemps qu'il le faudra ! D'ailleurs, nous n'en avons pas encore fini... C'est que chaque fois que tu me vois, tu ne peux t'empêcher de me sauter dessus...

Patrick l'écoutait, les larmes aux yeux à l'idée de se trouver pris au piège par ce jeune maître chanteur vicieux et dépourvu de toute morale, et décontenancé devant l'intensité de son propre désir.

— Et si tu refuses de payer davantage, je pense que ta femme sera très intéressée par cette histoire, sans parler des médias... Tu ne crois pas ?

À ces mots, le ministre, aveuglé par la fureur, se jeta sur lui. La coupe était pleine. Il n'en pouvait plus de cette pression constante, des menaces répétées, des demandes d'argent toujours plus importantes qu'il n'était plus en mesure de satisfaire. Il avait puisé dans toutes les sources possibles pour répondre au chantage de son jeune amant. S'il continuait à ce rythme, il risquait de s'exposer et de perdre tout ce à quoi il tenait. Il était marié et père de famille, et projetait de présenter sa candidature aux plus hautes fonctions de l'État. Si ses escapades devenaient publiques, cela causerait sa ruine et il pourrait dire adieu à son mariage et à sa carrière. Sergei en était parfaitement conscient, aussi il lui soutirait le maximum en profitant de sa vulnérabilité. Cela durait depuis la première fois qu'ils avaient fait l'amour, deux ans auparavant, dans l'obscurité des toilettes d'un bar gay.

Sergei le repoussa d'un geste gracieux et s'écarta d'un bond en riant. La rage de Patrick ne l'effrayait pas le moins du monde, car il se savait plus rapide et plus rusé. Surtout, il avait la moitié de l'âge de son adversaire…

Le danseur narguait le ministre ; il se rapprochait de lui pour mieux s'éloigner en effectuant des entrechats. Patrick, de plus en plus furieux, se rua de nouveau sur lui. Il ne s'agissait pas d'un acte réfléchi, plus d'une tentative d'intimidation.

L'expression du jeune homme changea brusquement, une expression inquiète passa sur ses traits. Il venait de trébucher sur un petit tabouret qui s'était renversé pendant la bagarre. Sous le regard effaré de Patrick, il partit vers l'arrière, sembla flotter dans les airs un court instant, le corps arqué, avant de retomber sur le sol où il atterrit brutalement sur le dos, les bras en croix.

Dans la pièce où avaient résonné plus tôt les cris de colère de Patrick, un silence de plomb s'abattit d'un seul coup. Le ministre, incrédule, fixait Sergei avec une terreur mêlée de dégoût. Du sang coulait des narines et de la bouche du danseur, formant sous sa tête une mare rouge qui contrastait avec le marbre blanc qui avait accueilli sa chute. Le jeune homme était décédé sur le coup. Même dans la mort, les yeux injectés de sang, il conservait sa grâce irréelle. Patrick récupéra les liasses de billets abandonnées sur la table et les rangea dans sa mallette. Il ne tenta pas de couvrir le corps ni de le déplacer pour ne pas laisser d'empreintes. Que faire à présent ? Il n'avait jamais eu l'intention de blesser et encore moins de tuer celui avec lequel il venait de faire l'amour. Et ce malgré le chantage indécent auquel il se livrait depuis des mois. Pris de panique, Patrick avait envie de fuir, mais il parvint à se raisonner. Il verrouilla la porte de la chambre – un signal lumineux indiquait alors « Ne pas déranger » – et se vêtit précipitamment. Puis, horrifié, il s'approcha en pleurant du corps étendu. La flaque rouge ne cessait de s'agrandir.

De son côté, Gabrielle, de retour dans sa suite, lisait le menu du service d'étage. Elle voulut appeler pour commander mais le téléphone était coupé, ce qui l'agaça. Comme elle n'était pas encore affamée, elle se contenta d'un fruit de la corbeille, tout en se demandant si la ligne serait bientôt réparée.

Dans sa chambre, Alaistair dégustait son cognac avec un bon cigare, savourant cet instant de paix.

Richard et Judythe vivaient un moment de pure magie dans la baignoire éclairée par des bougies. Ils discutaient de leurs projets d'avenir et notamment du programme de leur week-end à Rome. À la sortie du bain, ils firent de nouveau l'amour. Soudain, sous le regard paniqué de Judythe, Richard porta une main à sa poitrine, les yeux révulsés, et émit un gémissement étrange.

— Richard ! Réponds-moi ! Que se passe-t-il ?

Il perdit brusquement conscience. Sa compagne le secoua, sans résultat, puis elle décrocha le téléphone pour appeler à l'aide. Hélas, la ligne était coupée. Judythe passa en toute hâte un peignoir de l'hôtel et fit descendre Richard du lit aussi délicatement que possible, puis elle l'allongea sur le sol et le traîna péniblement jusqu'à la porte de la chambre. C'était un geste qu'elle avait appris pendant un cours de secourisme auquel elle avait assisté autrefois : elle obtiendrait plus facilement de l'aide de cette façon. La jeune femme ouvrit donc la porte, et examina de nouveau Richard. Il avait cessé de respirer et elle ne sentait plus son pouls. Désespérée, elle se mit à hurler dans le couloir, mais personne ne vint. Elle entreprit de lui faire un massage cardiaque tout en le suppliant de ne pas la quitter, et pendant un temps qui lui parut une éternité, elle poursuivit en sanglotant les compressions sur un rythme régulier tout en priant pour que quelqu'un vienne à leur secours. En vain.

La chambre de Judythe et Richard était située en face de celle d'Alaistair. L'Anglais crut entendre un hurlement, mais il se dit qu'il avait dû se tromper et que les cris devaient certainement provenir d'une télévision. La voix féminine retentit de nouveau, un appel à l'aide en anglais. Alaistair ouvrit la porte de sa suite et aperçut une jeune femme en train de faire du bouche-à-bouche à un homme étendu à terre. Après avoir tenté sans succès d'appeler du secours avec le téléphone, il se précipita dans le couloir et empoigna le défibrillateur suspendu au mur.

— Je suis médecin, précisa-t-il en ouvrant la trousse.

Il tendit son portable à Judythe et lui donna le numéro du SAMU en lui expliquant ce qu'elle devait leur dire. Par chance, l'interlocuteur à l'autre bout du fil maîtrisait suffisamment l'anglais pour saisir l'urgence de la situation. Le cœur de Richard recommença brièvement à battre grâce au défibrillateur, puis s'arrêta de nouveau. Alaistair entreprit ensuite de pratiquer un massage cardiaque sous les yeux de Judythe, désespérée, qui se remit à crier, suppliant le jeune homme de se réveiller.

Au même moment, Gabrielle, qui avait entendu l'agitation dans le couloir, sortit pour voir ce qui se passait. La situation était grave. Elle se précipita pour proposer son aide. Alaistair, relevant brièvement la tête, lui ordonna d'une voix calme, en la regardant droit dans les yeux :

— Descendez à la réception et dites-leur que quelqu'un a fait un malaise cardiaque. Nous avons appelé les secours et ils doivent les faire monter sans délai dès qu'ils seront arrivés !

Gabrielle dévala l'escalier et courut à l'accueil, où se pressaient des clients mécontents à cause de la panne téléphonique. Olivier tentait patiemment de les rassurer.

— Un monsieur a fait une crise cardiaque au troisième étage ! Le SAMU est déjà en route, mais nous avons besoin d'aide, les interrompit Gabrielle.

— Il y a un défibrillateur dans le couloir, s'exclama Olivier.

Il confia les clients furibonds à Yvonne, qui allait devoir faire des heures supplémentaires alors que son service s'achevait.

— Un client de l'hôtel est médecin, il s'occupe déjà de lui, précisa Gabrielle tandis qu'ils couraient vers l'ascenseur. Le défibrillateur n'a pas suffi.

— Alors c'est que la victime a déjà succombé, déclara Olivier sans ménagement.

— Pas du tout ! Le médecin est en train de lui faire un massage cardiaque.

La situation n'avait pas évolué. Alaistair était toujours en train d'administrer des compressions thoraciques au jeune homme inconscient tandis que Judythe lui communiquait toutes les informations utiles dont elle disposait. Son compagnon, âgé de 38 ans, n'avait aucun antécédent cardiaque.

— Est-ce que ça pourrait être autre chose ? demanda-t-elle au médecin.

Celui-ci secoua la tête.

— C'est peu probable. Et il n'a aucun antécédent de diabète non plus ?

— Pas que je sache.

Il y avait de multiples facteurs susceptibles de provoquer un accident de ce type, mais Alaistair n'était pour le moment pas en mesure d'établir un diagnostic. Judythe lui avait affirmé que Richard n'avait rien avalé. On pouvait donc écarter la suffocation comme élément déclencheur.

Olivier et Gabrielle observèrent la scène avec un sentiment de tristesse mêlé d'impuissance. Judythe, agenouillée à côté de Richard, étouffait ses sanglots.

Une escouade de dix hommes du SAMU précédée par Yvonne déboula soudain dans le couloir, lourdement équipée de matériel médical.

Alaistair les aida de son mieux à évaluer la situation. Les secouristes tentèrent d'abord d'utiliser leur propre défibrillateur sur l'homme toujours inconscient, sans succès, puis ils s'affairèrent sur lui à l'endroit même où il se trouvait étendu, sur le seuil de la chambre restée grande ouverte. Alertés par le tapage, beaucoup de clients se trouvaient désormais dans le couloir et semblaient bouleversés par la scène qui se déroulait sous leurs yeux. Par respect, les secouristes cachèrent le corps nu de Richard à l'aide d'un drap puis installèrent un écran autour d'eux. Du côté de la direction du Louis XVI, Yvonne retourna sans plus attendre s'occuper des mécontents à l'accueil tandis qu'Olivier tentait de convaincre les plus curieux de regagner leurs suites, sans beaucoup de succès.

— Pourquoi ne lui prodiguent-ils pas les soins dans l'intimité de leur chambre ? demanda Gabrielle à Alaistair qui s'était éloigné du feu de l'action pour laisser les médecins français faire leur travail.

— En France, l'approche est différente. On ne transporte pas immédiatement la personne à l'hôpital. Les secouristes traitent le patient là où ils le trouvent jusqu'à ce qu'il soit stabilisé, de peur de perdre du temps ou d'aggraver son état.

— Vous pensez qu'il va s'en sortir ? murmura-t-elle.

— Pour être franc, je n'en sais rien, lui répondit Alaistair à voix basse, le regard sombre. Le cœur, ça ne pardonne pas. Mais l'expérience m'a appris qu'il y avait toujours de l'espoir. J'ai vu des personnes survivre à des situations bien plus critiques.

— Je les ai vus arriver à l'hôtel tout à l'heure. Ils avaient l'air tellement amoureux. Je me suis tout de suite dit qu'ils devaient être en voyage de noces.

Ils pouvaient encore entendre Judythe sangloter derrière l'écran du SAMU, et les échanges pressants des secouristes. Gabrielle ne voulait pas s'imposer, mais elle répugnait également à se réfugier dans sa suite et à les abandonner.

— Quelle est votre spécialité ? demanda-t-elle à Alaistair.

L'intervention du médecin britannique avait certainement évité le pire.

À quelques mètres d'eux, l'équipe du SAMU continuait à travailler sans relâche. Ils avaient réussi à faire repartir le cœur de Richard à plusieurs reprises, mais celui-ci s'était arrêté à chaque fois.

— Je ne suis qu'un modeste médecin généraliste, déclara-t-il humblement. Peut-être que ce jeune homme souffre d'une anomalie cardiaque non détectée. Vu son âge, rassurez-vous, il devrait vite retrouver sa femme.

Hélas, ils savaient tous les deux que ce n'était pas si évident.

— J'espère sincèrement qu'il va s'en sortir, murmura Gabrielle. Ils sont tellement jeunes et méritent d'être heureux…

— N'est-ce pas notre cas à tous ? s'enquit-il avec un sourire sans joie.

Mais combien d'entre nous le sont vraiment…, voulut rétorquer Gabrielle.

Il y avait eu un temps, une éternité plus tôt, où elle aussi avait été heureuse avec Arthur. Les choses avaient si bien commencé entre eux, et puis les complications étaient survenues.

Cela faisait déjà une heure et demie que l'équipe de secouristes, bientôt renforcée par un cardiologue venu en urgence, avait pris possession des lieux et se démenait inlassablement pour sauver Richard. Le maintenir en vie était un processus délicat, mais il n'avait pas encore rendu son dernier souffle.

Olivier tentait désormais de convaincre Gabrielle et Alaistair de retourner dans leurs chambres respectives. Or, ceux-ci refusaient d'abandonner Judythe avant de connaître l'issue de l'intervention du SAMU, au cas où elle aurait besoin de leur aide puisqu'elle ne parlait pas français. Richard n'avait toujours pas repris connaissance, mais les secouristes poursuivaient leurs efforts, et Alaistair avait à plusieurs reprises servi de traducteur. Gabrielle et le médecin anglais se sentaient désormais comme impliqués dans la vie du couple. Ils observaient la scène depuis la porte de la suite de

Gabrielle, et Alaistair lui expliquait par moments les soins dans les moindres détails. À un moment donné, Yvonne monta au troisième pour informer le directeur que les téléphones s'étaient remis à fonctionner. La nouvelle sembla dérisoire à Olivier. L'idée qu'un hôte trouve la mort au cours de la première semaine de réouverture du Louis XVI le faisait transpirer à grosses gouttes. Les clients de l'étage, bloqués dans leur chambre, sortaient périodiquement la tête dans le couloir pour voir si la situation avait évolué. Si Richard mourait, les propriétaires de l'établissement seraient contraints de mettre la suite sous scellés pendant plus d'un mois, ce qui nuirait au chiffre d'affaires et ne manquerait pas de les mécontenter...

— Par chance, il ne s'agit pas de l'une de nos plus grandes suites, chuchota-t-il à Yvonne.

Outrée, la jeune femme lui lança un regard noir.

Patrick avait entendu l'agitation. Il entrouvrit la porte de sa chambre et la referma aussitôt en apercevant la foule amassée dans le couloir. Il était contraint d'attendre que le calme soit revenu avant d'entreprendre quoi que ce soit. Sergei gisait toujours dans la même position et sa nudité avait maintenant quelque chose d'obscène. Le sang qui avait coulé de sa blessure avait imprégné le tapis, et chaque fois que Patrick portait le regard sur lui, il se remettait à pleurer. Non pas de tristesse – car la perte d'un être aussi malveillant n'était pas un drame en soi –, mais plutôt à cause de la situation dramatique dans laquelle il se trouvait, et des conséquences irréparables que cela provoquerait dans sa vie.

Le ministre avait déjà imaginé une multitude de versions de l'histoire, toutes plus ou moins crédibles, mais avant toute chose, il lui fallait quitter le Louis XVI au plus tôt avant que quelqu'un ne découvre le corps de Sergei. Patrick n'avait jamais eu l'intention de le tuer, même s'il devait bien reconnaître que la mort de ce dernier mettait un terme à ses problèmes financiers, mais également à sa dépendance sexuelle. Certes, Sergei n'était pas le premier jeune amant qu'il rejoignait dans une chambre d'hôtel, mais jamais auparavant il ne s'était engagé aussi longtemps et avec autant de passion dans une relation avec un autre homme.

De plus, c'était la première fois qu'il était victime d'un chantage, et la première fois qu'il était directement impliqué dans le décès d'une personne. Qui, d'ailleurs, pourrait croire en son innocence une fois qu'on aurait découvert cette histoire de sexe et de harcèlement ? Et qu'arriverait-il si la police le déclarait coupable de la mort de Sergei ?

Patrick se rhabilla en prenant garde de ne pas marcher dans les flaques de sang. Il ne manquerait pas d'être interrogé une fois que la police aurait trouvé le corps, et il avait l'intention de leur faire avaler que l'accident s'était forcément produit après son départ. Peut-être pourrait-il prétendre qu'il servait de mentor à ce jeune homme ? Hélas, même à ses yeux, ce mensonge ne paraissait guère plausible. Qu'allait-il bien pouvoir raconter à la police ? Une seule chose ne faisait aucun doute : pas question de dire la vérité ni d'admettre le moindre élément concernant la nature réelle ou la durée de sa relation avec Sergei. Les policiers devaient également ignorer cette histoire de chantage, au risque d'être désigné comme le suspect principal.

Au bout d'une heure et demie, le silence se fit enfin dans le couloir. Il entrouvrit de nouveau la porte et aperçut l'équipe médicale sur le point de quitter l'étage. Ils portaient Richard allongé sur une civière et s'avançaient vers les ascenseurs, tournant le dos à sa suite. Le moment était venu de filer en profitant de l'agitation générale. Patrick vérifia une fois de plus qu'il n'avait rien oublié. Il avait déjà préparé ses bagages et récupéré l'argent. Il laissa le signal lumineux « Ne pas déranger » et se glissa discrètement hors de la chambre, abandonnant le corps de Sergei à celui ou celle qui ne manquerait pas de le découvrir.

Le ministre descendit au rez-de-chaussée par un escalier de service et se fraya un chemin jusqu'à la réception. Par bonheur, personne ne lui prêta la moindre attention ou ne parut l'identifier. Il longea rapidement la rue du Faubourg-Saint-Honoré jusqu'à la station de taxis la plus proche et s'engouffra dans celui placé en tête de file. Puis il indiqua l'adresse de son domicile au chauffeur d'origine africaine qui ne sembla pas le reconnaître et garda le silence pendant tout le trajet. Arrivé à destination, Patrick paya la course, sortit à la hâte du véhicule et rentra chez lui. Alice, sa femme, n'était pas à la maison ; leur fille Marina était étudiante à l'université de Lille et leur fils Damien venait de quitter le cocon familial pour voler de ses propres ailes, de sorte qu'il était seul. Il rangea l'argent dans le tiroir de son secrétaire qu'il ferma à clé, puis il s'assit dans la pénombre de son bureau. Épouvanté par ce qui risquait de lui arriver, Patrick se remit à pleurer. Si la police découvrait la vérité, il perdrait tout ce qu'il était parvenu à construire. À présent, le seul moyen de sauver sa peau était de mentir sans vergogne. La mort du jeune danseur ne signifiait rien pour lui. Dans son esprit, c'était lui la victime, et non Sergei, ce voyou opportuniste qui avait eu l'audace de s'en prendre à lui. Tous les sentiments que Patrick avait pu éprouver à son égard s'étaient évanouis d'un coup.

Richard, toujours accompagné de Judythe, se trouvait déjà dans l'ambulance qui quittait l'hôtel en direction de la Pitié-Salpêtrière, l'un des plus importants centres hospitaliers de Paris, où l'attendait une équipe de cardiologie. Son cœur s'était remis à battre, mais il n'avait pas encore repris connaissance. Judythe avait promis à Gabrielle et Alaistair de les informer de la situation dès qu'elle en saurait davantage. Le SAMU lui avait assuré qu'elle serait en mesure de communiquer avec des médecins anglophones à l'hôpital. Pour cette raison, Gabrielle et Alaistair ne s'étaient pas imposés auprès de la jeune femme qu'ils venaient de rencontrer, malgré la compassion qu'ils éprouvaient à son égard.

Après le départ des secouristes, les clients du troisième étage furent enfin autorisés à quitter leurs chambres. Alaistair et Gabrielle semblaient aussi bouleversés l'un que l'autre par les récents événements, malgré le calme dont ils avaient su faire montre sur le moment.

— N'avez-vous pas envie de descendre prendre un verre au bar ? suggéra-t-il aimablement.

— Je crains de m'évanouir si je bois une goutte d'alcool. Voudriez-vous plutôt me tenir compagnie dans ma suite ?

Aucun d'eux ne souhaitait demeurer seul après la scène dont ils venaient d'être témoins.

Richard l'avait échappé belle, mais il n'était toujours pas tiré d'affaire. Selon les secouristes, son état stationnaire lui permettait tout juste de supporter son transport à l'hôpital.

Alaistair emboîta le pas à Gabrielle et pénétra dans son immense suite en s'extasiant sur le raffinement du lieu. Ils firent plus ample connaissance et l'Anglais se servit un verre tandis que Gabrielle commandait du thé au service d'étage. Ils évoquèrent l'incident auquel ils venaient d'assister, puis elle lui expliqua qu'elle se trouvait à Paris pour visiter la Biennale.

— Le Louis XVI a toujours été mon hôtel préféré à Paris, et il m'a beaucoup manqué pendant les quatre années qu'ont duré les travaux de rénovation. Alors, dès que j'ai su que ses portes rouvraient, j'y ai réservé une chambre.

— Ah ! Moi, c'est la première fois que j'y mets les pieds, déclara Alaistair en souriant. J'ai décidé de me faire plaisir et de m'offrir ce petit luxe. Malgré l'incident, je compte bien en profiter, cet hôtel est magnifique et très confortable.

Un employé vint apporter son thé à Gabrielle et ils passèrent un moment agréable à discuter tandis que la tension de ces dernières heures retombait lentement. Puis Alaistair se leva et fit part de son intention de se rendre à l'hôpital pour prêter main-forte à Judythe, au cas où elle aurait tout de même besoin d'aide pour communiquer avec les médecins. Son dévouement força l'admiration de Gabrielle qui trouva cette attention particulièrement généreuse.

Son hôte avait à peine pris congé qu'un cri à glacer le sang se fit soudain entendre. Il provenait de l'autre extrémité du couloir. Décidément, le Louis XVI n'était plus aussi paisible que dans ses souvenirs... Gabrielle, les nerfs encore à vif après l'intervention impressionnante du SAMU, eut presque l'impression d'être devenue un personnage de série télévisée ! Elle se dit que l'ancien directeur aurait sans doute mieux géré que son successeur l'incident de la soirée. Ce dernier avait semblé être complètement dépassé par les événements.

Olivier venait à peine de retourner à son bureau que la gouvernante en chef lui annonçait la dramatique nouvelle : une des jeunes recrues parmi les femmes de chambre, passant outre le signal lumineux « Ne pas déranger », était entrée dans la suite de Patrick Martin pour le deuxième service de nettoyage de la journée, réservé aux suites les plus importantes. C'est alors qu'elle avait découvert au milieu du salon un homme gisant nu dans une mare de sang. La police était déjà en route. Olivier avait subitement pâli, comme s'il avait croisé un revenant dans les couloirs. Le nouveau directeur voyait sa carrière partir en fumée sous ses yeux. Certes, l'identité du défunt et les circonstances du décès n'étaient pas encore connues, mais les policiers avaient interdit à quiconque de pénétrer dans la chambre ou de toucher à quoi que ce soit, la suite étant désormais considérée comme une scène de crime. Et il s'agissait de la suite du ministre… Quel coup terrible cela allait donner à la réputation de l'établissement !

Depuis sa fenêtre, Gabrielle aperçut une horde de policiers massés dans la rue devant l'entrée de l'hôtel, puis elle entendit une cavalcade dans le couloir.

Entrouvrant la porte, elle constata que des membres du RAID s'étaient regroupés devant l'une des chambres voisines de la sienne. Certains avaient déjà sorti leur arme. Elle ignorait ce qui venait de se passer, mais une chose était sûre : la situation était grave ! Son imagination s'emballa à la possibilité d'un attentat terroriste. Peut-être le Louis XVI était-il attaqué en ce moment même ! Priant pour sa sécurité, elle verrouilla la porte de sa suite.

Heureusement, les téléphones s'étaient remis à fonctionner. Yvonne Philippe, la directrice adjointe, appela aussitôt Gabrielle et les autres clients du troisième étage pour les rassurer et leur présenter les excuses de la direction. Ils ne couraient aucun danger, leur expliqua-t-elle, mais la police était sur place pour gérer un souci « mineur », selon ses termes. Toutefois, chacun devrait rester dans sa suite en attendant le feu vert des autorités pour sortir. Par ailleurs, la direction de l'établissement avait pris la décision de ne pas leur facturer la nuit. C'est Yvonne qui avait proposé cette excellente idée, et Olivier lui en était reconnaissant. Il avait encore en tête le regard abasourdi des clients à la vue des agents lourdement armés envahissant le hall et s'engouffrant dans l'escalier jusqu'au troisième étage. Personne n'avait la moindre idée de ce qui se passait, mais c'était inquiétant. On ne venait pas au Louis XVI pour ça, enfin ! Décidément, la réouverture de l'hôtel virait à la catastrophe.

4

Alaistair quitta l'hôtel quelques minutes avant que le cri perçant de la femme de chambre ne vienne briser le silence du troisième étage. À ce moment-là, il était déjà dans un taxi en route pour l'hôpital. Le médecin souhaitait s'assurer que Richard était encore en vie et soutenir Judythe. La jeune Américaine se trouvait dans un pays étranger dont elle ne parlait pas la langue, et avait semblé très effrayée au moment de son départ dans l'ambulance. Alaistair n'avait aucunement l'intention de se montrer envahissant, il désirait simplement lui rendre service en sa qualité de médecin.

À son arrivée à la Pitié-Salpêtrière, il se rendit immédiatement à la réception et se renseigna sur l'état de santé de Richard. L'homme était actuellement pris en charge en cardiologie. Il suivit les couloirs du labyrinthe hospitalier jusqu'à la salle d'attente dans l'espoir d'y trouver Judythe. Elle était là, le visage pâle et tourmenté, et des larmes coulaient sur ses joues. Elle leva les yeux vers lui avec reconnaissance quand il s'avança vers elle et tâcha courageusement de lui sourire tandis qu'il se glissait sur une chaise à ses côtés.

— Vous avez des nouvelles ?

— Merci infiniment de lui avoir sauvé la vie, répondit-elle d'une voix étranglée.

— Vous avez eu la meilleure réaction possible. Vous l'avez sauvé, vous aussi, et le SAMU a fait du bon travail. Votre mari est entre de bonnes mains. Ne vous formalisez pas trop sur l'aspect des hôpitaux français. La Pitié-Salpêtrière est un excellent hôpital. Certainement l'un des meilleurs de Paris, voire d'Europe !

C'est vrai qu'elle avait trouvé les locaux quelque peu lugubres et froids par rapport aux hôpitaux américains.

— Je me suis dit que je pouvais venir vous aider, ou du moins vous soutenir, ajouta-t-il après un moment d'hésitation. Mais peut-être préférez-vous que je vous laisse seule ?

Alaistair se montrait si poli et respectueux. Judythe lui toucha brièvement le bras d'une main tremblante.

— Est-ce que cela vous dérange de rester un peu ? Le médecin qui s'occupe de lui parle anglais, mais je suis trop inquiète et je ne saisis pas la moitié de ce qu'on me dit. D'après ce que j'ai compris, ils veulent lui faire passer un tas de scans et de tests. Son taux d'oxygène est resté suffisamment élevé pendant qu'il était inconscient, mais ils ignorent toujours la cause de son malaise. Nous avons l'un et l'autre subi beaucoup de stress l'année passée. Nous venons chacun de divorcer, et en ce qui le concerne, la procédure a été particulièrement pénible…

— Vous allez vous en sortir. Vous êtes tous les deux si jeunes. C'est drôle, la cliente de l'hôtel qui a alerté la réception, Mme Gates, et moi-même nous sommes dit que vous deviez être en lune de miel.

Alaistair prenait soin de parler au présent. Judythe acquiesça en souriant.

— Pas encore. Le divorce de Richard a été prononcé il y a tout juste quelques semaines, mais maintenant que c'est fait, nous avons l'intention de nous marier très prochainement. Enfin, nous en avions l'intention…

Elle étouffa un sanglot et lança à Alaistair un regard d'une tristesse infinie.

— Nous nous sommes rencontrés à mon mariage, il y a deux ans. Richard était le colocataire de mon ex-mari à l'université. Tout est allé si vite. Au début, nous avons bien essayé de réfréner nos sentiments, mais nous avons rapidement été submergés par la situation. Alors nous avons chacun divorcé. Nous étions enfin libres de vivre notre amour… Et voilà ce qui nous arrive…

Elle ferma les yeux et de grosses larmes roulèrent sur ses joues. Alaistair lui tapota la main.

— Croyez-moi, quand les médecins auront découvert la cause de son malaise cardiaque, je suis convaincu qu'ils parviendront à le soigner et vous pourrez poursuivre vos projets ensemble… Aujourd'hui, vous lui avez très certainement sauvé la vie.

Cette ironie brutale, mourir au moment même de commencer leur nouvelle vie ensemble, ne lui avait pas échappé. Judythe en était bien consciente, elle aussi.

— Peut-être avons-nous été punis pour avoir détruit nos mariages et fait autant de mal à nos conjoints.

— Je n'y crois pas une seconde. Sans compter que ces unions ne devaient pas être bien solides pour que vous et Richard tombiez amoureux l'un de l'autre et que vous envisagiez si vite l'avenir ensemble.

— Nous n'aurions jamais dû nous marier avec nos ex. J'avais 37 ans et je craignais de ne jamais trouver l'homme de ma vie, alors j'ai épousé le premier venu pour avoir un jour des enfants. Quant à Richard, il disait qu'il avait toujours su que sa femme n'était pas pour lui. Elle cochait toutes les cases sur le papier, mais pas dans la réalité.

— Par chance, vous n'avez pas eu d'enfants, et il vous sera facile de reprendre le cours de votre vie dès que vous serez sortis d'ici.

Il n'ajouta pas « s'il survit », mais cela planait entre eux.

Alaistair alla leur chercher un café. Il s'écoula encore deux bonnes heures avant que le médecin qui s'occupait de Richard, un éminent professeur et chirurgien en cardiologie, ne vienne les retrouver dans la salle d'attente. Alaistair et Judythe se levèrent aussitôt pour écouter son diagnostic. Le docteur, âgé d'une cinquantaine d'années, parlait un anglais fluide et était facile à comprendre malgré son accent prononcé. Il leur expliqua que son patient était toujours inconscient et que tous les examens nécessaires avaient été pratiqués.

— Nous allons devoir opérer votre mari, annonça-t-il à Judythe. Nous avons identifié le problème, mais il nous faut connaître précisément l'étendue des dégâts. Nous pensons qu'il souffre d'une anomalie congénitale, le genre de lésion qui peut se déclarer à tout moment sans prévenir. Vous avez peut-être entendu parler de ces jeunes sportifs qui s'effondrent en plein match de foot alors qu'ils semblaient en parfaite santé ? Pour en revenir à M. Sheffield, c'est rare qu'une anomalie se déclare si tard, et votre mari a eu beaucoup de chance. Si j'ai bien compris, il vous doit une fière chandelle à tous les deux !

— L'opération présente-t-elle des risques ? lui demanda Judythe.

— Malheureusement, il n'y a pas d'autre option possible. Comme je vous l'ai indiqué, nous pensons qu'une valve dans son cœur est lésée. L'objectif de l'opération est de remplacer cette valve qui a déjà résisté beaucoup plus longtemps que l'on pouvait s'y attendre par une valve prothétique. Nous allons également pouvoir déterminer si son cœur a été endommagé, ce qu'il est impossible d'évaluer comme ça. Votre mari sera opéré par trois chirurgiens, assistés par notre équipe au grand complet. Toutefois, il s'agit d'une intervention extrêmement délicate, et je me dois de vous informer que le taux de réussite de ce type d'opération ne dépasse pas 30 %. S'il s'en sort, nous pourrons affirmer que son accident aura été une bénédiction pour lui : la valve aurait pu céder à un moment ou un endroit où il n'aurait pas pu être sauvé. Les circonstances ont donc été des plus favorables. Votre mari est encore jeune, robuste, et il semble en bonne forme physique. Je suis d'avis que ses chances de survie sont excellentes. Nous devons intervenir dès à présent afin de mettre tous les atouts de notre côté.

— Quand comptez-vous l'opérer ? interrogea-t-elle, en essayant d'assimiler tout ce qu'il lui avait dit.

Le docteur s'était montré très clair.

— Dans une heure, si vous nous en donnez la permission. J'attends l'arrivée d'un de mes collègues. Nous l'avons consulté et il confirme notre diagnostic. Un chirurgien est déjà sur place et il a examiné votre mari avec moi.

Judythe, qui s'était présentée comme la femme de Richard Sheffield, se demanda alors si elle avait le droit de signer cette autorisation. Mais les parents de Richard étaient décédés et il n'avait ni frère ni sœur, elle était donc sa parente la plus proche. Sa responsabilité lui semblait écrasante, mais il n'y avait hélas pas d'autre choix possible que de tenter l'opération.

— Si nous ne remplaçons pas la valve lésée, il n'a aucune chance de survie, insista le chirurgien, la voyant hésiter.

— Vous avez ma permission, répondit-elle d'une voix à peine audible.

Le médecin la remercia et lui indiqua qu'une infirmière lui apporterait les papiers à signer. Il se montrait calme et professionnel, et tout en lui inspirait confiance. Après que le médecin se fut éloigné, Judythe se tourna vers Alaistair.

— Êtes-vous de son avis ? lui demanda-t-elle sur un ton anxieux.

— Absolument, répondit posément Alaistair en se rasseyant. Je ne suis pas chirurgien cardiovasculaire, donc ce docteur connaît les procédures bien mieux que moi. Mais de toute évidence, Richard a de bonnes chances de survivre grâce à cette opération. Je ne pense pas que vous ayez le choix, Judythe. Le pire est déjà passé et cette intervention est indispensable pour lui sauver la vie.

La jeune femme était déjà parvenue aux mêmes conclusions.

Quelques minutes plus tard, l'infirmière lui apporta les papiers qu'elle signa d'une main tremblante. Elle avait l'impression d'envoyer Richard à la mort. Elle demanda à l'infirmière si elle pouvait le voir avant l'opération. Cette dernière ne parlait pas aussi bien anglais que le chirurgien et Alaistair fut obligé de traduire. On lui répondit que l'équipe médicale était déjà prête pour l'intervention, mais qu'elle pouvait passer quelques minutes en sa présence. Elle conduisit Judythe à travers une succession de couloirs tortueux jusqu'à l'unité d'accueil pré-opératoire. Là, plusieurs infirmières surveillaient les différentes machines auxquelles Richard était relié. En le voyant ainsi allongé et inconscient, Judythe eut un instant le souffle coupé. Elle s'approcha du lit et lui toucha doucement la main. Des intraveineuses transperçaient ses bras, tandis que les moniteurs émettaient divers sons, bips et signaux lumineux. L'anesthésiste en chef entra dans la pièce et la salua d'un signe de tête. Avant de sortir, Judythe jeta un dernier regard à Richard. Elle avait l'impression que son propre cœur était pris dans un étau. Dire que quelques heures auparavant, ils se promenaient dans le jardin des Tuileries, qu'ils riaient et parlaient de leur avenir en se félicitant de leur chance ! Dire qu'ils avaient fait l'amour juste avant que son cœur ne lâche ! À la pensée que c'était peut-être la cause de l'accident de Richard, elle se sentit brusquement coupable.

Elle retourna dans la salle d'attente pour retrouver Alaistair. L'Anglais la contempla tandis qu'elle approchait. Judythe était une belle blonde élancée et athlétique, avec cette sveltesse typique des

Américaines qui prennent soin de leur silhouette. Les vêtements qu'elle avait enfilés à la hâte pour monter dans l'ambulance avec Richard étaient froissés. Elle se laissa tomber sur le siège à côté d'Alaistair. La vue de son amant sous assistance respiratoire l'avait ébranlée. La présence du médecin anglais à ses côtés était pour elle un soulagement, bien qu'ils soient des étrangers l'un pour l'autre. Si elle s'était retrouvée seule dans cette situation, elle aurait été encore plus effrayée.

Le chirurgien avait indiqué que l'opération prendrait entre cinq et sept heures et Alaistair lui proposa de l'emmener manger un morceau. Il était presque 22 heures, Judythe n'avait pas dîné, mais elle se sentait incapable d'avaler quoi que ce soit.

— Non, merci. Vous devriez retourner au Louis XVI. Je vais me débrouiller.

Une infirmière lui avait apporté un oreiller et une couverture, car elle avait prévu de passer la nuit à l'hôpital. Elle tenait à rester auprès de Richard au cas où quelque chose arriverait. De toute façon, elle serait devenue folle d'inquiétude à attendre des nouvelles depuis l'hôtel.

— Vous n'avez pas besoin de me tenir compagnie, assura-t-elle, déjà très reconnaissante pour le temps qu'il avait passé à ses côtés.

L'Anglais lui sembla soudain presque aussi accablé de fatigue qu'elle.

— J'ai un rendez-vous très important demain matin, sinon je vous aurais proposé d'attendre avec vous.

Il ne pouvait imaginer une situation plus dramatique que de se retrouver seul dans un hôpital étranger, à se ronger les sangs en se demandant si l'homme ou la femme que l'on aime allait vivre ou mourir, si leur avenir allait s'arrêter ce soir, après s'être tant battus pour leur couple. Le destin se montrait parfois cruel. Le chirurgien avait déclaré que Richard avait environ 30 % de chances de s'en sortir, un pronostic à la fois encourageant et terrifiant, selon la façon dont on voyait les choses. La bataille était loin d'être gagnée, Judythe en était pleinement consciente. Elle remercia de nouveau Alaistair pour sa gentillesse. Ils échangèrent leurs numéros de téléphone avant de se quitter et il lui promit de l'appeler le lendemain après son rendez-vous, lui assurant qu'elle ne devait pas hésiter à le contacter à toute heure en cas de besoin. Hélas, il ne pouvait pas faire grand-chose de plus.

En sortant de l'hôpital, Alaistair décida de marcher un moment pour se changer les idées, mais ses pensées revenaient inlassablement à Judythe et Richard. Dire qu'ils venaient d'arriver à Paris pour célébrer leur amour. Et maintenant, cette nuit fatidique pouvait mettre un terme à leur avenir ensemble… Leur vie avait pris un tournant que personne n'aurait pu prédire. Il finit par rentrer en taxi à l'hôtel, et sur le trajet, envoya un message à Gabrielle pour l'informer de l'opération imminente de Richard. Ils pouvaient au moins se réjouir que le jeune homme soit encore en vie et qu'il ait de bonnes chances de s'en sortir. En arrivant au Louis XVI, il fut surpris d'apercevoir plusieurs fourgons de police garés dans la rue, ainsi qu'une équipe du RAID armée jusqu'aux dents. Des policiers étaient regroupés dans le hall. L'Anglais se demanda ce qui avait bien pu se passer. Il n'avait pas été absent plus de quelques heures. Peut-être une menace terroriste ? Personne ne l'interrogea ni ne lui barra le chemin quand il passa devant la réception pour prendre l'ascenseur. Le couloir du troisième étage grouillait de policiers. Il se glissa discrètement dans sa chambre et s'allongea sur le lit. Les dernières heures l'avaient fortement éprouvé, et il avait oublié depuis longtemps son projet d'un bon dîner seul à Paris.

Il s'inquiétait un peu pour son rendez-vous du lendemain, sans pour autant se faire aucune illusion sur ce qui en résulterait. L'espoir était mince, mais il devait quand même aller jusqu'au bout de sa démarche. Et puis c'était une bonne excuse pour visiter Paris, même si, jusqu'à présent, son séjour était loin de se dérouler comme prévu.

Alaistair savait mieux que quiconque que la vie était ainsi faite. À n'importe quel moment, tout peut changer. Pour le meilleur comme pour le pire.

La nuit avait été incroyablement stressante pour Olivier Bateau. Certes, Yvonne s'était occupée avec maestria de la police et des clients, mais c'était à lui qu'incombait la responsabilité des événements. Un accident mortel venait de se produire entre les murs de l'établissement – impliquant, qui plus est, une personnalité politique. Le scénario dépassait les pires cauchemars de tout directeur d'hôtel. Les vêtements de la victime et ses papiers avaient été retrouvés dans la suite et la police n'avait pas tardé à l'identifier : un danseur de ballet russe du nom de Sergei Karpov, âgé de 27 ans et arrivé en France avec une troupe de son pays. Le jeune homme gagnait aujourd'hui sa vie comme mannequin, sans succès notable. Il portait une montre de luxe au poignet et on avait retrouvé 140 euros dans son portefeuille. On écartait donc l'hypothèse du vol comme mobile du crime. Sergei avait succombé à un traumatisme crânien dû à sa chute sur le sol en marbre. Pas de signe de violence dans la chambre, aucun meuble renversé. Le corps ne présentait aucune marque de blessure par arme blanche ou autre. Les policiers n'avaient pas encore déterminé si la victime avait chuté toute seule ou si on l'avait poussée.

Le Russe était nu et ses vêtements en tas dans la salle de bains. Par ailleurs, on avait découvert un peignoir d'hôtel jeté dans un coin. Bien que la chambre soit enregistrée au nom de Patrick Martin, il ne subsistait aucun signe de son passage sur les lieux. Le seul lien entre le ministre de l'Intérieur et le cadavre était que la suite avait été réservée à son nom. La police avait questionné les femmes de chambre, mais aucune n'avait aperçu les deux hommes ensemble, et personne n'avait vu Sergei de son vivant.

Quelqu'un avait téléphoné depuis la chambre pour commander du foie gras, du caviar et de la vodka au service d'étage, et on avait trouvé un verre à proximité de la bouteille de vodka, et un autre contenant un fond de scotch posé sur la table basse. Ils allaient être soumis à une analyse ADN. Le valet qui avait enregistré la commande était italien et ne parlait pas suffisamment bien français pour affirmer si la personne au téléphone avait un accent russe. Celui qui avait livré le plateau dans la suite avait vu un homme seul, vêtu d'un peignoir d'hôtel, qui avait signé le reçu. Rien ne permettait d'indiquer si le repas était pour une personne ou pour deux, sans compter qu'il ne semblait pas y avoir quelqu'un d'autre dans la suite. On avait montré au valet une photo de presse de Patrick Martin, mais le serveur ne l'avait pas reconnu avec certitude. À ce stade, la police était incapable de déterminer si le décès était accidentel. La nudité et l'âge de la victime, ainsi que les prélèvements effectués sur les draps, laissaient penser qu'il y avait eu un rapport sexuel. La police scientifique avait emporté les draps pour effectuer des prélèvements ADN. Les employés n'avaient rien remarqué d'inhabituel et les policiers n'avaient pas encore interrogé les clients de l'hôtel. Malgré les supplications du directeur, ils allaient être obligés de témoigner dans le cadre de l'enquête. Enfin, pour rendre les choses plus compliquées qu'elles ne l'étaient déjà, la panne de réseau avait également provoqué l'arrêt des caméras de sécurité des cinq premiers étages pendant trois heures. À minuit, il apparaissait donc clairement aux enquêteurs que la première personne à interroger était le ministre de l'Intérieur, puisque la suite avait été réservée à son nom.

Lorsque Jacques Forrestier, le commandant de police chargé de l'enquête, commenta le luxe des lieux, Olivier Bateau s'empressa de lui répondre que le ministre avait, à l'origine, réservé une chambre bien plus modeste. C'est la direction de l'établissement qui avait décidé de le surclasser. Patrick Martin avait indiqué qu'il prévoyait d'utiliser la suite pour y tenir une réunion et s'était montré très mécontent du surclassement, au point d'exiger qu'on lui attribue une chambre standard. Mais il n'en restait plus de disponible.

Forrestier pensait qu'il devait y avoir une explication logique à l'implication du ministre dans cette affaire et espérait que ce dernier n'était pas associé à un scandale de nature sexuelle. On pouvait parfaitement imaginer d'autres scénarios plus anodins, par exemple la présence sur les lieux du décès d'un tiers inconnu de Patrick Martin et pas encore identifié par la police. Certes, pour le moment, la situation ne se présentait pas sous les meilleurs auspices, mais on ne pouvait pas encore parler d'un désastre politique. Le ministre était un homme respectable, un père de famille à la réputation irréprochable. La dernière chose que le policier souhaitait – et dont le gouvernement actuel avait besoin –, c'était de se retrouver avec un scandale sur les bras. Son coéquipier, le lieutenant Michel Plante, se montra moins optimiste que lui.

— Vous le savez bien mieux que moi, commandant. Regardez-moi ce désastre… Ah, ça, on peut dire que ça sent franchement mauvais !

— Patrick Martin n'a jamais été impliqué dans la moindre affaire. Aucun scandale, rien, lui rappela le commandant. Ce n'est quand même pas à 54 ans qu'il va s'y mettre ! Il est plutôt du genre à défendre les valeurs familiales traditionnelles et critiquer ouvertement les politiciens qui trompent leur femme, sans parler de sa véhémence à l'égard des homosexuels, et des pédophiles !

Les policiers venaient de découvrir que la victime était loin d'être un enfant de chœur. En effet, Sergei avait été arrêté plusieurs fois pour outrage public à la pudeur. L'agence de mannequins qui l'employait, et qui ne semblait par ailleurs pas le tenir en grande estime, le décrivait comme un type arrogant et manipulateur, dont la seule ambition était de se faire entretenir.

— Imaginez une minute qu'il faisait chanter Patrick Martin, suggéra le lieutenant.

Mais le commandant secouait déjà la tête à cette idée.

— Aucune chance, j'en mettrais ma main au feu. Patrick Martin est un homme trop intègre et trop intelligent pour être victime d'un chantage.

— Raison de plus, s'il cache quelque chose de peu avouable ! Tout est possible en ce bas monde. Les plus honnêtes en apparence dissimulent toujours les pires secrets. La politique est décidément un sale métier.

À minuit, ils avaient recueilli toutes les informations possibles auprès des employés de l'hôtel en service à l'heure du crime. Malgré l'heure tardive, Forrestier estima qu'il était d'une importance vitale de s'entretenir sans attendre avec Patrick Martin. Il y avait forcément une explication logique à cette affaire, et la police devait la déterminer avant que la presse ne s'en empare. Les médias ne manqueraient pas de faire leurs choux gras de cette histoire, surtout que le cadavre avait été découvert dans une suite d'un des hôtels les plus chics de Paris, et que le ministre de l'Intérieur en personne y était mêlé de près ou de loin.

Après leur départ, les deux inspecteurs se mirent en route vers le 16e arrondissement, où habitait Patrick Martin. Dès le lendemain, la police scientifique viendrait passer au peigne fin la scène du crime, à la recherche de nouveaux indices. La chambre d'hôtel serait de toute façon mise sous scellés judiciaires pendant une période indéterminée. Généralement, les établissements hôteliers se donnaient beaucoup de peine pour éviter que cela leur arrive, et Olivier Bateau avait particulièrement mal réagi à cette nouvelle. Perdre le revenu d'une suite de luxe n'était pas du goût des directeurs de palace. Certains n'avaient d'ailleurs parfois aucun scrupule à user de stratagèmes douteux, comme par exemple avoir recours à des médecins peu regardants qui n'hésitaient pas à perfuser le bras d'une victime déjà morte, prétendant qu'elle était encore en vie pour annoncer par la suite que la personne avait succombé dans l'ambulance... Dans la situation présente, la mort du mannequin russe ne faisait aucun doute. La mare de sang sur le marbre blanc de la chambre constituait une preuve irréfutable si besoin en était... Un bref instant, Olivier Bateau pensa aux travaux qui l'attendaient déjà. Devrait-il faire changer le carrelage de la chambre ? Le délai de livraison d'un marbre italien de cette qualité pouvait prendre jusqu'à un an ! Bien entendu, le problème paraissait anodin au regard du scandale et des retombées possibles sur la réputation de l'établissement, mais toujours est-il que les propriétaires seraient fort contrariés... La police devait maintenant poursuivre son enquête et déterminer s'il s'agissait d'un acte criminel. Si tel était le cas, l'affaire allait sans nul doute éclater au grand jour.

Patrick arriva chez lui en état de choc, tremblant de tous ses membres. Après avoir rangé l'argent dans son secrétaire, il resta assis dans le noir pendant près d'une heure afin de concocter un scénario crédible à raconter à la police. Il allait certainement être interrogé, puisque la chambre avait été réservée à son nom. Le ministre comptait révéler aux inspecteurs qu'il avait passé un court moment avec Sergei – après réflexion, il avait décidé de ne pas inclure d'autres personnes dans leur soi-disant réunion –, et que le rendez-vous s'était déroulé sans heurts. Sergei était un informateur qui lui procurait des renseignements sur l'un de ses compatriotes coupable de blanchiment d'argent, une pratique courante en Russie, bien que parfaitement illégale en France. Pour rendre l'histoire encore plus vraisemblable, il pourrait affirmer que Sergei craignait d'être vu en sa compagnie et que c'était pour cette raison que Patrick avait réservé une chambre. Il pourrait conclure en disant qu'il avait quitté l'hôtel à la fin de la réunion. Malheureusement, Sergei n'avait pas été en mesure de fournir les preuves promises. Avant que Patrick ne prenne congé, le jeune homme lui avait demandé s'il pouvait s'attarder un moment pour profiter de la suite. Les événements qui avaient conduit à sa mort s'étaient forcément produits après le départ de Patrick. Une troisième personne devait être impliquée, un individu inconnu du ministre et qui avait dû rejoindre le Russe après coup. Le scénario lui semblait parfaitement vraisemblable et il ne s'inquiétait pas trop des caméras de l'hôtel, car il avait remarqué qu'elles clignotaient lorsqu'il avait quitté la suite, ce qui signifiait qu'elles ne fonctionnaient pas correctement. Sinon, il allait devoir expliquer pourquoi il était descendu par l'escalier de service, mais il pourrait toujours invoquer la présence du SAMU à l'étage, qui avait bloqué le chemin de l'ascenseur pendant plusieurs heures.

Sans doute l'affaire serait-elle disséquée par les journalistes, mais le public serait convaincu par cette histoire de blanchiment d'argent impliquant des Russes. Naturellement, la découverte du cadavre d'un informateur dans la suite d'un hôtel de luxe réservée par Patrick Martin était choquante, mais avec un peu de chance, il parviendrait à convaincre la police de sa version des faits et personne n'y trouverait rien à redire. Ravi que sa femme ne soit pas encore rentrée, il se servit un whisky pour se donner du courage. Il avait justement choisi de rencontrer Sergei ce soir-là parce qu'elle participait à son dîner mensuel avec des amies.

Leur mariage n'avait pas été une sinécure. Jeune avocat, Patrick avait eu l'intention de poursuivre ses ambitions dans les affaires ou le droit. Alice, issue d'une famille respectable et professeure de littérature française à la Sorbonne, avait incarné à ses yeux l'épouse bourgeoise classique. Au départ, il la voyait comme l'épouse idéale pour sa carrière, puis très vite, hélas, il l'avait trouvée acerbe et négative. Lorsqu'on lui avait offert une opportunité au ministère de l'Intérieur, Patrick avait été très tenté. Le poste lui semblait excitant et comportait de nombreux avantages, mais Alice n'avait rien voulu entendre. Il avait accepté malgré son avis, et depuis, elle paraissait encore plus malheureuse et ils menaient des vies de plus en plus séparées.

C'est qu'ils n'avaient rien en commun. Leur mariage n'était plus qu'une habitude dont aucun d'eux n'avait le courage de se défaire. Et puis, pour protéger son image publique, il était préférable de ne pas divorcer.

Marina et Damien étaient nés au début de sa carrière politique. À cette époque, Patrick se consacrait presque exclusivement à son travail, passant son temps sur des affaires qui devaient demeurer confidentielles. Sa famille lui avait fourni sans le savoir la couverture parfaite pour mener la vie clandestine qui le faisait vibrer. D'ailleurs, personne dans son entourage n'était au courant. Au début, Patrick avait eu des liaisons occasionnelles avec des hommes, mais au fil du temps son désir était devenu insatiable. Il ressentait une faim et un besoin impérieux de jeunes hommes, tel un vampire en manque de sang, et dès qu'un beau garçon croisait son chemin, il s'arrangeait pour le voir en secret et se livrer à des ébats passionnés. Ces rencontres étaient purement charnelles et n'avaient rien de romantique ; elles lui permettaient de

pour les hommes s'était intensifié au fil des ans. Il avait besoin de ressentir la présence d'un corps masculin à ses côtés pour se sentir vivant. Sa préférence allait malheureusement aux individus troubles, comme Sergei. Et voilà où cela l'avait mené ! Qu'allait-il bien pouvoir raconter à Alice ? La même histoire qu'à la police. La seule chose qui importait désormais, c'était de se sortir de ce désastre. Il se répéta le scénario en boucle dans sa tête en essayant d'oublier la vision de Sergei gisant dans son sang dans la suite du Louis XVI.

À l'heure où Alice rentra à la maison, Patrick se sentait légèrement ivre. Elle avait entendu du bruit dans son bureau, mais ne s'était pas arrêtée pour saluer son mari. Il était déjà tard ; elle était fatiguée et venait de passer un excellent moment qu'elle refusait de gâcher par les échanges hostiles qu'elle avait habituellement avec son époux. Parfois, elle avait l'impression qu'il la méprisait, mais la plupart du temps, il semblait simplement se moquer éperdument d'elle. Ils étaient depuis si longtemps deux étrangers réunis sous le même toit que cela en paraissait presque normal. Elle ne s'intéressait pas à sa carrière et il ne se souciait pas plus de la sienne, convaincu que son poste de professeure de littérature était extrêmement ennuyeux. Ils se contentaient de sauvegarder les apparences en présence des enfants et, en de rares occasions, allaient jusqu'à partager des soirées en famille. Mais Marina et Damien avaient leur propre vie désormais. Leur fille suivait les traces de sa mère et étudiait la littérature anglaise en vue de devenir à son tour enseignante, tandis que son frère travaillait dans une société de relations publiques qui gérait des marques de luxe et caressait l'ambition de posséder un jour sa propre agence.

Alice n'avait d'importance aux yeux de Patrick que parce qu'elle renforçait son image politique. S'il parvenait un jour au sommet de l'État, elle ferait une parfaite première dame. C'était tout ce qui le retenait auprès d'elle. Quant à Alice, elle pouvait se passer du reste. Elle avait ses enfants, ses amies et son travail à la Sorbonne, qu'elle trouvait toujours aussi gratifiant. Elle avait renoncé à toute idée de romance. Alice Martin était une femme honnête et respectable, qui n'aurait jamais risqué sa carrière pour quoi que ce soit. À 52 ans, elle n'était ni belle ni attirante, mais son style discret et distingué gagnait l'adhésion du public. Elle constituait l'accessoire parfait pour compléter l'image de son époux candidat, et il ne la quitterait jamais tant que brûleraient en lui ses ambitions politiques. Et puis, bien qu'elle n'ait éprouvé aucun respect pour sa carrière jusqu'alors, l'idée de devenir première dame de France ne lui déplaisait pas. D'une certaine façon, cet honneur ferait office de compensation pour les longues années de mariage malheureux et dénué d'amour. Patrick ne ressentait rien pour elle, mais elle l'acceptait pour ne pas subir l'humiliation d'un divorce. Dans sa famille, on ne divorçait pas.

La police se présenta chez eux vers 1 heure du matin. Alice ne dormait pas encore et fut surprise d'entendre la sonnerie du rez-de-chaussée. Elle jeta un coup d'œil par la fenêtre, aperçut un véhicule de police garé sur le trottoir et supposa que Patrick devait être occupé à une affaire particulièrement importante. Ce dernier, qui n'avait pas quitté son bureau, devina immédiatement de quoi il s'agissait, vida d'une traite son verre et alla ouvrir la porte.

Toujours formellement vêtu de son costume-cravate, il salua le commandant Forrestier et le lieutenant Plante en arborant un air faussement étonné.

— Une urgence, messieurs ? interrogea-t-il en souriant.

Les deux inspecteurs restaient sur leur réserve.

— On dirait bien, monsieur le ministre. Pouvons-nous vous parler en privé ?

Il les conduisit à son bureau et ferma la porte derrière lui, puis il les invita à s'asseoir dans les fauteuils en face du sien.

— Que puis-je faire pour vous aider ? Votre présence à mon domicile au milieu de la nuit indique qu'il s'agit d'une affaire de la plus grande importance.

Il s'adressait à eux sur un ton calme et ne semblait pas anxieux. L'alcool avait apaisé ses nerfs.

— En effet, confirma le commandant Forrestier. Nous sommes venus vous parler de Sergei Karpov.

Rien dans l'expression de Patrick ne révéla s'il le connaissait ou non. Le ministre tenait à entendre ce qu'ils savaient avant de prononcer le moindre mot.

— Je présume que son nom vous est familier. Ce soir, M. Karpov a été retrouvé mort dans une suite d'hôtel, le Louis XVI, rue Boissy-d'Anglas. Or, cette suite était réservée à votre nom. Nous avons ouvert une enquête pour déterminer s'il s'agit d'un acte criminel. Pourriez-vous nous éclairer sur votre implication avec la victime ?

Forrestier jouait la même comédie que Patrick et les deux hommes se scrutaient de part et d'autre du bureau. On aurait dit deux fauves qui se tournent autour en montrant les crocs pour prendre la mesure de leur adversaire en attendant le combat qui les départagera. Le ministre était prêt à lutter jusqu'à la mort : son avenir était en jeu. Il n'avait pas d'autre choix que de s'extirper de cette situation et c'était bien son intention, quoi qu'il lui en coûte. Par chance, Sergei était mort. Aussi, Patrick pensait avoir une bonne chance de s'en sortir.

5

Cette nuit-là, les enquêteurs discutèrent pendant près d'une heure avec le ministre dans l'intimité de son bureau. Patrick avait rejoué le scénario tant de fois dans sa tête avant leur arrivée que tout, dans sa version des faits comme dans son attitude, paraissait sans faille.

Il adopta un air légèrement hautain pour leur expliquer que le gouvernement traquait depuis deux ans un influent mafieux russe impliqué dans une affaire de blanchiment d'argent et d'évasion fiscale. D'énormes sommes étaient en jeu, car l'homme en question possédait en France de nombreuses propriétés que l'on espérait saisir. Patrick les prévint que l'affaire était encore trop sensible pour leur communiquer le nom du suspect, mais Sergei était devenu leur informateur principal et leur fournissait des renseignements susceptibles de conduire à l'arrestation de cet individu.

— Était-il rémunéré pour ses services, monsieur le ministre ? s'enquit le commandant Forrestier.

— Parfois, répondit Patrick, volontairement vague.

— Et vous vous occupiez personnellement de cette affaire ?

— J'ai rencontré Karpov à plusieurs reprises. Dernièrement, il a prétendu détenir de nouvelles informations utiles et a exigé de me parler dans un endroit sûr. J'ai réservé une chambre au Louis XVI à cet effet. J'avais demandé une chambre simple et la plus grande discrétion de la part de l'hôtel, ce qui n'a d'ailleurs pas été tout à fait respecté.

Ses propos corroboraient la déclaration faite un peu plus tôt par Olivier Bateau, à savoir que Patrick Martin s'était montré agacé de se voir attribuer l'une de leurs meilleures suites.

— Bref, nous avions rendez-vous dans cette chambre dans la soirée, reprit le ministre. Malheureusement, la rencontre s'est révélée décevante, car en réalité Karpov n'avait aucune information utile à nous fournir. Il espérait surtout recevoir de l'argent en rétribution de ses services. La réunion a été très courte et j'ai eu la nette impression de perdre mon temps. Je lui ai demandé de partir avant moi, mais il a déclaré qu'il préférait rester planqué une heure ou deux par sécurité. En tout cas, il était encore vivant au moment où j'ai pris congé. Connaissez-vous les causes de son décès ? Aurait-il été assassiné ? À moins que ce ne soit un suicide ? C'est regrettable, mais je connaissais ses fréquentations, et je ne peux pas dire que sa disparition me surprenne.

— Il ne s'agirait ni d'un crime ni d'un suicide, semblerait-il. Il a été retrouvé par terre dans la chambre d'hôtel, gisant dans une mare de sang. Traumatisme crânien. Ça ressemble à une chute qui lui a coûté la vie.

— Et vous pensez que quelqu'un aurait pu… la provoquer ?

Patrick était très impatient de connaître la réponse à cette question.

— Impossible de l'affirmer à cette heure, comprenez que nous n'en sommes encore qu'au tout début de l'enquête. Mais vous confirmez qu'il était bien vivant au moment où vous avez quitté la chambre ? questionna le commandant Forrestier.

— Je vous le confirme. Hélas, je crains de ne rien pouvoir vous apprendre de plus. Ce rendez-vous n'a abouti à rien. Peut-être a-t-il demandé à rester dans la suite pour rencontrer quelqu'un d'autre ou alors pour en profiter avec des amis ?

— C'est possible, mais nous n'avons aucune preuve de la présence d'un autre visiteur sur les lieux. Et nous ne pouvons pas compter sur les caméras de sécurité puisqu'elles ne fonctionnaient pas à cet étage.

Le détective en chef avait l'air contrarié à ce sujet. Des enregistrements vidéo auraient forcément simplifié l'enquête.

— Ce qui est très ennuyeux pour l'enquête, je comprends.

Patrick s'en tirait bien. Il se demanda brièvement ce qu'il avait pu négliger dans cette histoire, mais rien ne lui vint à l'esprit. La police découvrirait certainement ses empreintes digitales sur le verre à whisky, mais il avait déjà admis sa présence sur les lieux. Les détectives parurent satisfaits ; le déroulement des faits tel qu'il venait de le leur exposer était logique.

— Comme je vous l'ai dit, il fréquentait des gens peu recommandables et je ne suis pas surpris qu'il ait connu une triste fin. Mais pour nous, au stade où en était l'enquête, c'est vraiment dommage de perdre un informateur comme lui.

— Il semble que nous soyons tous malchanceux dans cette affaire ! s'exclama le commandant Forrestier, visiblement fatigué. Nous allons tout faire pour que l'affaire reste secrète ces prochaines vingt-quatre heures. L'enquête ne fait que commencer.

— Sage décision, fit remarquer Patrick, pensif. Je suis désolé de ne pas avoir davantage d'informations à vous communiquer.

— Une dernière question, monsieur le ministre : avez-vous commandé un repas pendant que vous étiez dans la chambre ? interrogea le lieutenant Plante.

— Non, affirma tout de go Patrick. Mais Karpov, peut-être ? Il a dû se faire plaisir en sachant que je paierais la note. Rien de trop déraisonnable, j'espère.

Patrick avait-il baissé la garde à ce moment-là ? En tout cas, il avait répondu sans trop réfléchir. L'entretien s'était bien passé jusqu'à présent et il se sentait maître de la situation.

Le policier hocha la tête et s'abstint de rappeler au ministre, qui semblait l'avoir oublié, que c'était lui qui avait signé le reçu du service d'étage. À moins que Patrick ait été gêné par la nature de la commande ? Sans parler des bouteilles de champagne, de vodka et de whisky que l'on avait retrouvées dans la chambre. Cela faisait beaucoup d'alcool pour une rencontre de quelques minutes…

Les enquêteurs prirent congé et Patrick monta se coucher. À sa grande surprise, Alice, encore réveillée, se tourna vers lui. Ils partageaient toujours la même chambre malgré leur relation glaciale, afin de ne pas éveiller les soupçons de leurs enfants.

— Pourquoi la police est-elle passée ? lui demanda-t-elle.

— Rien d'important. Un de nos informateurs a été retrouvé mort.

Cette histoire lui sembla peu reluisante, mais Alice n'insista pas. Elle ne l'interrogeait jamais sur son travail ni lui sur le sien. Quand ils s'adressaient la parole, ils parlaient essentiellement des enfants. Ils n'étaient pas les seuls dans ce cas. Dans leur entourage, bien d'autres étaient coincés dans des mariages moribonds depuis des années et leur progéniture était la seule chose qui les unissait. Alice se satisfaisait de cette situation, avec l'espoir que les aspirations présidentielles de son mari se concrétisent.

Au moment de se coucher, Patrick ressassa les événements. La mort de Sergei pouvait avoir de très lourdes conséquences sur sa vie. Quelle idée avait-il eue de donner son nom pour réserver une chambre ! D'habitude, quand il rencontrait des hommes dans des hôtels, il utilisait un pseudonyme et payait en liquide, mais c'était impossible au Louis XVI. D'un autre côté, il était désormais débarrassé de Sergei, ce qui l'arrangeait bien. Plus besoin de trouver de l'argent pour satisfaire le maître chanteur ni de mentir à son banquier et à sa femme. Et, pour autant qu'il puisse en juger, son entretien avec la police s'était plutôt bien passé. Il s'endormit en espérant que l'affaire soit vite classée.

Le lendemain matin, Alaistair se réveilla à 6 heures pour sa consultation avec le professeur recommandé par un ami. Son cabinet se trouvait sur la rive Gauche. Il ne s'attendait pas à des révélations fracassantes, mais s'accrochait malgré lui à un infime espoir.

À 9 heures précises, on le conduisit dans un bureau austère et peu attrayant, dont le mobilier miteux faisait penser à la réception d'un hôtel bon marché. Il s'apprêtait à rencontrer le professeur Jean-Claude Leblanc, un éminent spécialiste de la leucémie lymphocytaire aiguë. Ce dernier jouissait d'une solide réputation et consacrait le plus clair de son temps à ses recherches. Du fait de son grand âge, il assurait peu de consultations privées et se sentait de moins en moins capable d'accueillir des patients accablés par la maladie et désireux d'obtenir de lui des promesses et du réconfort – ce qu'il n'avait jamais su faire de toute façon. Le professeur connaissait déjà la raison pour laquelle Alaistair était venu le consulter et lui avait laissé peu d'espoir.

Le diagnostic était tombé quatre mois auparavant. La nouvelle avait été un choc, car le pronostic était très pessimiste. La maladie avait progressé en silence et était déjà à un stade avancé. À l'époque, les médecins lui avaient donné six mois à vivre, ce qui signifiait, sauf erreur de leur part, qu'il lui en restait deux. Bizarrement, Alaistair ne se sentait pas souffrant, juste très fatigué. Et ça ne cessait d'empirer. Il continuait à travailler à sa clinique, mais avait récemment réduit ses jours de présence. Les spécialistes lui avaient assuré que le fait qu'il soit asymptomatique était trompeur et que la fin surviendrait rapidement, après une détérioration inexorable de son état les dernières semaines. Après mûre réflexion, il avait refusé les traitements qu'on lui proposait, et qui lui paraissaient pires que la maladie. En effet, il avait vu un trop grand nombre de ses amis et patients dépérir sous l'effet de la chimio et des radiations, des thérapies qui avaient détruit leur qualité de vie au point qu'ils avaient presque accueilli la mort comme une délivrance. D'ailleurs, on ne savait jamais vraiment si la personne avait succombé au traitement ou à la maladie. On lui avait aussi recommandé une greffe de moelle osseuse, mais là encore, Alaistair avait refusé cette option. Après tout, s'il passait le temps qu'il lui restait à vivre à dormir, quelle importance que cela arrive maintenant ou plus tard ? Divorcé depuis des années, il n'avait ni enfants ni compagne. Il avait certes connu des aventures au cours des quinze dernières années, mais jamais de liaison sérieuse.

Alaistair attendit quelques minutes avant qu'une infirmière en blouse blanche ne le fasse entrer dans le bureau du professeur.

Quelques semaines après avoir reçu le diagnostic, il avait décidé que si la mort lui semblait proche ou s'il commençait à souffrir, il mettrait fin à son existence avec dignité, sans faire de bruit. Il avait de quoi mener à bien son projet avec une facilité déconcertante, et il avait même emporté les pilules à Paris au cas où le verdict du professeur serait plus alarmant encore que celui des médecins londoniens. C'est qu'Alaistair n'avait nullement l'intention d'être pris par surprise. Il ne doutait pas un instant du bien-fondé de son projet et n'avait aucun état d'âme. En réalité, savoir qu'il avait une échappatoire lui permettait de mieux supporter la situation. Certes, à 49 ans, il était jeune pour mourir, mais il avait eu une belle vie, et si le destin avait décidé qu'il n'irait pas plus loin, alors il sifflerait lui-même la fin de la partie. Désormais, il se sentait étrangement en paix.

Le professeur Leblanc prononça la même sentence que les médecins de Londres et décrivit les traitements similaires de chimiothérapie et de greffe de moelle osseuse, en proposant éventuellement une immunothérapie dans l'espoir de gagner quelques mois. À Londres, Alaistair avait prétendu dans un premier temps qu'il accepterait d'être soigné, mais à Paris, il ne prit même pas cette peine.

— Professeur, j'ai pris une décision en mon âme et conscience, à savoir que je ne voulais avoir recours à aucun traitement, quel qu'il soit, annonça-t-il calmement, tandis que le professeur l'observait avec attention.

— Vous pouvez aussi vous lancer dans des traitements expérimentaux et gagner un mois ou deux. Certaines thérapies sont plutôt inhabituelles, mais hélas, aucune n'a vraiment fait ses preuves jusqu'à maintenant. Vous pouvez aussi opter pour ne rien faire du tout, comme vous venez de me le dire. Et je respecte votre choix. Mais voilà, j'ai à vous proposer quelque chose : j'ai fondé mes recherches de ces dernières années sur cette maladie et j'ai mis au point un nouveau traitement. Comme vous le savez, le type de leucémie dont vous souffrez est particulièrement coriace et évolue rapidement. Je ne peux pas vous promettre de miracle, mais grâce à mon traitement, j'ai réussi à prolonger la vie de certains patients entre deux et dix-huit mois. Une victoire, je suppose, même si ce n'est pas spectaculaire. Et puis, on peut toujours espérer que pendant ce temps, un de mes confrères plus chanceux trouvera un traitement plus efficace.

Leblanc, qui avait été l'un des premiers chercheurs à travailler sur le SIDA, avait connu un immense succès avec ses traitements novateurs qui avaient contribué à asseoir sa renommée scientifique.

— Merci infiniment, professeur. Mais voyez-vous, si je suis condamné à passer mon temps dans un lit à attendre la fin, je ne vois pas l'intérêt de faire traîner les choses.

— Vous ne souffrirez pas autant que vous le craignez si on arrive à doser correctement le traitement. C'est vous qui décidez, bien sûr. Je vous laisse réfléchir, et n'hésitez pas à me contacter si vous changez d'avis. Je vous invite également à lire un article de recherche que j'ai écrit au sujet de cette leucémie et des résultats que nous avons obtenus avec ce nouveau traitement. Peut-être que cela vous mettra en confiance et vous aidera à prendre une décision plus éclairée.

Le professeur en tendit une copie à Alaistair, qui l'accepta de bon cœur en le remerciant.

— Vous n'habitez pas si loin de Paris. Vous pourriez revenir une fois par mois et prendre une dose intercalaire tous les quinze jours à Londres. Le traitement ne vous affaiblira pas autant que vous le craignez. Et si c'est le cas, nous pourrons toujours ajuster la dose, ou arrêter si vous préférez.

Le docteur lui communiqua son numéro de portable personnel et les deux hommes se serrèrent la main. Puis Alaistair prit congé et fit le trajet à pied jusqu'à l'hôtel.

C'était une belle journée et sa rencontre avec le professeur Leblanc avait conforté sa décision initiale. Grâce aux pilules qu'il gardait sur lui, il avait désormais le sentiment étrange de contrôler son destin et ne regrettait en rien son choix. Savoir qu'il ne dépérirait pas comme tant d'autres qu'il avait connus lui procurait une vraie sensation de liberté. C'était donc un homme en paix avec lui-même et la vie qui arpenta les rues de Paris et emprunta le pont Alexandre-III pour rejoindre la rive Droite. Alaistair passa ensuite devant le Grand Palais, et eut une pensée pour Gabrielle Gates, qui devait être en train de visiter la Biennale. Le trajet était long jusqu'à l'hôtel, mais il se sentait en forme. Arrivé dans le hall, il s'apprêtait à retourner dans sa chambre pour se reposer quand il aperçut Gabrielle qui se dirigeait vers lui. Il se sentait soudainement épuisé par son rendez-vous avec le professeur Leblanc et sa promenade. Gabrielle, qui portait un tailleur en laine rouge et des talons hauts, ses cheveux noirs tirés en arrière, lui sembla, en comparaison, débordante de vitalité. Elle lui sourit.

— Vous êtes ravissante ! s'exclama-t-il.

Cette femme dégageait quelque chose de spécial, un sentiment de chaleur et de bienveillance, comme quelqu'un qui a beaucoup souffert mais qui est ressorti grandi de l'épreuve. Il l'admirait beaucoup.

— Merci. Je viens de recevoir un texto de Judythe ! Richard est sauvé… L'opération a duré toute la nuit, jusqu'à 7 heures du matin, mais ils ont localisé le problème et se montrent « prudemment optimistes », comme elle me l'a écrit. Ils vont le garder sous sédatif toute la journée, ce qui va permettre à Judythe de rentrer à l'hôtel pour se doucher et se changer.

Gabrielle avait l'air soulagée, et Alaistair sourit largement en entendant cette bonne nouvelle. Richard avait onze ans de moins que lui, il était sur le point de se marier et désirait avoir des enfants. Ce n'était que justice qu'il ait droit à un nouveau départ dans la vie. Au moins, il n'était pas atteint d'une maladie qui le rongeait de l'intérieur.

— Votre réunion s'est bien passée ?

— Oui, une bonne chose de faite. Sur le chemin du retour, je suis passé devant le Grand Palais et j'ai pensé à vous. Je me suis dit que vous y étiez.

— Je suis justement sur le point de me mettre en route, répondit-elle en regardant sa montre. Aimeriez-vous me rejoindre là-bas cet après-midi ? J'ai une entrée pour vous si vous le souhaitez.

Alaistair fut séduit par cette idée.

— Avec joie, à condition que je puisse vous inviter à dîner ce soir en échange ?

Elle hésita à peine une fraction de seconde avant de hocher la tête.

— Avec plaisir.

Puis elle baissa la voix avec un air de conspiratrice.

— Ce matin, la femme de chambre m'a raconté que la nuit dernière quelqu'un avait été assassiné dans une des suites de notre étage ! J'ai entendu des cris, mais je pense que vous étiez déjà parti rejoindre Judythe à l'hôpital. Apparemment, c'est une femme de chambre qui aurait découvert le corps... La victime n'était pas un client enregistré. Jusqu'à présent, les journaux n'ont pas encore ébruité l'affaire, mais voilà un peu d'excitation au Louis XVI habituellement si tranquille ! Les responsables doivent se ronger les sangs. Ce n'est pas bon pour les finances, conclut-elle avec compassion.

— Effectivement, répondit-il, intrigué.

— Le personnel a reçu l'ordre de ne pas en parler, mais la femme de chambre n'a pas pu résister.

— S'agit-il d'un règlement de comptes entre mafieux ou trafiquants de drogue ?

— Je n'en ai pas la moindre idée, je ne crois pas qu'elle en sache plus. La police a fureté partout pendant des heures.

— Quand je suis rentré hier soir, l'hôtel grouillait de policiers. Je n'y ai pas prêté beaucoup d'attention sur le moment, je me suis dit que c'était juste une question de sécurité.

— Dans tous les cas, la nuit n'a pas été paisible pour la direction de l'établissement, entre la crise cardiaque de Richard, et maintenant un meurtre.

Gabrielle lui tendit une entrée pour la Biennale et lui indiqua à quel stand la retrouver et à quelle heure, puis elle se hâta de se mettre en route.

Alaistair pensait encore à elle en retournant dans sa chambre, puis il se rendit directement dans la salle de bains et ouvrit la pochette où il rangeait les pilules, son ticket pour la liberté quand le besoin s'en ferait sentir. Ces cachets étaient ses meilleurs amis désormais, et il savait qu'il pouvait compter sur eux. Il s'allongea sur son lit, et songea à sa conversation avec le professeur Leblanc. Il pouvait toujours tenter son traitement s'il s'en sentait le courage, mais ce n'était pas le cas. Il n'arrivait même pas à faire confiance au professeur quand ce dernier lui affirmait qu'il ne souffrirait pas tant que ça et qu'il pourrait même continuer à pratiquer la médecine. Sa solution à lui était préférable : prendre le large en douceur, éviter les traitements, et en fin de course, avaler les cachets. Dans tous les cas, il avait encore du temps devant lui, au moins quelques mois. C'est pourquoi il était venu à Paris tant qu'il se sentait suffisamment en forme. Il tenait à revoir la ville Lumière une dernière fois.

Ce matin-là, Patrick consulta soigneusement les journaux, mais n'y lut aucune mention de la disparition du mannequin russe. Son soulagement était immense, mais inévitablement les journaux ne tarderaient pas à s'emparer de l'histoire. De son côté, Olivier Bateau, malade d'inquiétude depuis la découverte du cadavre, avait lui aussi parcouru la presse en priant pour que la mort du Russe soit un accident. Si les autorités ne divulguaient aucune information, c'est que l'enquête était en cours, et Patrick devait rester sur ses gardes tant que la piste de l'assassinat ne serait pas définitivement écartée. La police n'avait pour l'instant ni suspect ni mobile. Lui seul savait que la mort de Sergei n'avait été qu'un accident. Le jeune homme s'était peut-être comporté comme une ordure, mais à aucun moment Patrick n'avait eu l'intention de le tuer.

Alaistair dormit deux bonnes heures. À son réveil, il commanda un déjeuner léger au service d'étage, puis il s'apprêta à rejoindre Gabrielle à la Biennale et mit une cravate. Quand il l'avait croisée dans le hall, elle était très bien habillée, dans un style discret et chic qui lui plaisait beaucoup. Il tenait à lui faire honneur.

Il se présenta à l'endroit qu'elle lui avait indiqué le matin même et ils firent le tour des exposants, visitant avec bonheur chaque stand rempli d'antiquités et de tableaux dignes des plus grands musées. La Biennale était un événement de grande envergure et d'éminents marchands d'art ainsi qu'une demi-douzaine de bijoutiers réputés y étaient présents. La plupart des professionnels semblaient connaître Gabrielle, et elle leur présenta Alaistair. Ensuite, ils allèrent prendre un verre au Bar Vendôme du Ritz, puis il l'emmena dîner dans l'un de ses restaurants préférés et la soirée fut excellente. Ils découvrirent qu'ils avaient beaucoup de choses en commun, si bien qu'ils parlèrent sans discontinuer et le temps fila à toute vitesse. Sur le chemin du retour, Judythe appela Alaistair pour lui donner des nouvelles de Richard. L'homme allait aussi bien qu'on pouvait l'espérer. Il était encore sous sédatif, mais les médecins avaient retiré le respirateur et sa valve prothétique fonctionnait bien. Naturellement, Judythe était toujours inquiète pour son compagnon, mais elle semblait moins abattue que la nuit précédente. De nouveau, elle le remercia avec profusion pour son aide la veille au soir.

Gabrielle et Alaistair rentrèrent à pied et profitèrent de l'air doux du mois de septembre. La ville était superbe à la tombée de la nuit. Ils finirent par prendre congé dans le couloir du troisième étage, tous deux fatigués, mais heureux. Gabrielle avait d'autres réunions prévues pour le lendemain et envisageait de passer la semaine à Paris, tout comme Alaistair qui, convaincu que c'était l'ultime séjour de sa vie, tenait à en profiter au maximum. Ils convinrent de retourner dîner ensemble avant leur départ et Gabrielle parut ravie de ce projet.

Alaistair avait été surpris de se sentir aussi débordant d'énergie pendant la majeure partie de la journée, lui qui était si fatigué ces derniers temps. Paris semblait avoir eu un effet magique sur lui. Gabrielle lui avait confié la même chose pendant le dîner. À 45 ans, elle éprouvait à nouveau de l'enthousiasme à propos de sa vie et de son travail, et lui avait affirmé qu'elle était enfin sortie du marasme qui avait suivi son divorce. Elle était encore suffisamment jeune pour s'amuser et jouir à fond de l'existence. Elle avait des envies de voyage et se félicitait des affaires qu'elle avait conclues pour certains clients cet après-midi-là.

Décidément, la journée avait été excellente pour tous les deux.

Quand Patrick rentra chez lui ce soir-là, il ne remarqua pas immédiatement les deux policiers qui l'attendaient dans une voiture banalisée. Il vit qu'Alice était déjà dans l'appartement et, pour une fois, elle avait préparé le dîner pour eux deux. On sonna à la porte avant qu'ils puissent se mettre à table. C'étaient les inspecteurs Forrestier et Plante qui souhaitaient s'entretenir de nouveau avec lui.

Après avoir indiqué à Alice qu'il ne serait pas long, le ministre les accueillit dans son bureau. Elle ne lui demanda pas qui étaient ces hommes, supposant que cela avait à voir avec son travail. Elle avait l'habitude de croiser des agents et des détectives qui venaient consulter Patrick à la maison. Il referma la porte derrière lui et s'assit, tandis qu'ils s'installaient sur les deux sièges en face de lui, comme la veille.

— Je n'ai vraiment rien à ajouter, affirma-t-il, convaincu que son histoire était sans faille et l'affaire quasiment close, à l'exception de ce qu'ils ne manqueraient pas de découvrir au sujet de Sergei Karpov et de ses relations peu recommandables.

— Nous avons noté une incohérence dans votre récit et je voudrais m'assurer que nous vous avons bien compris, répondit calmement Forrestier. Vous nous avez indiqué que vous n'aviez rien commandé pendant le peu de temps que vous avez passé à l'hôtel. Or, les registres du service d'étage montrent que quelqu'un a commandé du caviar, du foie gras et de la vodka. Selon vous, Karpov aurait pu le faire après votre départ, et il est possible qu'il ait invité quelqu'un d'autre. Nous sommes d'accord, jusque-là ?

— Effectivement, je crois que c'est ce qui s'est passé. Peut-être se sont-ils disputés et que cette personne l'a poussé, avança spontanément Patrick, désireux d'exposer le scénario qu'il avait concocté.

— Nous avons revérifié la déclaration du valet d'étage hier soir. Il affirme qu'un homme d'âge mûr aux cheveux gris, vêtu d'un peignoir de l'hôtel, lui a ouvert la porte. Il ne se souvient pas de son visage, mais la description semble vous correspondre, monsieur le ministre. Nous lui avons montré des photos de Karpov et de vous et il vous a provisoirement identifié comme celui qui a signé le reçu de la commande. Ce qui m'intrigue, c'est qu'il a indiqué que vous étiez seul dans la suite. Vous seriez-vous douché avant de rencontrer Karpov ? Et pourquoi avoir prétendu n'avoir rien commandé ? À moins que Karpov n'ait été en réalité dans une autre pièce de la suite ? Je ne comprends pas pourquoi vous nous avez menti au sujet du repas, et pour quelle raison vous étiez dévêtu si votre informateur était déjà sur place.

Le commandant Forrestier le dévisageait en silence. Patrick, dont la version des faits était soudain mise à mal, semblait pour la première fois déstabilisé. Le ministre de l'Intérieur resta un instant bouche bée.

— Auriez-vous l'amabilité d'éclairer ma lanterne ? J'ai dû oublier cette histoire de dîner, j'avais beaucoup de choses en tête hier soir, répondit-il d'une voix sourde.

Son histoire commençait à devenir sacrément confuse. La veille, il avait omis de mentionner le repas commandé par Sergei. Ce qui signifiait qu'il avait donc menti à la police sur une partie du récit et que les inspecteurs s'en étaient aperçus.

— Avez-vous en réalité donné rendez-vous à Karpov dans cet hôtel pour une autre raison que celle que vous nous avez indiquée ?

Si tel était le cas, cela faisait de Patrick un suspect évident à cause du sperme retrouvé dans le lit. La police scientifique avait emporté les draps pour les analyser, mais les résultats n'étaient pas encore disponibles.

— Aviez-vous auparavant rencontré Sergei Karpov dans des hôtels en d'autres occasions ?

De nouveau, Patrick fut réduit au silence. Il comprit que s'il voulait sauver sa peau, il allait devoir faire preuve de franchise. La première version n'avait pas marché. Désormais, la vérité, même partielle, était peut-être sa seule option. Il avait l'impression d'être un animal acculé et haletait intérieurement de terreur. Mais en apparence, il fit mine d'être calme. Certes, il pouvait continuer à mentir et prétendre que quelqu'un d'autre avait signé le reçu du repas, un homme d'âge mûr arrivé après lui, mais il répugnait à s'enfoncer plus profondément dans le mensonge.

— C'est quelque chose que je n'ai jamais avoué à personne, lâcha-t-il dans un souffle à l'inspecteur de police qui ne l'avait pas quitté des yeux une seconde. En toute confidence, je dois admettre que j'ai commis comment dire... certaines indiscrétions avec lui en plusieurs occasions. Je me suis mis dans le pétrin et Sergei Karpov en a profité.

Il avait la gorge serrée en prononçant ces mots, lui qui ne s'était jamais exposé de la sorte auparavant. Hélas, il n'avait plus le choix.

— Je n'en suis pas fier, et personne ne l'a jamais appris. Ma femme l'ignore bien entendu. Cela la détruirait et mettrait fin à notre mariage si elle était au courant. Je fréquente des hommes de temps en temps. J'ai été idiot de rencontrer plusieurs fois Sergei Karpov. Ce type me fait chanter depuis deux ans.

Patrick ne savait pas que Forrestier avait examiné ses relevés bancaires plus tôt dans la journée et qu'il avait eu l'intention de l'interroger sur des retraits suspects.

— Hier soir, j'avais rendez-vous avec lui à l'hôtel pour lui verser une certaine somme, mais il a exigé une augmentation et je lui ai dit que c'était impossible, expliqua le ministre.

— Avez-vous eu des relations sexuelles avec lui au Louis XVI ? demanda Forrestier d'un ton neutre.

Patrick hésita longuement avant de répondre, mais il était trop tard pour reculer, d'autant plus que les tests ADN finiraient par le prouver.

— Oui.

— L'avez-vous rémunéré ?

— Non, je lui ai dit que c'était trop et que je ne pouvais pas.

Ce n'était pas toute la vérité, puisqu'il avait remis l'argent dans sa mallette une fois Sergei mort.

— L'avez-vous frappé ? Et lui, vous a-t-il fait du mal ? Vous êtes-vous disputés ?

— Non.

— Était-il encore vivant au moment de votre départ ?

— Oui.

Il leur en avait assez dit. Impossible de leur raconter toute l'histoire, car ils auraient inévitablement pensé que c'était lui qui avait poussé Sergei.

Forrestier se leva et regarda Patrick droit dans les yeux.

— Je vous remercie pour votre honnêteté, monsieur le ministre. Malheureusement, je ne suis pas en mesure de vous protéger ou de garantir la confidentialité d'une affaire aussi grave. Karpov était peut-être un sale type, mais il a perdu la vie, et nous devons enquêter sur les circonstances de sa mort. La presse mettra forcément la main sur tout ou partie de cette affaire à un moment donné. Vous devez vous y préparer et je vous conseille de tout avouer à vos proches.

Patrick hocha lamentablement la tête et se leva pour les raccompagner. Dans l'embrasure de la porte, Forrestier se retourna vers lui.

— Nous vous tiendrons au courant des suites de l'enquête.

Patrick priait pour que l'affaire en reste là, mais il venait de déclencher un véritable raz-de-marée qui risquait fort de l'engloutir. Forrestier avait raison. Il devait annoncer la nouvelle à Alice dès maintenant. Il lui devait bien ça. Impossible de la laisser découvrir une chose pareille dans les journaux.

Trop concentré sur les détails sordides de sa liaison avec Sergei, il avait toutefois négligé un aspect plus grave encore : maintenant que la police était au courant de sa relation avec le danseur et du chantage exercé par ce dernier, ils détenaient un mobile parfaitement valable. Une preuve accablante que la mort du jeune Russe n'était peut-être pas accidentelle.

Lorsqu'il entra dans la cuisine où Alice l'attendait pour dîner, Patrick se laissa tomber sur une chaise, incapable d'avaler quoi que ce soit. Des larmes de honte et de regret se mirent à couler sur ses joues. Il avait joué avec le feu et il risquait à présent de tout perdre : sa situation, sa carrière politique, les élections prochaines, son mariage, sa famille et même sa liberté. Il plongea alors son regard dans celui de sa femme et entreprit de lui avouer la vérité.

6

Patrick n'oublierait jamais l'expression sur le visage de sa femme quand il lui confessa ses relations épisodiques avec des partenaires qu'il connaissait à peine. Mais comment avouer ces moments, rares et impossibles à justifier, où il avait succombé à ses instincts ? Il fit de son mieux pour le lui annoncer avec toute la délicatesse dont il était capable. Elle le fixa d'un air étonné.

— Tu veux dire des prostituées ?

Elle était sous le choc de ces révélations. Cela faisait des années qu'elle soupçonnait les infidélités de son mari, mais ces aveux soudains la surprenaient.

— Oui, quelquefois. Ou juste des inconnus. Je n'ai jamais été amoureux. Souvent, ça se passait sur un coup de tête. Mes rendez-vous n'étaient jamais planifiés.

— Pourquoi me dis-tu ça maintenant ?

Toutes ces années, elle avait su à quoi s'en tenir, mais au moins il était discret. Quoi qu'il fasse, cela ne la concernait pas. Elle avait toujours senti qu'il avait des maîtresses, et ce dès le début de leur mariage. C'était sans doute la raison de leur désunion.

— Le temps est venu de m'expliquer devant toi, répondit-il d'un ton sinistre, tandis qu'elle s'asseyait à la table de la cuisine et le toisait avec la même expression confuse.

— Mais pourquoi maintenant ? Je n'ai pas besoin de savoir avec qui tu m'as trompée. De toute façon, la plupart des types de notre entourage font la même chose. J'ai préféré fermer les yeux.

Sa mère et sa grand-mère avaient fait de même avant elle. La plupart des maris étaient infidèles.

— Il ne s'agit pas de femmes... Tu te trompes sur ce point.

— Mais tu viens de dire...

— Je fréquentais des hommes, Alice. Pas des femmes.

À ces mots, elle ouvrit la bouche, mais aucun son n'en sortit. Elle lui fit penser à un poisson échoué sur le pont d'un bateau de pêche.

— Des hommes ? Tu m'as trompée avec des hommes ?

C'était la dernière chose dont elle aurait pu se douter. Patrick n'avait rien d'efféminé et elle n'aurait jamais imaginé qu'il soit attiré par son propre sexe. Lui qui avait systématiquement clamé son dégoût pour les homosexuels ! Lui qui ne mâchait pas ses mots et ne s'excusait jamais de son étroitesse d'esprit.

— Je n'aurais jamais soupçonné que tu étais gay, ajouta-t-elle, encore sous le choc.

Malgré sa surprise, elle était tout à fait lucide. Elle vivait dans un monde simple, où tout était noir ou blanc, et ne brillait pas par l'originalité de ses opinions ni de ses principes, résolument traditionnels, que son mari avait toujours prétendu partager, tant en public qu'en privé. Pendant ses campagnes, Patrick avait été jusqu'à déclarer que les valeurs familiales étaient essentielles pour lui et constituaient le socle de son existence.

— Je ne suis pas gay ! s'insurgea-t-il.

— Les hommes qui ont des rapports avec des individus du même sexe sont gays. Même moi, je suis au courant, rétorqua-t-elle avec colère.

Pourquoi diable l'avait-il épousée s'il était attiré par les hommes ? Évidemment, cela expliquait pourquoi il ne l'avait pas touchée ou désirée depuis des années.

— D'accord, j'ai commis des actes sexuels qui s'écartaient de la norme, mais cela ne fait pas de moi un homosexuel. Je te le répète, il ne s'agissait que de rendez-vous isolés qui ne signifiaient rien pour moi, insista-t-il, comme si cela justifiait tout.

Mais il était suffisamment intelligent pour comprendre que ses aveux pouvaient le conduire à sa ruine si Alice le dénonçait pour se venger du rejet qu'il lui avait fait subir toutes ces années.

— Pourquoi me raconter tout ça maintenant ?

Leur mariage était déjà proche du point de non-retour, alors pourquoi ressentait-il le besoin de lui confesser ces détails sordides ? Elle pressentait que ce n'était pas tout.

— Je te le dis parce que cela fait deux ans qu'un homme me fait chanter.

— Comment ? Mais que lui as-tu donné ? Ne me dis pas que nos économies y sont passées ?

Ils étaient mariés sous le régime de la communauté de biens, comme la plupart des Français. Le poste de Patrick était certes prestigieux, mais son salaire n'était pas démesuré. Depuis des années, elle s'efforçait d'épargner et plaçait de l'argent sur un compte commun. La pensée qu'il avait peut-être tout dilapidé pour acheter le silence d'un homme avec lequel il avait eu une relation d'un soir la rendait malade.

— Hier, j'avais rendez-vous avec lui dans un hôtel. Il a encore essayé de m'extorquer de l'argent. Je ne suis pas resté longtemps, mais après mon départ, il aurait apparemment fait une chute mortelle. La police ignore s'il s'agit d'un accident, ou si le type a été assassiné. Je ne suis pas coupable, j'étais déjà parti au moment des faits. Mais d'ici un jour ou deux, il est probable que la presse s'empare de cette histoire, et je ne voulais pas que tu la découvres dans les journaux. Une enquête est en cours. Les policiers gardent cette affaire secrète pour l'instant, mais plus pour très longtemps. Je me sentais obligé de t'informer de la situation. Une fois que les policiers auront classé l'affaire, tout ira mieux. Toujours est-il que j'ai eu pendant longtemps des relations cachées avec des hommes dans des chambres d'hôtel. J'ignore encore ce que contiendra le rapport de police et si cet aspect de l'enquête sera révélé, mais tu sais comme moi que les chaînes d'information et les journaux sont friands des faits divers de ce genre. Les policiers n'ont aucun contrôle sur les médias, et moi non plus. Tu dois donc te préparer à affronter une véritable tempête médiatique. Voilà, Alice. Maintenant tu es au courant de tout. Je suppose que j'aurais dû te le dire depuis le début, mais ce n'était jamais le bon moment. Cependant, vu la suite terrible des événements, je ne pouvais te le cacher plus longtemps.

Ils avaient l'un et l'autre oublié le dîner et restaient assis en silence, chacun perdu dans ses pensées. Alice fut la première à se lever. Elle se mit à entrechoquer brutalement des casseroles, comme pour évacuer sa colère.

— Quand tout cela sera passé, je veux qu'on divorce, annonça-t-elle d'une petite voix assurée. On aurait dû le faire depuis longtemps. Le moment est venu.

— Si ma carrière politique a encore la moindre chance après ce désastre, tu la détruiras en demandant le divorce, répondit-il sur un ton suppliant.

— Tu plaisantes, j'espère ? J'ai de la peine pour toi, Patrick. Tu as fait un beau gâchis de notre vie commune et de la tienne. Curieusement, je ne ressens aucune haine à ton égard, mais il est absolument hors de question que je reste mariée avec toi. C'en est trop.

Alice était une femme profondément catholique et il avait trahi sa confiance. Sa décision de divorcer ne le surprenait pas.

Patrick retourna à son bureau. Il avait fait ce qu'il devait faire. Il était fatigué de mentir au monde et de se cacher. C'était précisément ce sur quoi comptaient les gens comme Sergei quand ils choisissaient leurs victimes. Désormais, il n'était plus question de vivre une existence gouvernée par les secrets et les trahisons. On avait bien vu où cela menait.

Ce soir-là, Alice s'enferma dans leur chambre, tandis que Patrick installait ses quartiers dans son bureau. Il resta éveillé une bonne partie de la nuit et finit par s'endormir au lever du soleil. Elle passa la nuit à réfléchir au fait que leur mariage était définitivement mort, par sa faute à lui. Elle se sentait à la fois libérée et triste, mais surtout stupide de n'avoir jamais soupçonné les préférences sexuelles de son époux. Voilà qui expliquait bien des choses. Il l'avait si bien caché et s'était moqué d'elle. Elle était restée mariée avec lui pour le bien des enfants, mais c'était terminé. À présent, le temps était venu de le quitter et de refaire sa vie. Pendant toutes ces années, Alice s'était effacée devant Patrick et sa carrière. Maintenant, c'était son tour d'avoir la priorité.

Lorsque les inspecteurs Forrestier et Plante sonnèrent à la porte le lendemain matin, Patrick, encore en pyjama, était assis dans la cuisine et buvait une tasse de café tandis qu'Alice était sous la douche. La gardienne les avait fait rentrer dans l'immeuble. Le ministre ouvrit la porte et aperçut les deux hommes qui le fixèrent droit dans les yeux. Ils firent un pas dans l'appartement, lui passèrent les menottes et lui lurent ses droits tandis qu'il les regardait, hébété.

— Vous êtes en état d'arrestation pour le meurtre de Sergei Karpov, annonça le lieutenant Plante d'un ton neutre.

Forrestier lui expliqua qu'il serait placé en garde à vue pendant vingt-quatre heures, mais que sa détention provisoire pourrait durer plusieurs jours, le temps nécessaire pour rassembler des preuves contre lui et constituer un dossier. Le procureur n'avait pas encore décidé s'il allait demander une inculpation pour homicide involontaire ou pour meurtre commis avec préméditation, mais le juge d'instruction pourrait avoir le dernier mot et affirmer que le décès était accidentel. Ils n'avaient pas tous les éléments en leur possession, mais ils avaient un mobile. En effet, Patrick avait tout à gagner de la mort de Sergei, qui mettait fin au chantage et aux menaces sur sa carrière et ses ambitions présidentielles.

Alice sortit dans le couloir en peignoir au moment où les policiers énonçaient les charges retenues contre son mari. Les yeux pleins de larmes, elle mesura la déchéance de Patrick, mais elle se désola davantage pour elle et ses enfants que pour lui. Désormais, elle devait leur annoncer la nouvelle. Comme d'habitude, c'est à elle que revenaient les tâches difficiles. Au moins, il avait eu la décence de la prévenir la nuit précédente. Mais pour lui, l'humiliation était totale. Les enquêteurs, convaincus que la mort de Sergei n'était pas un accident, étaient déterminés à le prouver. Ils n'avaient pas cru un mot de son scénario impliquant une tierce personne ni ses affirmations comme quoi le danseur était tombé après son départ. Le commandant Forrestier était persuadé que Patrick leur mentait sur ce point.

Tandis que les policiers l'emmenaient, Patrick, en larmes, criait en boucle qu'il était innocent. Après un dernier regard sur son époux, Alice referma doucement la porte derrière eux. Elle était désolée pour lui, mais elle ne reviendrait pas sur sa décision de divorcer pour autant.

L'histoire fit rapidement la une de la presse et des journaux télévisés. Les médias annoncèrent que le ministre de l'Intérieur, soupçonné de meurtre dans le cadre d'une affaire de chantage sexuel, avait été arrêté. La victime, retrouvée morte dans une chambre d'hôtel à Paris, était un danseur et mannequin russe âgé de 27 ans.

Par bonheur, Alice parvint à contacter les enfants avant que les gros titres ne leur apprennent la dramatique nouvelle. Marina, anéantie, crut dur comme fer que ces accusations étaient le fruit d'un complot contre son père. Pour elle, il s'agissait évidemment d'une cabale de ses adversaires politiques, visant à empêcher Patrick Martin de se présenter aux prochaines élections. Elle ne pouvait pas imaginer que son père, qu'elle avait considéré comme un héros durant toute sa vie, était coupable.

En revanche, leur fils Damien se montra furieux contre Patrick. Il quitta son bureau avant l'heure pour aller soutenir sa mère. Il la trouva ébranlée, mais elle tenait le coup. Marina avait elle aussi proposé de rentrer à Paris, mais Alice avait refusé, préférant la savoir à l'université, loin des journalistes qui l'auraient harcelée. Elle-même n'avait aucune intention de sortir de leur appartement avant plusieurs jours.

Le lendemain matin, la situation empira encore. D'autres hommes s'étaient manifestés et avaient affirmé avoir eu des relations sexuelles avec Patrick. À l'époque, ils ignoraient tout de sa véritable identité, car Patrick Martin utilisait un faux nom lors de leurs rendez-vous et n'était pas encore une personnalité publique. Or, ils le reconnaissaient désormais grâce aux photos publiées par les journaux. L'un des hommes alla jusqu'à donner des détails sur sa relation avec Patrick Martin, déclarant que le ministre et lui se rencontraient dans des hôtels de passe ou des toilettes publiques. C'était comme si tout le monde attendait son heure de gloire… Seule la police avait rejeté toutes les demandes d'interviews de la part des médias.

Alice n'était pas venue rendre visite à son mari en détention. Patrick avait contacté un avocat depuis sa cellule et, naturellement, il avait présenté sa démission de sa fonction de ministre de l'Intérieur. Même si l'enquête venait à établir son innocence, le scandale causé par cette affaire mettait un coup d'arrêt à sa carrière politique. Les liaisons extraconjugales d'un politicien avec des femmes pouvaient encore passer, mais les gens étaient choqués qu'un homme, qui plus est jouissant d'une image publique de père de famille aux valeurs moralement irréprochables, puisse tromper sa femme avec de très jeunes hommes. Il était vu comme un hypocrite et un pervers. Désormais, la police devait déterminer si Patrick Martin était également un meurtrier. En l'espace de quelques heures, sa vie entière avait été détruite.

Au terme de trois jours de détention provisoire, le juge retint contre Patrick les charges d'homicide involontaire et de non-assistance à personne en danger. La date du procès n'était pas encore fixée, mais le juge, après de longues négociations, accepta de lui rendre sa liberté, à condition qu'il ne quitte pas le pays et fasse l'objet d'une surveillance policière.

L'ancien ministre ne désirait plus qu'une chose : retrouver leur appartement, à l'abri des regards et des critiques. Ce qu'il n'imaginait pas, c'était que les journalistes campaient littéralement devant leur immeuble. Il supplia Alice de le laisser revenir chez eux le temps qu'il trouve un endroit où déménager.

Alice aurait préféré qu'il quitte les lieux dès sa sortie de détention, mais elle fit preuve de magnanimité. Lorsqu'elle le revit, il n'était plus que l'ombre de lui-même, un homme brisé. Quant à elle, cela faisait une semaine qu'elle était cloîtrée afin d'échapper aux paparazzi. Elle n'allait même plus au supermarché, mais faisait livrer leurs courses à domicile.

Le premier soir après le retour de Patrick, leur fils vint le voir. Hélas, sa visite fut douloureuse pour tous les trois. Brûlant d'une rage qu'il maîtrisait avec peine, Damien l'accusa d'être un moins que rien et un motif de honte pour la famille.

— Comment as-tu osé ? criait-il à son père. Quand je pense à toutes les conneries que tu débitais sur les homosexuels ! Moi, j'ai dû me taire car je sais que je suis gay depuis mes 16 ans. Je craignais trop que tu me haïsses à cause de ça. Et regarde-toi, pendant tout ce temps, tu allais à tes rencards dans des chambres d'hôtel sordides et des toilettes publiques dégueulasses. Tu es la risée de tout le pays ! Tu es pire que tout ce que tu aurais pu dire de moi, papa. Sans compter que tu es un meurtrier, par-dessus le marché ! Comment as-tu pu nous faire ça ? Tu nous as humiliés.

Patrick ne tenta même pas de s'expliquer et se contenta de présenter ses excuses à son fils. Mais au fond, il semblait plus meurtri pour lui-même que pour sa famille. Les derniers mots que Damien lança à son père avant de claquer la porte furent : « Je te déteste ! »

Après le départ en trombe de Damien, Alice éclata en sanglots. C'en était trop pour elle. À l'affaire dans laquelle était impliqué son mari, et qui avait fait voler en éclats sa famille, s'ajoutaient les aveux d'un fils meurtri. Elle avait toujours pressenti que Damien était gay, mais elle avait été trop embarrassée pour aborder le sujet avec lui. Elle avait soudainement l'impression de l'avoir renié, elle aussi.

Patrick Martin sembla anéanti en apprenant que son fils était homosexuel. C'était un coup dur de plus, une claque en pleine figure. Mais que lui restait-il de sa vie d'avant ? Il maudit le jour de sa première rencontre avec Sergei et lui imputa le désastre de sa situation, alors qu'en réalité, c'était lui-même qui avait trompé ses proches avec ses mensonges et sa double vie. Alice n'avait aucune idée de la façon dont leur famille pourrait se remettre de ce naufrage et de la honte qu'il leur avait causée. L'avocat de Patrick avait déclaré qu'il serait probablement accusé d'homicide involontaire et qu'il irait en prison. Au bout du compte, le ministre déchu avait trahi sa fonction, son pays, ses proches, et un homme avait péri – directement ou indirectement – à la suite d'un coup qu'il lui avait porté. L'avocat précisa que, dans le cas où les autorités établiraient des preuves de préméditation ou si elles étaient convaincues de sa responsabilité dans la chute mortelle de Karpov, il serait accusé d'homicide volontaire et encourrait une peine de prison allant jusqu'à trente ans. Jour après jour, Patrick restait enfermé dans son bureau, les yeux dans le vide, méditant sur tout ce qu'il avait perdu, songeant même parfois à se suicider.

Après une brève parenthèse, Alice reprit le travail, ce que ses collègues et ses étudiants trouvèrent particulièrement vaillant de sa part. Elle repéra un appartement meublé pour Patrick, pas très loin de chez eux, et l'aida à emménager, car il était incapable de s'occuper de lui-même pour le moment. Elle ressentait une peine sincère pour lui et pour tout ce que ses mauvaises décisions, sa complaisance envers lui-même et ses pulsions lui avaient coûté, mais elle ne voulait plus de lui dans leur foyer. Ses mensonges depuis des années étaient tout bonnement impardonnables. Quant à Patrick, il ne distinguait rien à travers le voile qui lui bouchait la vue et se lamentait sur sa carrière perdue plutôt que sur le mal qu'il avait causé à sa famille. Désormais, Alice avait ouvert les yeux et constaté à quel point son mari était égocentrique et narcissique. Elle lui répéta qu'elle attendrait la fin du procès pour demander le divorce, mais il n'y avait aucun doute dans son esprit. Elle allait mettre fin à leur mariage et regrettait simplement de ne pas l'avoir fait plus tôt.

Cette décision lui apportait une certaine paix. Elle n'avait plus rien à lui offrir, après lui avoir tout pardonné pendant si longtemps, se contentant du peu qu'il lui donnait en retour. Elle avait bien essayé de lui inventer des excuses auprès des enfants, mais dire que parmi ses slogans de campagne figurait « Le chef de famille » ! Quelle farce ! Il en payait le prix désormais, ou bien c'était un coup du destin, un changement de karma, car Alice était convaincue que Patrick méritait ce qui lui arrivait. Lui seul avait le toupet de se considérer encore comme une victime.

Alaistair et Gabrielle rendirent visite à Richard à l'hôpital le deuxième jour après son opération. Il se portait plutôt bien et ses joues avaient repris des couleurs. Depuis son réveil, Judythe ne l'avait pas quitté une minute, sauf pour aller se changer à l'hôtel.

Gabrielle fut frappée de sentir à quel point la vie les avait si vite rapprochés. Trois jours auparavant, ils n'étaient que des étrangers les uns pour les autres, alors que désormais, elle avait l'impression qu'ils avaient toujours été amis. Alaistair et elle avaient plusieurs fois déjeuné et dîné ensemble. Il était fasciné par sa passion pour l'art, et pour sa part, elle appréciait beaucoup sa compagnie. L'expérience traumatisante de la crise cardiaque de Richard leur avait rappelé à tous les deux combien la vie était précieuse et fugace, et ils profitaient de l'instant présent.

La conversation se porta évidemment sur le scandale qui s'était produit dans leur hôtel, la nuit même où Richard se trouvait entre la vie et la mort. L'affaire Patrick Martin les avait secoués.

— Ce doit être un type très malheureux, commenta Alaistair. On dirait le moment dans les films d'action où tout explose et la maison s'écroule. Il paraît que Martin était un politicien très respecté et qu'il avait de bonnes chances d'être élu l'année prochaine. Maintenant, les gens déclarent qu'il va aller en prison. Je suppose qu'il n'y a rien de plus détestable que ces politiciens malhonnêtes qui se croient tout permis, mais c'est quand même une tragédie. Un jeune homme a trouvé la mort, l'épouse et les enfants du ministre doivent être désespérés, et une carrière parfaitement honorable est en ruine. C'est à se demander ce qui lui est passé par la tête !

— Un homme qui ne pensait qu'à lui-même..., trancha Richard. Et puis, il devait imaginer qu'il ne se ferait jamais prendre.

— Typique des politiciens, lança Judythe en haussant les épaules.

La jeune femme ne ressentait aucune compassion pour Martin. Ce fait divers la répugnait, et elle avait de la peine pour sa famille. Elle avait vu des photos d'eux dans la presse, et ils avaient vraiment l'air de gens bien. Sur l'une d'entre elles, prise cet été dans le sud de la France, Patrick et Alice, détendus et souriants, posaient avec leurs enfants à l'occasion du 14 Juillet. Et pendant tout ce temps, le ministre payait son silence à un amant sordide. Gabrielle aussi détestait les hommes comme lui. Le public semblait de son avis et sa sympathie allait entièrement à Alice Martin et ses enfants.

Richard devait passer le reste de la semaine à l'hôpital en observation, puis quinze jours à l'hôtel avant d'être autorisé à retourner à New York. De retour aux États-Unis, il devrait être suivi par un cardiologue. Celui de Paris lui avait recommandé de ne pas reprendre le travail avant un mois. Cet épisode avait prolongé le séjour de Judythe et Richard en Europe et ils avaient naturellement dû annuler leur voyage à Rome. Par chance, le Louis XVI leur avait accordé un tarif spécial pour le reste de leur séjour, vu qu'ils restaient à Paris pour raison médicale.

— Nous partirons à Rome pour notre lune de miel, dit-il en souriant à Judythe. Nous n'avons pas encore décidé de la date, mais nous tenons absolument à ce que vous soyez tous les deux présents à notre mariage. Sans vous, nous ne serions pas en train de faire des projets. Et je remercie aussi ma future femme. Vous m'avez tous les deux sauvé la vie.

— Souvenez-vous qu'il s'agit d'un travail d'équipe, lui rappela Alaistair avec modestie. L'effort conjugué de

Judythe et de moi-même, et du remarquable personnel médical du SAMU, sans oublier votre éminent chirurgien et tous les infirmiers. À propos, on m'a dit que votre opération s'était miraculeusement bien passée et que vous ne devriez plus avoir de problèmes après cela. Votre valve prothétique fonctionne à merveille. Tout ira bien pour vous à partir de maintenant.

— J'y compte bien ! s'exclama-t-il en embrassant Judythe, assise sur le lit à côté de lui.

Les deux jeunes gens étaient ravis de voir Gabrielle et Alaistair ensemble. Ils semblaient si bien assortis et il fallait espérer que leur relation naissante se poursuivrait après leur départ de Paris. Ils étaient de toute évidence parfaitement heureux maintenant. Mais où cela allait-il les mener ? Il était bien trop tôt pour le dire. Et l'océan qui les séparerait rendrait certainement les choses d'autant plus compliquées.

Ce soir-là, Gabrielle et Alaistair allèrent dîner dans un restaurant réputé pour sa cuisine franco-thaïlandaise qu'ils ne connaissaient ni l'un ni l'autre, et ils se régalèrent. À la fin du repas, Gabrielle remarqua qu'Alaistair, soudain mélancolique, avait le regard dans le vide. Devant son expression perplexe, il se reprit rapidement et lui sourit.

— Tu avais l'air si triste pendant une minute. Tout va bien ?

Par moments, Alaistair semblait être ailleurs, comme dans son propre monde.

— Je pensais seulement que j'étais un peu triste de t'avoir rencontrée seulement maintenant…

Gabrielle était le genre de femme qu'il aurait aimé rencontrer bien plus tôt dans sa vie. Quel dommage de faire sa connaissance maintenant qu'il était trop tard ! D'après les médecins, il lui restait si peu de temps à vivre… Ce serait injuste de sa part de l'entraîner dans une romance qui durerait à peine quelques mois. En toute conscience, il ne pouvait lui faire subir ça, même s'ils s'appréciaient beaucoup, voire de plus en plus, au fil de leurs rendez-vous. Dans l'après-midi, Alaistair avait accompagné Gabrielle chez un marchand d'art auprès duquel elle souhaitait acquérir une peinture, et son talent pour la négociation l'avait impressionné. Elle connaissait toutes les ficelles et avait fini par obtenir un excellent prix pour le tableau destiné à un client de New York. « J'arrive toujours à mes fins », avait-elle lancé à Alaistair avec un sourire malicieux en quittant la Biennale.

— Londres organise également de merveilleux salons d'art et d'antiquités, ajouta-t-elle. Autrefois, j'avais l'habitude de me rendre à chaque grande foire. Ces deux dernières années, j'ai limité mes déplacements, mais je suis de nouveau dans la partie !

— Je l'espère, répondit Alaistair d'une voix douce. J'aimerais beaucoup te revoir à Londres.

Ou à New York, ou dans n'importe quelle autre ville où elle comptait se rendre. Gabrielle ne tenait pas en place.

Elle n'avait pas encore parlé d'Alaistair à ses filles. Cela lui semblait bien trop prématuré à ce stade : qui pouvait affirmer où leur attirance réciproque les mènerait dans les mois à venir ? Elle avait toutefois l'impression qu'ils souhaitaient tous deux ne pas en rester là, mais chacun faisait preuve d'une grande prudence et craignait de se montrer présomptueux sur les sentiments de l'autre. Qui plus est, ils savaient bien que les relations à distance n'étaient jamais simples à entretenir…

Le lendemain, le sujet fut abordé lors d'un dîner dans un petit restaurant indien. Les brasseries chics devenaient coûteuses à la longue, et au fond, ils appréciaient davantage la simplicité des bistrots. Gabrielle avait été touchée qu'Alaistair insiste pour payer la note à chaque fois. Jusqu'à ce moment, ils s'étaient tous les deux retenus de trop discuter de l'avenir, conscients qu'ils vivaient loin l'un de l'autre et qu'ils menaient des carrières exigeantes. Gabrielle avait, certes, davantage de flexibilité, car ses clients habitaient dans le monde entier, mais les patients d'Alaistair comptaient sur lui à Londres.

— Pourquoi ai-je l'impression que tu me caches quelque chose ? lui demanda-t-elle prudemment.

Il mit un certain temps à répondre, et soudain, elle devina quelle était la raison la plus probable. Après tout, ils ignoraient encore beaucoup de choses de la vie de l'autre.

— Es-tu marié ?

— Non, divorcé depuis quinze ans, répliqua-t-il avec un sourire.

Mais elle pressentait qu'il ne lui disait pas tout. Peut-être avait-il une petite amie, une femme à laquelle il tenait... Cela ne la surprendrait pas, Alaistair ne manquait pas de charme.

— Pardonne-moi. Je n'avais pas l'intention de me montrer indiscrète.

— Tu peux tout me demander, Gabrielle.

Il répugnait à la perdre avant qu'ils aient eu la chance de mieux se connaître.

— La vérité, c'est que je suis malade.

— Gravement malade ?

— Je suppose qu'on peut dire ça, du moins, mes médecins sont de cet avis, même s'ils peuvent se tromper ! Je suis venu à Paris pour consulter un éminent professeur dont les recherches concernent précisément la forme rare de leucémie dont je souffre. Hélas, ses analyses confirment ce que l'on m'avait dit, et le traitement serait sans doute une perte de temps.

— Qu'est-ce que tu veux dire ?

Une ride s'était formée sur le front lisse de Gabrielle. Quelle femme exquise, belle et intelligente ! Il n'aurait pas pu rencontrer une compagne plus parfaite s'il l'avait cherchée toute sa vie. Dire qu'il avait fait sa connaissance dans le couloir d'un hôtel parisien...

— Le professeur a confirmé le diagnostic de ses confrères londoniens. Bien entendu, il propose un traitement différent qui présente apparemment de bons résultats. Mais celui-ci est agressif et j'ai vu trop d'amis et de patients souffrir à cause de ce genre de thérapies. C'est pourquoi j'ai pris la décision de ne pas m'infliger cela. Je compte profiter des mois à venir, aussi nombreux soient-ils, puis je tirerai ma révérence sans faire de bruit. Pas de chichis, pas d'ennuis, pas de traitements abominables et de fin de vie affreuse. Hors de question que je subisse ça.

— Mais y a-t-il une chance que tu guérisses ? insista-t-elle, les larmes aux yeux.

— Cela arrive, mais c'est très rare. Avec beaucoup de chance, on peut obtenir une rémission, mais les statistiques laissent peu d'espoir. J'ai rejeté la proposition du professeur et je n'ai aucun regret. Sauf maintenant que je te regarde. Mais je désire profiter de toi le plus longtemps possible en étant en bonne santé, et non cloué au lit et souffrant davantage du traitement que de la maladie.

— Mais si tu peux être en rémission, est-ce que ça ne vaut pas le coup de tenter la thérapie du professeur ?

— Je ne le pense pas. Les perspectives de m'en sortir sont très faibles.

Il ne voulait pas lui raconter d'histoires.

— Peu importe les statistiques. Avec un peu de chance, tu pourras continuer à vivre, Alaistair, et sans avoir une épée de Damoclès au-dessus de ta tête.

— Elle sera toujours là. Et puis, je n'ai pas envie de me battre, dit-il à voix basse.

Il tenta de changer de sujet, mais leurs propos restaient suspendus entre eux.

— J'ai assisté à la mort lente et atroce de mes deux parents tandis qu'ils luttaient de toutes leurs forces pour survivre. Je ne pense pas que les traitements douloureux qu'ils ont subis leur aient accordé plus que quelques jours de répit, au maximum une ou deux semaines, et dans quelles conditions ! Je n'ai pas l'intention de faire comme eux, Gabrielle.

— Alors qu'as-tu l'intention de faire ? Jouer la comédie en te répétant que tout va pour le mieux dans le meilleur des mondes ? lança-t-elle d'une voix tranchante.

— Je veux profiter de ma vie et jouir de chaque moment passé en ta compagnie jusqu'à notre départ. Ensuite, je retournerai à Londres pour voir mes patients, et toi, tu t'envoleras pour New York et continueras à acheter des tableaux spectaculaires pour tes clients, et plus tard, nous nous souviendrons avec tendresse de ces quelques jours passés ensemble. Je sais que moi, je ne les oublierai pas.

Sa sincérité sautait aux yeux.

— Et c'est tout ? Ce sera la fin de notre histoire ? Juste un bon souvenir ? N'attends-tu pas davantage de la vie, Alaistair ? Pourquoi refuses-tu de te battre contre la maladie ? Tu es plus fort que tu ne le crois.

— J'en doute, hélas. Il y a des batailles qu'on ne peut pas gagner et il vaut mieux le reconnaître quand il en est encore temps.

— Si c'était vrai, je me serais roulée en boule et je serais morte quand Arthur m'a quittée pour une jeune femme ! Il a emporté avec lui toute la joie, le plaisir et l'amour que nous avons partagés pendant tant d'années, tous les souvenirs de notre vie passée. Sans compter qu'il m'a privée de mon avenir. Pendant toute une année, j'ai cru que ma vie était finie, et puis j'ai compris que mon bonheur ne lui appartenait pas. Car c'est la vérité : mon bonheur ne lui appartient pas ! J'ai encore le droit de me sentir heureuse et épanouie, même sans lui. Et j'ai aussi le droit d'avoir une belle vie. Je ne lui appartiens pas. C'est pour cette raison que je suis retournée au Louis XVI que nous aimions tant. Parce que cela ne lui appartient pas non plus, et qu'il n'a aucun droit de m'en priver. Et regarde ce qui s'est passé ! J'ai fait ta connaissance. Il m'aura fallu près de trois ans pour me sentir à nouveau bien dans ma peau, mais maintenant je le suis et je ne laisserai plus jamais personne me faire du mal de cette façon. Et qu'en est-il de Richard et Judythe ? Eux aussi ont dû se battre pour divorcer de leurs compagnons et se retrouver là où ils sont aujourd'hui. Alaistair, ça vaut vraiment le coup.

Alaistair resta pensif quelques secondes, puis secoua la tête.

— Malheureusement, les problèmes de santé n'ont rien à voir avec ce que tu dis.

— Tu as tort. C'est du pareil au même, la santé ou l'amour. S'il existe ne serait-ce qu'une chance pour que ce médecin puisse soigner ta maladie, pourquoi ne pas essayer ? Qu'est-ce que tu as à perdre, après tout ? Tu pourras toujours arrêter le traitement si tu souffres trop !

C'est précisément ce que le professeur lui avait dit. Alaistair se mit à songer aux pilules qu'il emportait partout avec lui, et qui étaient le symbole de sa résignation. Or, il était soudain prêt à écouter Gabrielle. Et si c'était elle qui avait raison ?

— Je te promets d'y réfléchir.

Sur le chemin du retour, ils passèrent devant Notre-Dame tout illuminée, puis ils aperçurent au loin scintiller la tour Eiffel comme par magie. Quand ils se retrouvèrent sur le seuil de la suite de Gabrielle, Alaistair tenta de l'embrasser, mais elle ne le lui permit pas.

— Je n'ai pas l'intention de tomber amoureuse de toi, Alaistair, et de te permettre de me briser le cœur parce que tu refuses de te battre pour survivre. Je ne te laisserai pas me faire ça. Je suis disposée à nous donner une chance à tous les deux, mais seulement si tu es prêt à tout mettre en œuvre pour guérir.

C'était beaucoup lui demander, mais l'Anglais était touché par ses paroles. Il acquiesça et fit un pas en arrière tandis qu'elle se glissait sans bruit dans sa chambre avant de verrouiller la porte derrière elle. Elle était parfaitement en droit de prendre cette décision.

Il retourna dans sa chambre et se dirigea droit dans la salle de bains pour contempler les flacons de pilules alignés sur l'étagère. Sa porte de sortie, son échappatoire pour mettre fin à un terrible destin. Jusqu'à présent, il les avait considérés comme ses alliés, mais Gabrielle exigeait qu'il leur tourne le dos et tente à nouveau sa chance avec la vie. Et si c'était trop tard ? Et si ce qu'elle lui demandait était au-dessus de ses forces ? Les petits flacons représentaient la facilité et il pourrait compter sur eux quand la maladie prendrait le dessus sur sa santé. Gabrielle lui tendait la main et tentait de le sauver de la mort prochaine, mais il avait si peur. En revanche, en disant qu'il n'avait rien à perdre, elle se trompait. C'était justement tout le contraire depuis qu'il l'avait rencontrée.

7

Gabrielle et Alaistair dînèrent ensemble le vendredi, car elle avait un repas d'affaires prévu avec des marchands d'art le samedi, qui était aussi sa dernière soirée à Paris. Pendant toute la semaine, ils avaient passé de merveilleux moments et partagé des conversations intéressantes dans la capitale française qu'ils appréciaient tant tous les deux. Au cours de ce dernier dîner, l'atmosphère était à la fois douce et amère, à présent qu'elle était au courant de sa maladie et de son intention de se laisser mourir. Certes, Alaistair était parfaitement en droit de prendre cette décision, mais de son côté, elle pouvait choisir de ne pas s'engager davantage dans leur relation. Hors de question pour elle d'assister à la mort lente de son nouvel ami, ou pire, de le voir mettre à exécution son sinistre projet. Quelle malchance d'avoir rencontré un homme au destin brisé alors qu'il lui plaisait tant ! Hélas, pour Alaistair, il était plus digne d'accepter son sort et de ne pas se lancer dans une bataille impossible à gagner.

C'est pourquoi chacun évita soigneusement le sujet de sa maladie pour ne pas gâcher ce dernier repas ensemble.

Après leur retour à l'hôtel, ils décidèrent de poursuivre leur soirée au bar du Louis XVI. Declan Dragon, une rock star, avait pris possession d'une bonne partie des lieux avec son entourage. La veille, le musicien, qui avait à peu près l'âge de Gabrielle, avait donné un concert dans le cadre de sa tournée mondiale. Il avait l'air d'un sauvage, avec ses longs cheveux blonds jusqu'à la taille, ses bras couverts de tatouages et un pistolet tatoué sur le visage. Grand et maigre, entièrement vêtu de cuir noir, il se promenait torse nu sous son blouson. Gabrielle fit remarquer à Alaistair que Louis Lavalle, le gérant qui avait pris sa retraite, n'aurait jamais permis à Declan Dragon de fréquenter son hôtel. Ce commentaire fit sourire l'Anglais. Le rockeur, originaire d'Irlande, était l'une des plus grandes stars au monde.

— Je ne pense pas qu'on lui aurait interdit de réserver une chambre ! Ce matin, le serveur m'a raconté que son entourage occupait douze suites au dernier étage, y compris la plus grande de l'établissement. Je serais étonné que le Louis XVI renonce à ce genre de profit !

— On dirait qu'il sort de prison, rétorqua-t-elle, laconique.

Il éclata de rire et ils allèrent s'installer à une table à l'écart, dans un angle de la salle où ils discutèrent pendant près deux heures. Comme Gabrielle redoutait le moment de leur séparation ! Elle avait apprécié chaque minute de leur rencontre fortuite, qui lui avait rappelé que le monde abritait encore des gens merveilleux, y compris des Anglais très séduisants. Hélas, elle ne le reverrait sans doute jamais, et l'idée même qu'il puisse mourir bientôt sans avoir lutté contre sa maladie l'horrifiait. Ils finirent par monter se coucher, et leurs pas se ralentirent au fur et à mesure qu'ils se rapprochaient du moment des adieux. Elle brûlait d'envie de s'abandonner à lui et de profiter de leurs derniers instants ensemble, mais elle se raisonnait. Quand ils s'arrêtèrent devant la porte de la suite de Gabrielle, Alaistair se pencha vers elle et l'embrassa.

Un frisson la parcourut et elle lui rendit son baiser avec passion, mais ne lui permit pas d'aller plus loin.

— Prends bien soin de toi, Gabrielle, et merci de m'avoir consacré du temps. Je sais combien tu étais occupée.

Dire que chaque fois qu'ils étaient ensemble elle avait l'impression d'avoir tout le temps du monde...

— C'est moi qui devrais te remercier. Tout s'est passé à merveille et j'ai réussi à faire ce que j'avais prévu.

Gabrielle se rendit compte qu'Alaistair était le premier homme qu'elle embrassait depuis son divorce, et elle sentit soudain une vague de tristesse la submerger à l'idée de le quitter, peut-être à jamais.

— Je te téléphonerai la prochaine fois que je viens à Londres.

Elle espérait avec force qu'il serait toujours en vie à ce moment-là.

— Je t'appellerai bien avant ça.

Un instant plus tard, elle rentrait dans sa chambre et lui dans la sienne, songeant à leur rencontre.

Le lendemain matin, Gabrielle partit très tôt à des rendez-vous et fut occupée toute la journée. Elle téléphona à Judythe pour lui souhaiter bonne chance ainsi qu'à Richard, et les jeunes gens lui promirent de la contacter pour qu'ils se revoient à New York.

Gabrielle se félicitait d'avoir entrepris ce voyage, qui s'était révélé tellement plus intéressant que ce qu'elle avait espéré. Cela faisait si longtemps qu'elle ne s'était pas amusée comme ça, et elle se sentait délicieusement libre et indépendante.

Le dîner avec les marchands d'art se prolongea tard dans la soirée et elle boucla ses valises à son retour à l'hôtel. Le lendemain matin, Alaistair l'appela sur son portable dans le taxi qui l'emmenait à l'aéroport et lui souhaita un bon vol. Il déclara qu'il avait décidé de rester un jour de plus à Paris parce qu'il avait encore des choses à régler. Ils raccrochèrent seulement au moment où elle parvint à destination.

Cet après-midi-là, Alaistair fit une longue promenade au bord des quais de Seine, puis rentra à l'hôtel pour passer un coup de fil. Dans le hall, Declan Dragon et la trentaine de ses acolytes, tous plus débraillés les uns que les autres, étaient entourés de montagnes de matériel de musique et attendaient d'embarquer à bord d'un bus, sous les regards renfrognés du personnel de direction qui montait la garde. Le lendemain matin, Alaistair découvrit dans le journal que Declan et son groupe avaient saccagé leurs chambres au point que l'établissement allait devoir les fermer pendant plusieurs mois afin de les rénover. Au cours de leurs bagarres d'ivrognes, ils avaient arraché les étoffes des murs, brisé des cadres et des lampes, déchiré les rideaux. Dans leur état d'ébriété avancé et drogués jusqu'à l'os, ils avaient jeté de la nourriture sur les cloisons et brûlé la moquette. La direction de l'hôtel leur avait demandé de quitter les lieux immédiatement, mais ils avaient de toute façon déjà prévu de partir ce jour-là pour un concert à Londres.

Au moment où Alaistair allait à son rendez-vous le lendemain matin, Olivier Bateau et Yvonne Philippe rencontraient leur maître d'œuvre pour évaluer l'étendue des dégâts. Le devis, qui s'élevait à un peu plus de 100 000 euros, serait envoyé sans tarder à l'agent de Declan Dragon… Dire que ces sauvages avaient mis le feu à un tapis aussi ancien que rare ! Le Louis XVI ne méritait pas de subir de tels actes de destruction gratuite ! Olivier Bateau en avait presque les larmes aux yeux lorsqu'il se tourna vers son adjointe après la réunion :

— Quand je pense que nous avons ouvert il y a moins de deux semaines ! Nous avons déjà enduré une crise cardiaque, un décès suspect et pratiquement tout un étage a été endommagé ! Je ne sais pas où je vais trouver la force de continuer ainsi.

— Tu vas t'y habituer, le rassura Yvonne. Nous avons connu bien pire dans certains hôtels où j'étais employée ! Les rock stars ne sont pas des clients faciles. On dirait qu'elles ont une prédilection pour le saccage systématique des chambres. Une fois, on a même eu droit à la livraison d'un troupeau de chèvres ! Une famille royale du Moyen-Orient séjournait chez nous et exigeait que le chef cuisinier les abatte et les serve pour le dîner !

— J'espère que ça va se calmer, avant que je fasse une crise cardiaque ou que les propriétaires se débarrassent de moi...

— Ils connaissent le métier, et ils savent bien que rien n'est simple, même dans un hôtel cinq étoiles.

Olivier Bateau comprenait désormais pourquoi son prédécesseur avait dirigé l'établissement d'une main de fer... Le célèbre Louis Lavalle n'aurait jamais permis à la rock star irlandaise de réserver une chambre au Louis XVI !

— Et moi qui essayais de me montrer cool !

La presse avait fait ses choux gras de cette histoire, ce que les propriétaires n'allaient pas apprécier.

Dans l'après-midi, Olivier eut une brève conversation téléphonique avec ces derniers, très contrariés par la couverture médiatique de l'incident. Les paparazzi campaient devant l'hôtel en guettant l'arrivée d'une quelconque célébrité. On avait fait entendre à Olivier en termes très clairs que la prochaine fois qu'une rock star, aussi renommée soit-elle, souhaitait réserver des chambres au Louis XVI, il faudrait lui répondre qu'il n'y avait aucune disponibilité. Le directeur s'y était engagé.

Les propriétaires avaient également été très affectés par la mort de Sergei Karpov. Ils connaissaient personnellement l'ancien ministre de l'Intérieur et avaient été horrifiés par les histoires qui couraient à son sujet. Dire qu'il s'apprêtait à être jugé pour homicide ! Décidément, la semaine n'avait pas été de tout repos.

De son côté, Alaistair avait appelé le professeur Leblanc, qui avait accepté de lui accorder un nouveau rendez-vous. Ils démarrèrent la thérapie immédiatement et le premier traitement se déroula à merveille. Un calendrier des futures séances avait été établi, selon lequel Alaistair devait revenir consulter Leblanc à Paris toutes les quatre semaines pour recevoir son traitement, plus une séance supplémentaire administrée tous les quinze jours par son confrère oncologue à Londres.

— Maintenant, il ne reste plus qu'à voir comment votre corps va réagir.

À la grande surprise d'Alaistair, Leblanc se montra plus chaleureux que prévu.

— Puis-je vous demander ce qui vous a fait changer d'avis ?

Convaincu que l'état d'esprit de ses patients avait un effet indéniable sur la thérapie et sa bonne tolérance, il tenait à connaître leurs motivations.

— J'ai rencontré une femme.

— Cela me semble être une excellente raison, approuva le professeur avec un sourire. De toute évidence, elle a exercé une influence positive sur vous. Je pense que vous avez pris une excellente décision. Vous lui en avez parlé ?

Alaistair secoua la tête.

— Non, je voulais d'abord constater par moi-même comment j'allais réagir.

— C'est plus sage, en effet.

Dans l'Eurostar qui le ramenait à Londres le lendemain, Alaistair pensa beaucoup à Gabrielle en regardant le paysage défiler à grande vitesse par la fenêtre. Il se demandait quand il la reverrait. Tout ce qu'il pouvait faire désormais était d'attendre. Dans le cas où son état de santé empirerait, il s'abstiendrait de la rappeler. Jusqu'à présent, il n'avait pas ressenti d'effets secondaires, mais il était trop tôt pour se réjouir. Toutefois, il se sentait plein d'énergie et d'espoir après son voyage à Paris. À son arrivée à la gare de St Pancras, il rejoignit directement sa clinique. Depuis qu'il était lui-même malade, il éprouvait encore davantage de compassion pour ses patients.

Pendant son séjour à Paris, Gabrielle avait pris le temps de passer un coup de fil à ses filles, Georgina et Veronica. La première était en terminale au prestigieux lycée pour filles de Georgetown à Washington, où elle se plaisait beaucoup. La seconde, diplômée de l'université de Californie du Sud depuis l'année précédente, partageait la passion de sa mère pour l'art et travaillait au Getty Museum à Los Angeles. Les sœurs s'entendaient bien malgré leurs tempéraments différents, et toutes deux avaient de très bonnes relations avec leur mère, tout en étant farouchement attachées à leur indépendance. Elles étaient également proches de leur père, et bien qu'elles lui en aient voulu au moment du divorce, elles avaient fini par lui pardonner. Toutefois, elles ressentaient une vive aversion pour Sasha, sa nouvelle épouse, et faisaient de leur mieux pour l'ignorer lorsqu'elles se trouvaient en sa présence ou celle de leur demi-frère. Leur loyauté était acquise à leur mère, mais Arthur, séduisant, raffiné, talentueux et brillant, avait toujours été leur héros. Veronica et Georgina le vénéraient depuis l'enfance, avec la bénédiction de Gabrielle qui savait qu'elles aimaient leurs parents autant l'un que l'autre. C'est sans doute pour cette raison que pendant la première année compliquée qui avait suivi le divorce, elles avaient gardé leurs distances et en avaient profité pour prendre leur envol.

L'éloignement de ses deux filles avait également permis à Gabrielle de gagner une autonomie nouvelle. Bien entendu, elle se sentait parfois seule dans le grand appartement, mais pour la première fois, les circonstances l'obligeaient à se construire sa propre vie, sans Arthur et sans ses enfants. Elle avait d'ailleurs coupé les ponts avec leurs anciens amis communs au moment du divorce, avec l'envie de repartir de zéro et rencontrer de nouvelles personnes.

Le soir de son retour à New York, Gabrielle appela Veronica et Georgina pour leur raconter son séjour. Elle s'abstint de mentionner sa rencontre avec Alaistair. Il était certes le premier homme qui lui plaisait depuis des années, mais les filles n'avaient pas besoin d'être au courant. Surtout, elle n'avait aucune envie d'écouter les critiques qu'elles ne manqueraient pas de formuler à son égard. Et puis, comment leur expliquer qu'elle était tombée amoureuse d'un homme atteint d'une maladie incurable, qui n'en avait peut-être plus que pour quelques mois à vivre ? C'était déjà bien trop compliqué pour elle, donc elle s'interdisait de mêler ses deux jeunes filles à ça. Peu importe le fait qu'Alaistair la rende heureuse, Gabrielle savait que ses enfants le considéreraient comme un rival de leur père. Depuis le divorce, elle ne leur avait pas une seule fois parlé de sa vie amoureuse et n'avait aucune intention de commencer maintenant. Alaistair habitait sur un autre continent et ils n'avaient pas prévu de se revoir. Il était simplement un homme charmant, une belle rencontre qu'elle avait eu la chance de faire pendant son séjour à Paris. Cela lui suffisait pour le moment, et peut-être qu'il ne se passerait jamais rien de plus entre eux. Gabrielle refusait de penser à l'avenir, d'autant que l'état de santé d'Alaistair ne s'y prêtait pas.

Elle se mit immédiatement au travail et fixa des rendez-vous avec les clients pour lesquels elle avait acquis des œuvres d'art à la Biennale. Figuraient parmi celles-ci des pièces qui n'avaient pas été exposées au public, mais qui lui avaient été présentées par des galeries avec lesquelles elle faisait régulièrement affaire. Les filles n'avaient pas prévu de rentrer à la maison avant Thanksgiving. Pour Noël, Arthur les avait invitées à passer les fêtes dans les Caraïbes, du côté des luxueuses îles Turques et Caïques, ou peut-être à Saint-Barthélemy s'il décidait d'affréter un bateau. Depuis leur naissance, Veronica et Georgina avaient joui d'une existence dorée, mais leurs parents avaient pris soin de leur inculquer des valeurs de solidarité et de charité. En fin de compte, la seule enfant gâtée de la famille était peut-être Sasha, leur nouvelle belle-mère !

Les filles la considéraient comme le dernier caprice de leur père. Sasha était belle, rusée et elle avait appris à se débrouiller dans les bas quartiers de Moscou, mais son manque d'éducation et sa méconnaissance des bonnes manières se manifestaient dans chaque situation. Veronica et Georgina ne comprenaient pas pourquoi Arthur acceptait le comportement insupportable de cette jeune femme. Dire qu'il avait quarante-quatre ans de plus qu'elle ! Il la trouvait irrésistible et la traitait comme l'une de ses filles, puisqu'elles avaient toutes les trois presque le même âge ! Le bébé, prénommé Graham, n'avait été qu'un stratagème de Sasha pour obtenir une sécurité financière. D'ailleurs, elle avait engagé deux nounous à plein temps et ne passait jamais une minute avec le nourrisson. Arthur, bien que ravi d'avoir un fils, ne s'occupait pas non plus beaucoup de lui.

Même si elle se l'interdisait, Gabrielle ne pouvait pas s'empêcher de penser parfois à eux. La situation avait été si différente au moment de la naissance de ses enfants. Elle s'était consacrée avec le plus grand dévouement à ses filles, qui étaient devenues le centre de son univers. Le mariage d'Arthur et Sasha n'était qu'une mascarade, et leur union n'était certainement pas vouée à durer. Après tout, ce n'étaient pas ses affaires. Arthur avait une vie bien plus remplie qu'elle, avec sa jeune épouse, son bébé, ses deux filles adultes et sa société d'investissements. Gabrielle n'avait que son travail et la joie de voir ses filles par intermittence. Depuis le divorce, elle menait une existence plutôt solitaire et avait mis du temps à s'y habituer. Aujourd'hui, elle avait repris le contrôle de son destin : elle vivait seule, mais ne se sentait pas esseulée. Elle avait appris à faire la différence, et son isolement ne lui pesait plus comme au début.

Elle avait refusé de laisser Arthur la détruire quand il l'avait quittée, et elle était ravie d'être allée à Paris, car ce voyage constituait une preuve irréfutable de son nouvel état d'esprit. Sa rencontre avec Alaistair avait été la cerise sur le gâteau, mais ce n'était pas le plus important. Pendant son séjour à Paris, elle avait également conclu plusieurs contrats juteux. Bien qu'Arthur ne se soit jamais montré particulièrement intéressé par son travail, il ne s'était jamais opposé à sa carrière, et à présent, comme elle se félicitait d'avoir conservé ses activités ! Elle aurait été perdue si ses journées avaient été oisives.

Après son retour d'Europe, elle s'installa de nouveau rapidement dans sa routine. Elle communiquait régulièrement avec ses clients les plus importants, prenait des nouvelles de ses filles tous les deux ou trois jours et suivait avec attention les grandes ventes aux enchères qui avaient lieu aux quatre coins du monde.

Le soir, elle pensait souvent à Alaistair, mais ne lui téléphonait pas. Il lui avait promis de le faire, et elle lui faisait confiance. Bien sûr, elle serait heureuse de le revoir s'il venait à New York ou bien la prochaine fois qu'elle s'envolerait pour Londres, mais elle s'interdisait de fonder trop d'espoir là-dessus, étant donné son état de santé précaire. Elle s'efforçait de ne pas penser trop souvent à lui et à sa maladie. Où était l'intérêt de s'attacher à quelqu'un qui ne serait peut-être plus en vie dans un mois ou deux ? Elle ne pouvait pas se permettre de laisser son bonheur dépendre à nouveau d'un homme.

La remise en liberté provisoire de Patrick Martin ne l'empêcha pas de recevoir de nombreuses visites impromptues de la part des inspecteurs Forrestier et Plante. Des preuves supplémentaires avaient fait surface. En outre, les prélèvements ADN sur les draps de la chambre d'hôtel de l'ancien ministre avaient bien confirmé que Sergei et lui avaient eu des rapports sexuels – mais Patrick Martin l'avait déjà admis. À plusieurs reprises, les policiers avaient tenté de le pousser dans ses derniers retranchements, mais sans parvenir à lui faire avouer qu'il était coupable. Pour le moment, les inspecteurs n'étaient pas en mesure de prouver le contraire, alors ils feignaient de le croire, d'autant plus que Patrick leur semblait de plus en plus déprimé à chaque nouvelle rencontre.

Enfin vint le jour où Patrick Martin dut faire face à sa fille Marina, rentrée de Lille pour le week-end. Dès son arrivée, la jeune fille éclata en sanglots dans les bras de son père. Elle était anéantie par l'humiliation publique de Patrick et sa démission. Même si par miracle il était innocenté lors du procès, il était évident que toutes ses chances d'être élu président s'étaient envolées. Sa réputation avait été ternie à tout jamais.

— Oh, papa… Je suis tellement désolée pour toi.

Marina était la seule de leur famille à ne pas le blâmer, car elle le considérait dans cette affaire comme une victime, ce qui convenait à son père qui se lamentait à longueur de temps sur son propre sort. Elle défendait farouchement Patrick et avait le cœur brisé à l'idée qu'il puisse se retrouver derrière les barreaux. Tout le contraire de son frère qui était furieux contre elle d'ignorer ainsi les fautes de leur père et lui reprochait d'avoir subi un lavage de cerveau.

Devant les opinions extrêmes de Marina et Damien, Alice faisait de son mieux pour se montrer à la hauteur de la situation. Elle n'avait jamais caché à ses enfants à quel point le comportement de Patrick l'avait bouleversée, mais en bonne chrétienne, elle faisait preuve de compassion. Elle n'avait aucune envie de le fréquenter, mais respectait le fait qu'il était le père de ses enfants. Patrick, rasséréné par l'affection que lui portait Marina, campait sur ses positions : il se disait choqué par la nouvelle de l'homosexualité de son fils, et refusait de voir que lui-même l'était. Il s'enfermait dans le déni et prétendait qu'à son sujet, il ne s'agissait que de « pulsions » et « d'aberration sexuelle », rien de plus.

Cette période fut pour Alice la plus sombre de sa vie. Sa famille se désagrégeait sous ses yeux mais elle s'efforçait de maintenir une certaine unité entre ses enfants. Son travail à l'université était sa seule échappatoire et elle y consacrait le plus clair de son temps. Patrick habitait désormais dans son propre petit appartement et survivait grâce à ses maigres économies. Il dépensait une fortune en frais juridiques, car en cas de condamnation, il ne pourrait plus exercer en tant qu'avocat. L'ancien ministre n'avait aucune idée de ce qu'il pourrait trouver comme emploi à sa sortie de prison et se sentait de toute façon incapable d'envisager l'avenir. Ses consultations avec son avocat, ses entretiens avec la police et la préparation de son procès l'accaparaient. Alice avait du mal à maintenir un semblant de normalité dans sa vie, mais au moins, elle n'était plus obligée de côtoyer son mari tous les jours. Elle se félicitait parfois que ses parents ne soient plus de ce monde pour assister à cette débâcle. Eux qui avaient toujours eu un comportement irréprochable et avaient mené leur existence dans la plus stricte moralité auraient été consternés. Elle se demandait souvent comment elle avait pu épouser un homme comme lui, mais en réalité, c'est lui qui l'avait trompée depuis le début. La mère de Patrick était toujours en vie, mais elle souffrait de démence depuis de nombreuses années et résidait dans une maison de retraite à Mougins.

La police avait découvert que Sergei avait fait chanter au moins deux autres victimes. Patrick pensait que c'était là une preuve accablante de l'immoralité du danseur, mais Gérard Pélaprat, son avocat, lui avait affirmé que cela ne ferait malheureusement aucune différence lors du procès.

— Peu importe ce que ce type a fait subir à d'autres ! Vous aviez un motif sérieux de le tuer. Il vous faisait chanter, vous étiez furieux, et vous vous trouviez dans la même pièce que lui quand il est mort.

La police connaissait toute l'histoire à présent, et les circonstances n'étaient pas favorables à l'ancien ministre, qui avait perdu son aura de respectabilité et la sympathie du public. Il avait menti à sa femme pendant des années, menant une double vie sordide avec des personnes peu recommandables. Patrick Martin était considéré comme un imposteur, ayant dissimulé son vrai visage à sa famille et au monde entier, tout en pourfendant l'homosexualité en politique.

Alice avait déjà consulté un avocat pour régler les détails de son divorce, mais elle l'avait prié d'attendre la fin du procès avant de déposer la requête au tribunal. Elle voulait éviter de rendre les choses encore plus difficiles pour son mari. La nouvelle avait plongé Marina dans le désarroi. Avec toute la naïveté de la jeunesse, elle continuait à porter son père aux nues et était furieuse contre sa mère.

— Bon sang, nous devons être la famille la plus dysfonctionnelle de la planète, lança Damien un soir où il dînait avec sa mère en tête à tête.

Marina était déjà retournée à l'université à Lille. Il s'inquiétait pour sa mère, mais elle tenait le coup bien mieux qu'il ne l'aurait cru et l'épatait par son courage.

— Je suis certaine que d'autres familles ont autant de problèmes que nous, si ce n'est plus, lui répondit Alice avec un sourire.

Depuis que le scandale avait éclaté, mère et fils étaient plus proches qu'ils ne l'avaient jamais été. Le coming-out de Damien avait été un soulagement pour tous les deux et ils se réjouissaient de ne plus avoir de secrets l'un pour l'autre.

— Pas vraiment. Rappelle-toi qu'il a été gay toute sa vie sans jamais nous l'avouer, et qu'il fréquentait ses conquêtes dans des hôtels sordides. Par-dessus le marché, il va prochainement être jugé pour le meurtre d'un de ses amants ! Cet homme nous a menti sur toute la ligne, et malgré tout, ma sœur le voit encore comme un héros. Est-ce que ça pourrait être pire ?

— Mais oui ! J'espère juste que les choses vont vite s'arranger. Tu dois être capable d'affronter les difficultés, Damien. Nous allons nous en sortir. Les gens n'oublieront peut-être jamais ce qu'a fait ton père, mais dans quelque temps, ils s'intéresseront à autre chose. Nous ne ferons pas éternellement la une des journaux. Quant à ta sœur, il faudra bien qu'un jour elle accepte le fait que son père a fait de terribles erreurs et qu'il nous a menti à tous.

— À toi en particulier. Je suis désolé, maman, que tu sois obligée de traverser ça, murmura Damien, ému.

— Moi, je n'en mourrai pas, mais c'est pour lui que je me fais du souci. Il a perdu tout ce à quoi il tenait dans l'existence. Je crains qu'il ne commette une bêtise.

Damien hocha la tête, mais s'abstint de tout commentaire. Il y avait lui-même réfléchi, et s'inquiétait que son père puisse être tenté de mettre fin à ses jours. Malgré la colère qu'il ressentait à son égard, il ne souhaitait pas sa mort. En revanche, il était fier de sa mère pour la force et la dignité dont elle faisait preuve. Il ne l'avait jamais entendue calomnier Patrick, en dépit de son chagrin et de son humiliation publique. Le jeune homme imaginait que cela n'avait pas dû être facile pour elle : leur mariage avait été une mascarade depuis le premier jour. À l'exception des enfants qu'elle avait mis au monde, elle avait gâché la moitié de sa vie auprès d'un époux qui ne l'avait jamais aimée. Alice s'en rendait douloureusement compte et allait quotidiennement à l'église où elle trouvait un certain réconfort. Mais la tension montait graduellement parmi les membres de la famille à mesure que la date du procès, fixée en janvier, approchait. Les quatre mois à venir allaient être les plus longs de leur existence. Et pourtant, sans qu'elle sache comment, Alice parvenait à puiser la force dont elle et ses enfants avaient besoin au plus profond d'elle-même. Elle était un exemple concret de la volonté et de l'endurance dont peuvent faire preuve les êtres humains dans les situations extrêmes.

8

Gabrielle n'avait pas contacté Alaistair depuis leurs adieux à Paris la semaine précédente. Elle avait besoin de temps, à la fois pour penser à ce bonheur qu'elle avait ressenti en la présence du médecin anglais, mais aussi pour digérer la terrible annonce qu'il lui avait faite. Surtout, elle refusait de devenir responsable d'une situation qu'elle n'aurait pas pu gérer, et encore moins de prendre des engagements impossibles à tenir. Aussi dramatique soit-il, c'était un fait : Alaistair n'avait plus que quelques mois à vivre. Il était condamné, et Gabrielle ne pouvait pas se permettre de se sacrifier bêtement ou de perdre la tête pour cet homme qu'elle connaissait à peine. Elle avait été ébranlée au plus profond d'elle-même quand Arthur l'avait quittée du jour au lendemain, et il lui avait fallu presque trois ans pour s'en remettre. Ses filles avaient beau être devenues adultes, elles avaient encore besoin de leur mère. Il était donc hors de question de risquer de perdre le semblant d'équilibre qu'elle avait eu tant de mal à retrouver pour un homme qu'elle venait de rencontrer.

Alaistair téléphona à Gabrielle quinze jours après son retour à New York. Au son de sa voix, elle devina qu'il était épuisé, mais il paraissait d'excellente humeur. Elle se demanda si son état de santé s'était aggravé, mais ne lui posa pas la question. Il lui expliqua que son cabinet médical était plus débordé que d'habitude à cause d'une épidémie de grippe, survenue au début de l'automne.

— N'est-ce pas dangereux pour toi de t'exposer aux virus de tes patients ? le questionna-t-elle en s'efforçant de ne pas l'embarrasser en ayant l'air indûment inquiète.

— Je porte un masque. Et puis, j'ai recruté un assistant qui s'occupe des cas les plus graves. Ainsi, je passe la plupart de mon temps avec les gens en bonne santé qui ont besoin de vaccins ou de contrôles de routine. J'ai parfois l'impression d'être un lâche, mais je n'ai pas d'autre choix, surtout en ce moment.

— À cause de ta maladie ?

— Non, à cause de mon traitement… Je ne suis pas complètement idiot, Gabrielle. Tout ce que tu m'as dit ce soir-là avait du sens. C'est toi qui avais raison. Je dois au moins tenter le coup. Comment puis-je attendre de mes patients qu'ils aient le courage de lutter contre leurs maladies si je ne leur donne pas l'exemple ? Pendant des années, j'ai prescrit toutes sortes de traitements, mais au moment où moi j'en ai besoin je vais renoncer ? Cela n'a pas de sens ! Sache que le lendemain de ton départ, je suis retourné voir le professeur Leblanc.

Gabrielle, stupéfaite, en avait les larmes aux yeux.

— Vraiment ? Oh, Alaistair, c'est vraiment courageux !

— Pas du tout ! C'est toi qui m'as donné la force qui me manquait. Tu m'as ouvert les yeux.

La cause de ce revirement, c'est qu'il s'était trouvé une nouvelle raison de vivre après sa rencontre avec Gabrielle. Quand, après son départ, il était allé se promener le long de la Seine, il s'était rendu compte à quel point sa vie avait été dénuée de sens depuis son divorce, quelques années auparavant. Bien sûr, cela n'avait jamais été le grand amour entre sa femme et lui, et tous deux en étaient parfaitement conscients. Une part de lui-même s'était perdue avec cette relation, et sa foi en l'avenir avec. Or, en l'espace de quelques jours, Gabrielle lui avait redonné le goût de vivre.

— Ça ne va peut-être pas marcher, mais j'ai décidé de tenter le coup. Ce professeur français obtient le meilleur taux de réussite en Europe concernant la forme particulière de leucémie dont je souffre, et ses recherches sont saluées par tout le corps médical. J'ai entendu parler d'un ou deux excellents spécialistes aux États-Unis, mais Paris est plus pratique pour moi, vu que je vais devoir me rendre régulièrement à son cabinet pour le traitement. Ce n'est pas agréable, mais si jamais ça marche, ça aura valu le coup. Tu m'as donné le courage de le faire, Gabrielle. Parce que je suis seul, sans enfants ni personne sous ma responsabilité, je pensais que ma vie n'avait plus d'importance, mais j'avais tort. L'existence est précieuse, et chaque journée supplémentaire un cadeau. Merci de me l'avoir rappelé. En fait, je te téléphone pour te demander quelque chose. Je ne sais pas comment tu vas le prendre… Je dois retourner à Paris dans deux semaines. Est-ce que tu aurais envie de me rejoindre ? Je devine que tu dois être très occupée, mais je tenais à te le proposer. Bien sûr, si cela te gêne, je comprendrai. Simplement, je déteste me retrouver à Paris sans une personne chère à mes côtés. Et cette personne chère, c'est toi, Gabrielle.

Elle ne s'y attendait pas du tout, et les mots lui manquèrent. C'était une chose de l'exhorter à faire preuve de maturité, à ne pas perdre espoir et tenter la thérapie du professeur Leblanc, mais c'en était une autre, bien plus forte, de rester à ses côtés pendant son traitement. Après tout, elle venait juste de faire sa connaissance et il lui demandait de lui servir de partenaire et de le soutenir pendant sa thérapie. Elle répugnait à le blesser dans ses sentiments ou le décourager, mais si elle décidait de le rejoindre à Paris, cela constituerait un véritable engagement de sa part, et elle n'y était pas encore prête. Il l'avait totalement prise par surprise en lui annonçant qu'il avait commencé à se soigner – alors qu'il s'y était si farouchement opposé –, sans compter qu'il la rendait responsable de son changement d'attitude à l'égard de sa maladie. Elle garda le silence un instant pendant qu'elle réfléchissait à sa réponse.

— J'ai eu l'impression que nous partagions quelque chose de très spécial quand nous étions ensemble, ajouta-t-il à mi-voix.

Tout avait débuté quand il avait sauvé Richard. Gabrielle se souvenait de l'émotion intense qu'elle avait ressentie en voyant Alaistair ramener le jeune homme à la vie en attendant l'arrivée des urgences. C'était presque comme assister au miracle de la naissance. Ils savaient tous les deux qu'ils n'oublieraient jamais cette expérience, tout comme Richard et Judythe. Et à présent, il avait le sentiment qu'elle avait fait la même chose pour lui. De toute évidence, ce lien les unissait, qu'elle décide ou non de le rejoindre à Paris. Alaistair était de si bonne compagnie, et il n'y avait rien de morbide ou de pathétique chez lui. D'ailleurs, ils s'étaient beaucoup amusés à chacune de leurs rencontres. De son côté, Alaistair n'avait pas regardé ses pilules une seule fois depuis leur dernière conversation sérieuse pendant laquelle il lui avait fait part de sa maladie. Désormais, les flacons lui semblaient presque être un affront, un douloureux rappel de sa lâcheté. Pour l'instant, il n'en avait pas besoin, et avec un peu de chance, il n'en ferait jamais usage. Gabrielle lui avait donné ce courage de se battre au lieu de partir par la petite porte, en silence.

— À vrai dire, j'ai pas mal de projets à mener à bien dans les prochaines semaines, répondit-elle, anxieuse.

Elle se sentit coupable dès que les mots franchirent ses lèvres. C'était un mensonge, car elle pouvait très bien trouver le temps de le rejoindre à Paris si l'envie lui en prenait. Mais c'était justement ce dont elle n'était pas sûre. Avait-elle envie de le revoir ? Serait-elle prête à tomber amoureuse de lui, pour le perdre quelques mois plus tard si la maladie finissait par l'emporter ? Maintenant, c'était à son tour d'être lâche en refusant son invitation.

— Écoute, laisse-moi un peu de temps pour tenter de modifier mon planning. Je te donnerai ma réponse dans quelques jours.

— Ce n'est pas une obligation, Gabrielle, répondit Alaistair avec douceur. Tu n'es pas forcée de venir, et je ne serai ni fâché ni déçu si tu décides de rester à New York. Après tout, je n'ai aucun droit d'attendre quoi que ce soit de toi, et je n'en ai nullement l'intention. Je ne devrais même pas me lancer dans une histoire qui pourrait te faire souffrir. La seule raison valable pour que tu me rejoignes à Paris, c'est si tu souhaites passer quelques jours agréables en ma compagnie. Laisse-moi gérer le reste, la thérapie est mon problème, pas le tien. La dernière chose que je veux, c'est être un fardeau pour toi.

Mais il lui demandait déjà beaucoup, en exprimant son désir de l'avoir à ses côtés. En quelque sorte, il lui enjoignait de vivre pleinement, voire d'aimer à nouveau.

— Tu n'es pas un fardeau, je dois seulement vérifier si je peux modifier mes engagements. Laisse-moi voir ce que je peux faire.

— Ne t'y sens pas obligée. On peut très bien se rencontrer une autre fois, ou pas du tout si tu préfères. Tu m'as déjà offert un immense cadeau en me convainquant de me soigner. Le reste de la partie, c'est entre moi, le professeur et le bon Dieu. Sache que ce que tu as déjà fait pour moi, c'est énorme.

Chaque mot qu'il prononçait la touchait en plein cœur. Elle aurait voulu se montrer courageuse pour lui, mais elle devait aussi se protéger du chagrin inévitable qui la frapperait si les choses tournaient mal. Alaistair lui-même avait expliqué qu'il n'y avait aucune garantie de guérison et ils savaient ce qui se passerait en cas d'échec de la thérapie. Elle n'était pas sûre de trouver suffisamment de courage en elle pour l'épauler. Elle s'était envolée pour Paris pour célébrer sa propre renaissance et sa force retrouvée après la trahison d'Arthur. Désormais se dressait devant elle une bien plus gigantesque montagne à gravir. Elle se sentit soudain toute petite, mais Alaistair paraissait à la hauteur du défi qui l'attendait. Il avait recouvré la force qui lui manquait.

— Dis-moi plutôt ce que tu as fait depuis ton retour, lança-t-il pour changer de sujet et passer à des choses plus légères. J'ai l'impression que tu as été très occupée. Comment vont les filles ?

À la façon dont Gabrielle parlait de ses enfants, il avait deviné à quel point elle les aimait.

— Elles vont bien, répondit-elle en souriant. Très prises elles aussi… Je les vois si peu maintenant. Elles me manquent terriblement. C'est tellement plus difficile une fois que les enfants ont grandi. On oublie qu'ils ne nous sont que prêtés pendant un temps et qu'ils ne nous appartiennent pas.

— Je regrette sincèrement de ne pas en avoir eu. On évitait toujours le sujet avec mon ancienne femme, probablement parce qu'on savait tous les deux qu'on avait épousé la mauvaise personne. Et puis je ne me suis pas remarié après mon divorce. Et maintenant, c'est trop tard.

— Bien sûr que non ! Arthur avait presque ton âge quand nos filles sont nées. Et il vient juste d'avoir un bébé, à 70 ans !

Elle éclata de rire. Cela la soulageait d'être capable de s'amuser de la situation. Ce n'était pas le cas au début.

— Je ne suis absolument pas prêt ! s'exclama Alaistair en riant lui aussi. Je ne peux pas du tout concevoir d'avoir un bébé à mon âge, encore moins à 70 ans !

En épousant Arthur, qui avait vingt-cinq ans de plus qu'elle, Gabrielle ne se serait jamais imaginé que ce serait lui qui la quitterait un jour. Elle s'était sentie si confiante dans leur couple, et on l'avait trompée. D'un jour à l'autre, son mari avait pété les plombs et pris la fuite avec une jeune femme qui n'avait d'yeux que pour sa fortune. Gabrielle se demandait si Sasha ressentait de l'amour pour Arthur à présent. Elle n'avait aucun moyen de savoir, mais cela n'avait guère d'importance. Elle passa un excellent moment avec Alaistair au téléphone, puis il lui dit que l'heure était venue de fermer son cabinet, et elle lui répéta qu'elle lui donnerait sa réponse concernant Paris sous quelques jours.

— Ne t'inquiète pas. De toute façon, je n'ai pas l'intention de faire cette proposition à quelqu'un d'autre, la taquina-t-il. Tu peux te décider à la dernière minute. Surtout, Gabrielle, n'en fais pas toute une histoire ! Il s'agit d'une invitation en tout bien tout honneur, à passer quelques jours ensemble à Paris, c'est tout. Chambres séparées, évidemment, et c'est moi qui paie.

Une offre généreuse de sa part, mais Alaistair avait l'impression de lui devoir au moins ça pour ce qu'elle avait fait pour lui. Gabrielle lui avait ouvert les yeux et redonné du courage. Et à présent, il souhaitait lui rendre la pareille, même s'il avait également des intentions plus personnelles...

Ce soir-là, elle pensa beaucoup à lui, et elle fit un rêve pendant la nuit. Alaistair était en train de mourir, et une vitre dressée entre eux l'empêchait de se rapprocher de lui. Il souffrait le martyre et criait de douleur, mais elle ne pouvait rien faire pour l'aider. À son réveil, elle eut le sentiment que son cauchemar comportait une part de vérité et elle continua à y penser toute la journée, puis la nuit suivante et pendant le reste de la semaine. Elle était tentée de lui annoncer qu'elle ne viendrait pas à Paris, car cela lui demandait un engagement qu'elle n'était pas en mesure de prendre, mais dans le même temps, elle ne pouvait s'y résoudre. Elle changeait constamment d'avis : chaque fois qu'elle prenait la décision de ne pas le rejoindre, elle se sentait solitaire et triste, car elle brûlait d'envie de passer du temps avec lui. Toutefois, la perspective de s'attacher à lui puis de le perdre la terrifiait.

Une semaine après leur conversation téléphonique, Gabrielle lui annonça qu'en fin de compte, elle ne pourrait pas venir à Paris. Elle était trop occupée et ne pouvait pas modifier ses rendez-vous, et elle lui rappela qu'elle avait prévu de se rendre à un salon d'art à Londres dans un mois et qu'ils se rencontreraient à ce moment-là. Il accepta son refus de bonne grâce et ne sembla même pas déçu. Alaistair était un homme foncièrement gentil et élégant, et il s'efforça de la déculpabiliser, ce qui eut presque l'effet inverse. Elle avait tellement envie de le revoir, de célébrer et récompenser son courage, mais elle avait trop peur.

Après son coup de fil, il lui envoya plusieurs textos amusants ainsi qu'un dessin humoristique par e-mail.

Gabrielle appréciait beaucoup son sens de l'humour pince-sans-rire, typiquement britannique. Alaistair, diplômé d'Eton et de la faculté de médecine de Cambridge, était cultivé et intelligent. Elle trouvait tellement injuste d'avoir rencontré quelqu'un d'aussi remarquable et facile à vivre, mais qui souffrait malheureusement d'une maladie incurable. Elle risquait d'avoir trop de peine en s'autorisant à l'aimer, ou même à être à ses côtés. Elle se sentait mal de ne pas le rejoindre à Paris, mais également soulagée par sa décision.

Elle aurait apprécié d'avoir quelqu'un à qui en parler, mais elle répugnait à impliquer ses filles dans ses états d'âme. Veronica et Georgina étaient toutes deux très jeunes, et la réalité de la maladie d'Alaistair trop lourde à porter. Comme leur mère, elles n'avaient jamais été confrontées à ce genre de situation et c'était un choix difficile qu'elle devait faire seule. Trois jours avant la date prévue du départ, elle fit un autre cauchemar, et la veille, elle se réveilla avec un poids sur le cœur. Quel que soit son état de santé, Alaistair lui manquait et elle mourait d'envie de le revoir. Attablée devant son petit déjeuner et incapable d'avaler quoi que ce soit, elle comprit soudain ce qui lui restait à faire. Dans une certaine mesure, elle était maîtresse de son destin. Si Alaistair finissait par succomber malgré le traitement, elle survivrait. Vivre, cela signifiait aussi savoir prendre des risques de temps à autre. Gabrielle l'avait poussé à faire preuve de courage devant la maladie, et maintenant, c'était son tour de se montrer à la hauteur. Elle lui téléphona dix minutes plus tard. Il décrocha dès qu'il vit son nom s'afficher sur l'écran et la salua avec grand enthousiasme.

— Est-ce que je peux toujours venir ? En fin de compte, j'ai réussi à déplacer des rendez-vous.

— Bien sûr que oui ! Mais es-tu vraiment certaine de vouloir me rejoindre ? demanda-t-il sur un ton sérieux. Je me suis rendu compte que c'était beaucoup te demander. La situation doit être très inconfortable pour toi et je ne veux pas t'accabler.

— Tu ne m'accables pas du tout. On va bien s'amuser, au contraire. Tu ne te sens pas trop faible après ton traitement ?

— La dernière fois, j'étais un peu crevé le premier jour, mais dès le lendemain j'allais déjà mieux. Ce n'était pas aussi terrible que je le craignais. Le professeur sait y faire.

— Ça me va. Et si besoin, tu peux rester au lit et dormir tout ton saoul. Je n'aurai aucun problème à trouver des choses à faire à Paris, surtout dans ce quartier.

Les plus belles boutiques de Paris étaient toutes situées à quelques encablures du Louis XVI.

— Je vais appeler l'hôtel tout de suite. Gabrielle… merci. C'est un cadeau incroyable que tu me fais. Tu m'as beaucoup manqué.

— Tu m'as manqué aussi. On se voit après-demain.

Son avion atterrirait tôt le matin si elle prenait un vol de nuit depuis New York. Il avait l'air très enjoué quand ils raccrochèrent. De son côté, elle était sur un petit nuage. Elle avait mûrement réfléchi sa décision et savait qu'elle faisait le bon choix. Tout en étant consciente des risques, elle avait envie de le rejoindre. Elle n'y allait pas à l'aveuglette. Peu importe ce qui arriverait par la suite, ils y feraient face.

Gabrielle se dépêcha de voir un client avec lequel elle avait rendez-vous ce matin-là pour rentrer chez elle et préparer ses bagages. Alaistair avait suggéré qu'ils passent cinq jours à Paris. Elle obtint un siège sur le vol de son choix, et le lendemain soir à l'aéroport, elle ne pouvait s'empêcher de sourire. Sa peur de le rejoindre s'était évanouie et elle avait hâte de le retrouver. Ils avaient prévu de passer le week-end ensemble, puis Alaistair se ferait administrer son traitement le lundi matin. Ensuite, ils auraient deux jours de liberté à Paris, mais elle pourrait rester plus longtemps sur place si nécessaire. Et deux semaines plus tard, elle le reverrait à Londres à l'occasion du salon auquel elle devait participer. Cette fois-ci, en tout cas en ce qui la concernait, ce voyage à Paris était seulement pour le plaisir.

Comme toujours, elle dormit comme un bébé pendant le vol, puis elle regarda un film, prit un repas, et se sentit fraîche et excitée lorsque l'avion atterrit à l'aéroport de Paris-Charles-de-Gaulle à 7 h 30. Dans la voiture qui la conduisait à l'hôtel, elle avait beaucoup de mal à tenir en place, et elle eut l'impression de rentrer chez elle quand elle aperçut le Louis XVI. En fin de compte, elle avait elle-même réservé sa chambre. Pas question qu'Alaistair paie pour elle. Elle s'enregistra à la réception à 9 heures et l'adjointe du directeur vint lui souhaiter la bienvenue avant de la mener dans sa suite habituelle. Cinq minutes après que le groom eut déposé ses bagages dans sa chambre, on frappa à la porte. Alaistair, tout sourire, se trouvait sur le seuil. Il avait minci et son teint était un peu pâle, mais ses yeux étaient brillants et il rayonnait de joie. Il la prit dans ses bras et l'embrassa avant même qu'elle ait eu le temps de refermer la porte.

— Merci d'être venue, Gaby. Tu es une femme extraordinaire. Je ne sais pas où tu t'étais cachée toute ma vie, mais Dieu soit loué, je t'ai enfin rencontrée !

Ils commandèrent un petit déjeuner au service d'étage et mangèrent tout en se donnant des nouvelles.

— Je n'arrive pas à croire que je suis ici !

Ils avaient prévu de visiter une exposition au Petit Palais et d'aller se promener dans l'après-midi, et Alaistair lui demanda où elle avait envie d'aller dîner. Il semblait avoir beaucoup d'énergie, et malgré sa légère perte de poids, il paraissait en pleine forme et elle n'insista pas sur son état de santé. Ils désiraient tous les deux passer un week-end ensemble et faire des choses amusantes avant son traitement lundi. Alaistair retourna dans sa chambre pendant qu'elle prenait une douche et se changeait, et ses yeux s'illuminèrent lorsqu'elle vint toquer à sa porte, vêtue d'un tailleur-pantalon rouge. C'était une journée d'octobre radieuse, chaude et ensoleillée qui convenait parfaitement à leur humeur joyeuse. Elle avait remarqué qu'il y avait une porte communicante, encore verrouillée, entre les deux chambres. Cela leur offrait des possibilités auxquelles elle avait songé ces derniers jours, mais sans prendre de décision définitive. Il n'y avait aucune urgence. Il la laissait établir les règles et déterminer ce qu'elle voulait faire de son temps.

— Pas de rock stars en vue cette fois, dit-elle avec un sourire tandis qu'ils traversaient le hall.

Les chambres détruites par Declan et son entourage étaient en pleine rénovation.

— Espérons que personne ne fera d'arrêt cardiaque ou ne sera assassiné pendant notre séjour ! Au fait, il y a quelque chose que j'aimerais bien faire avec toi cet après-midi, annonça-t-il sur un ton sérieux.

Elle lui lança un air interrogateur.

— Quelque chose d'agréable ?

— Plutôt, oui.

Elle avait envie de faire un peu de shopping, mais craignait de l'ennuyer. Ils avaient encore beaucoup à apprendre l'un sur l'autre. Elle était tellement heureuse d'être avec lui.

Ils s'étaient rencontrés exactement un mois auparavant, jour pour jour. Tout était nouveau entre eux, et elle avait le sentiment d'être redevenue une jeune fille tandis qu'ils arpentaient les rues de la capitale main dans la main.

Ils visitèrent l'exposition au Petit Palais et déjeunèrent en face, sur la terrasse du Grand Palais, où s'était déroulée la Biennale le mois précédent. Ensuite, ils traversèrent le pont Alexandre-III jusqu'à la rive Gauche et se promenèrent le long des quais où se trouvaient les échoppes des bouquinistes. Enfin, ils descendirent les marches jusqu'au fleuve et s'assirent sur un banc pour regarder la Seine défiler, transportant les bateaux-mouches chargés de touristes.

Ils avaient l'impression de figurer dans une carte postale de Paris. Et quand il l'embrassa, le moment leur sembla encore plus magique.

— Je suis si heureuse d'être venue. J'avais très peur, lui avoua-t-elle avec un sourire.

Elle avait le sentiment de pouvoir lui dire tout ce qui lui traversait la tête. C'était comme s'ils se connaissaient depuis des années.

— Je sais bien, répondit-il dit en lui passant un bras autour des épaules. J'aurais compris que tu ne viennes pas. C'était beaucoup te demander, mais je suis si heureux que tu l'aies fait.

— Moi de même. Nous allons prendre les choses au jour le jour et nous verrons bien ce qui arrive.

Alaistair hocha la tête. Lui aussi était parvenu à la même conclusion. Il sortit alors un étui de sa poche.

— J'ai gardé ça pour toi.

Elle lui jeta un regard curieux.

— Ma porte de sortie. J'ai compris que quoi qu'il advienne, je ne pourrai jamais te faire ça désormais. Je ne suis plus seul dans cette histoire. Et je refuse de me faire du mal à moi-même.

Il ouvrit la pochette et elle aperçut trois flacons de pilules, celles qu'il avait conservées au cas où sa maladie le ferait trop souffrir.

— Je voulais que tu me voies les jeter dans la Seine. Avec un peu de chance, je n'en aurai pas besoin. Le professeur Leblanc a toute ma confiance, et quoi qu'il arrive, je me battrai jusqu'au bout.

À ces mots, il lança la pochette aussi loin que possible dans le fleuve, et ils la regardèrent flotter au loin, puis disparaître sous l'eau. Quand il se tourna vers elle, il vit que des larmes coulaient sur ses joues.

— Merci, murmura-t-elle, puis ils s'embrassèrent comme les jeunes amoureux assis sur un banc adjacent devant la Seine.

Il commençait à faire froid. Quelques minutes plus tard, ils se levèrent et rentrèrent à pied à leur hôtel. Ils adoraient se balader dans Paris qu'ils connaissaient bien l'un et l'autre. En arrivant, ils étaient tous les deux fatigués, mais heureux. Ils avaient passé une excellente journée, et le geste d'Alaistair de jeter les cachets dans la Seine était un véritable symbole de leur amour naissant.

Ils montèrent à leur étage, et une fois devant la porte de Gabrielle, elle se tourna vers lui et lui sourit.

— Est-ce que tu voudrais boire une tasse de thé ?

— J'en serais ravi.

Alaistair la suivit dans la suite et la prit dans ses bras. Soudain, ils se sentirent tous les deux submergés par leurs sentiments. Ils se dirigèrent vers la chambre et s'allongèrent sur le lit. Il lui retira lentement ses vêtements pendant qu'elle aussi le déshabillait. Enfin, ils se retrouvèrent nus. Ils se firent face. Grâce à elle, Alaistair s'était débarrassé des cachets et il avait choisi de se battre. Tandis qu'il lui faisait l'amour, il se rappela qu'il avait tant de raisons de vivre et que, quoi qu'il advienne, ils affronteraient le futur ensemble.

9

Leur deuxième journée à Paris fut encore plus plaisante que la première. Ils firent un peu de shopping, visitèrent une salle de ventes aux enchères d'œuvres d'art et flânèrent dans plusieurs galeries de la rive Gauche. En chemin, ils se racontaient leur jeunesse et l'histoire de leur famille. Alaistair était issu d'une longue lignée de médecins. Son grand-père avait même dirigé un hôpital de campagne en France pendant la guerre, tandis que sa grand-mère y avait travaillé comme infirmière. Gabrielle et Alaistair étaient tous deux des enfants uniques, et avaient perdu leurs parents prématurément. Gabrielle avait compris qu'Arthur lui avait servi en quelque sorte de père de substitution après la mort du sien ; c'était sans doute pourquoi sa trahison l'avait d'autant plus blessée. Et si son remariage avec la Russe était vraisemblablement une tentative pitoyable de sa part de satisfaire son ego et de retrouver sa jeunesse perdue, l'idée ne la réconfortait pas pour autant.

— J'étais pourtant déterminée à ne pas me laisser abattre, mais il m'a quittée au mauvais moment, juste quand les filles sont parties de la maison. J'étais anéantie, mais on finit par se remettre de tout. Il me fait de la peine maintenant, coincé avec son épouse de 24 ans et un bébé, à son âge !

— Je ne voudrais pas être à sa place ! s'exclama Alaistair. J'ai fait une croix sur l'idée de devenir père un jour. Les relations sans avenir et les femmes qui ne pensent qu'à leur carrière se sont succédé dans ma vie… J'aimais les filles fortes et indépendantes, mais de nos jours, la plupart n'ont aucune envie de devenir mères. Et puis, je suppose que j'ai fait preuve de passivité et que j'ai perdu beaucoup de temps au lieu de chercher celle avec qui j'aurais pu fonder une famille. Les années passent beaucoup plus vite qu'on ne le croit… Et maintenant, je suis malade. Je pourrais techniquement avoir un enfant, mais même si je guéris, ce ne serait pas raisonnable. Imagine que j'aie une rechute, ou que les choses tournent mal, je me sentirais terriblement coupable de laisser à ma femme le fardeau de l'élever seule.

Gabrielle appréciait qu'Alaistair soit un homme aussi honorable, tout le contraire de son ex-mari. Cela avait été un choc de découvrir à quel point Arthur était dénué d'empathie et de générosité : ses propres désirs passaient en premier, et peu importe les préjudices causés aux autres. Il les avait tellement déçues, elle et ses filles, mais au moins, elles connaissaient désormais sa vraie nature. Veronica et Georgia lui reprochaient d'avoir abandonné leur mère qui était déjà beaucoup plus jeune que lui ; quel besoin avait-il d'aller chercher une compagne de leur âge ? Les filles étaient également embarrassées par la vulgarité de leur nouvelle belle-mère. Peu importe le prix des vêtements qu'il lui achetait, haute couture ou non, sur elle, ils paraissaient toujours grossiers, voire carrément obscènes. Georgina ne se gênait pas pour claironner que Sasha avait l'air d'une prostituée. Comme sa sœur, elle savait combien leur mère avait été blessée par le remariage de leur père et à présent, elles la protégeaient. Mais elles n'étaient plus là pour lui tenir compagnie tous les jours et Gabrielle avait dû apprendre à vivre sans elles. Cela devait être écrit à l'encre invisible dans le cœur de toute mère : « À tes enfants tu ne t'accrocheras pas. Quand le moment viendra, libres de s'envoler tu les laisseras. »

Elle faisait de son mieux, mais ce n'était pas facile. Rien ne remplacerait jamais les précieuses années passées avec les filles quand elles étaient petites. Elle tenta d'expliquer ses sentiments à Alaistair et fut surprise qu'il la comprenne si bien.

— J'ai toujours pensé que ça devait être le plus difficile dans l'éducation des enfants : les laisser partir. Je ne suis pas certain que j'aurais été doué pour ça. J'ai vécu en pensionnat pendant des années dans ma jeunesse, et je me souviens encore de l'expression malheureuse de ma mère quand je retournais à Eton à la fin des vacances scolaires. On aurait dit qu'on lui arrachait le cœur. Elle s'est d'ailleurs mise à travailler dans le cabinet de mon père pour s'occuper, et elle faisait aussi beaucoup de bénévolat. Elle aurait préféré que je reste à la maison avec eux, quitte à les rendre fous avec mes bêtises. Par exemple, j'empruntais régulièrement la voiture de mon père, sans autorisation, pour aller rejoindre les filles d'un village voisin. J'étais constamment amoureux ! s'exclama-t-il en souriant.

Gabrielle éclata de rire.

— Vous ne viviez pas à Londres ?

— Si, mais nous possédions aussi un domaine à la campagne, dans le Sussex. Mes parents l'adoraient. On y passait tous les week-ends et les étés. La propriété était bien trop grande pour moi, et à leur mort j'ai été contraint de la vendre en partie. Ça n'avait pas de sens de la garder, j'étais jeune étudiant en médecine, et j'avais besoin d'argent. J'ai conservé le cottage et une maisonnette adjacente, sur un petit terrain. À l'époque, les familles restaient unies et le cottage revenait aux veuves. Le manoir est plutôt grandiose, avec un hall d'entrée gigantesque, et la bâtisse était si mal isolée quand j'étais enfant qu'il y avait des courants d'air partout. C'est mon grand-père qui l'avait acquis et mes parents ne s'en seraient jamais séparés. Hélas, les temps ont changé. Je me sentirais complètement perdu, seul dans cet endroit aujourd'hui, mais j'ai encore des regrets de l'avoir vendu. Cela dit, la petite maison me convient parfaitement et, du moins jusqu'à ma maladie, j'y passais presque chaque week-end à jouer au *gentleman farmer*. J'aimerais tellement que tu la voies un jour. Peut-être quand tu reviendras à Londres pour le salon, si tu as le temps ? C'est tout à fait charmant.

Elle appréciait le fait que son histoire familiale lui soit chère. Alaistair était issu de la noblesse terrienne et il semblait, comme tous les Anglais, très à cheval sur tout ce qui touchait à la propriété, au passé et aux traditions. Sa famille ne possédait pas de titre, mais on trouvait plusieurs aristocrates dans sa lignée, comme il l'avoua avec une certaine gêne, à sa manière modeste et pleine d'autodérision :

— Tout cela est très britannique, j'en ai bien peur !

Il percevait toute chose avec une pointe d'humour, ce qui rendait plus supportables les sujets délicats. La famille de Gabrielle avait, elle aussi, ses traditions. Au fond, leurs origines n'étaient pas si différentes. Ce n'était pas le cas d'Arthur qui avait bâti sa fortune tout seul et ressentait moins de respect pour les ancêtres et l'histoire familiale. C'était un point sur lequel ils s'étaient parfois brouillés pendant leur mariage.

— Avec mes parents, nous possédions une maison de vacances à Long Island. J'adorais y aller quand j'étais enfant, mais moi aussi j'ai été forcée de la vendre. Arthur ne s'y plaisait pas, elle n'était pas suffisamment grande et sophistiquée à son goût… Alors il a acquis une ferme équestre dans le Connecticut. Je ne l'ai jamais vraiment aimée, et de toute manière, il l'a conservée au moment du divorce. Toutefois, j'ai toujours été un peu triste de ne pas avoir gardé la maison de Long Island. Quand j'en ai hérité, il aurait fallu entreprendre certains travaux de rénovation, mais Arthur a refusé. Il aime ce qui est neuf et brillant, pas ce qui est vieux et patiné par les années. C'est comme ça qu'il s'est retrouvé avec une jeune femme exubérante, au lieu de rester avec moi qui commençais à montrer les ravages du temps, conclut-elle en souriant. J'ai beaucoup souffert au début, mais à présent, je me sens simplement navrée pour lui.

— Quelle chance pour moi ! s'exclama Alaistair en la serrant dans ses bras. Tu n'es pas vieille, Gaby. Tu es encore très jeune !

Elle allait avoir 46 ans, et Alaistair avait trois ans de plus qu'elle.

— J'ai un bon coiffeur, répondit-elle avec modestie, et il éclata de rire.

— Je ne parle pas de ça... J'ai horreur de cette obsession pour la jeunesse qu'ont les gens de nos jours. Mon pire cauchemar serait de me retrouver en compagnie d'une femme d'une vingtaine d'années ! Ton ex-mari doit avoir perdu la tête. Le jour viendra où il regrettera d'avoir cédé à ce fantasme.

— Elle raflera son argent, et tôt ou tard elle s'enfuira. Les filles dans son genre ne restent pas dans les parages éternellement ! Et puis, il y aura toujours un homme plus riche qui lui plaira davantage. Quand Arthur commencera à décliner, surtout qu'il ne compte pas sur elle ! C'est d'un ridicule !

Elle énonçait les faits sans amertume. Alaistair mettait du baume sur ses blessures par la façon dont il la regardait, par ses propos, par la manière dont ils faisaient l'amour.

Il était le premier avec qui elle avait une liaison depuis sa séparation. Plusieurs hommes l'avaient invitée à dîner, mais aucun ne l'avait séduite jusqu'à maintenant. Au fond, la vie était faite de compromis. Même quand on croyait posséder tout ce qu'on voulait, on se rendait vite compte qu'il nous manquait quelque chose. Dans le cas d'Alaistair, c'était la bonne santé dont il aurait dû jouir à son âge. La question était de savoir ce qu'on pouvait supporter et ce à quoi on était prêt à renoncer. Si Alaistair et Gabrielle restaient ensemble et qu'il vivait suffisamment longtemps, elle devrait accepter un avenir incertain et une épée de Damoclès suspendue au-dessus de leur bonheur. Elle essayait encore de se faire à cette idée, mais Alaistair était un compagnon tellement facile à vivre et elle se sentait si bien avec lui. Elle avait d'ailleurs du mal à croire que c'était seulement la première fois qu'ils se revoyaient depuis leur rencontre le mois dernier. Elle avait l'impression de le connaître depuis toujours !

Le matin même, ils lurent dans le journal un article consacré au ministre de l'Intérieur déchu. Patrick Martin allait être jugé pour l'homicide involontaire de son amant clandestin et son procès avait été fixé en janvier.

— Quelle terrible épreuve cela doit être pour sa famille ! s'exclama Gabrielle.

On y indiquait que Patrick était marié et père de deux enfants et on y montrait une photo de la femme du ministre, qui tentait de dissimuler son visage aux photographes, l'air morne et austère.

— Peux-tu imaginer la honte qu'ils doivent ressentir ? demanda Alaistair avec compassion. Regarde cette pauvre femme, et explique-moi pour quelle raison elle devrait être traquée par la presse à cause du chaos créé par son mari.

On voyait aussi une photo de Sergei, tirée de son portfolio. C'était un superbe jeune homme blond aux traits délicats. D'origine russe, il était arrivé en France avec une compagnie de danse et avait décidé de rester à Paris pour devenir mannequin. Gabrielle trouva qu'il ressemblait un peu à Sasha, avec ses hautes pommettes slaves, mais en plus beau.

— C'est fou comme les êtres humains peuvent s'infliger les pires souffrances, n'est-ce pas ? Et ils sont capables de commettre des erreurs épouvantables. Quand on pense à tout ce que Patrick Martin a risqué ! Dire qu'il aurait pu être élu président dans un an, et qu'il a tout perdu en se planquant dans une chambre d'hôtel avec cette personne qui lui extorquait de l'argent. Il a menti à son entourage et entraîné tous les gens qui l'aimaient dans sa chute. Je ne voudrais pas de ça sur la conscience. Il doit fichtrement le regretter à l'heure qu'il est, et à juste titre. Nous nous faisons tellement de mal à nous-mêmes.

C'est certain, la carrière du ministre de l'Intérieur était partie en fumée et il risquait par ailleurs de finir sa vie derrière les barreaux.

Les amants passèrent le reste de la journée à faire des choses qu'ils appréciaient tous les deux et allèrent dîner dans un excellent bistrot appartenant à un chef réputé. Ils étaient très fatigués quand ils rentrèrent à l'hôtel et Gabrielle se sentait coupable d'avoir fait courir Alaistair toute la journée, même si ce dernier insistait sur le fait qu'il s'était bien amusé. Elle pouvait constater qu'il s'en sortait bien malgré sa maladie et la thérapie, mais ils avaient prévu de se reposer le lendemain en préparation de son traitement le matin suivant.

Ils éteignirent la lumière à minuit après avoir fait de nouveau l'amour, et elle s'endormit dans ses bras avec un soupir de joie. Deux heures plus tard, ils furent réveillés en sursaut par un coup de téléphone. Gabrielle pensa un court instant qu'il devait s'agir d'une de ses filles, puisqu'elle leur avait envoyé un message pour les informer de son retour à Paris pour le week-end. Celles-ci avaient sans doute supposé que le but de son voyage était un rendez-vous avec un client ou l'achat d'un nouveau tableau. Elles avaient constaté que leur mère avait recommencé à parcourir le monde et semblait de bien meilleure humeur ces derniers temps, comme si elle s'était enfin remise du choc infligé par leur père. Alaistair, habitué comme il l'était à recevoir des appels de ses patients au milieu de la nuit, s'était déjà levé. Il avait transmis le numéro de l'hôtel au médecin qui le remplaçait et s'imaginait que c'était une urgence.

À l'autre bout du fil, Gabrielle entendit une voix inconnue. C'était l'un des assistants de nuit de la réception, qui s'exprimait dans un anglais rapide et clair.

— Madame Gates, je suis vraiment navré, mais vous devez quitter votre chambre immédiatement. Nous avons reçu une alerte à la bombe qui semble assez sérieuse. Ne perdez pas de temps, des policiers se trouvent déjà dans les couloirs et vont vous indiquer où vous diriger.

Au même moment, on frappa lourdement à la porte. Effrayée et bien réveillée à présent, Gabrielle raccrocha et lança un regard anxieux à Alaistair.

— Qu'est-ce que c'était ?

— Nous devons quitter la chambre sur-le-champ. L'hôtel a reçu une alerte à la bombe, répondit-elle en rabattant les draps.

Alaistair se dirigea vers la porte, tandis qu'elle enfilait sa chemise de nuit à la hâte et attrapait le peignoir abandonné sur une chaise. Sur le seuil, un agent les pria de quitter les lieux dans les meilleurs délais. Alaistair acquiesça, referma la porte et ramassa son jean qu'il avait abandonné sur le sol quand ils s'étaient couchés pour faire l'amour quelques heures plus tôt.

— Difficile de s'ennuyer dans cet hôtel, lança-t-il avec un sourire en enfilant pieds nus ses mocassins, tandis qu'elle attrapait la paire de ballerines Chanel qu'elle avait portées dans l'après-midi.

— D'abord une crise cardiaque, puis un assassinat, et maintenant ça !

Deux minutes plus tard, ils sortirent de leur suite et aperçurent d'autres clients dans le couloir. Alaistair avait libéré sa chambre après la première nuit pour s'installer dans celle de Gabrielle qui était plus vaste et comprenait un salon.

Il était 2 heures et les gens dans le couloir avaient l'air surpris ou à moitié endormis. La plupart étaient en pyjama ou portaient le peignoir de l'hôtel ; certains s'étaient vêtus à la va-vite. Les policiers et le personnel de sécurité menèrent ce groupe disparate vers l'escalier ; ensuite, ils durent traverser le hall d'entrée à la hâte et rejoindre des agents stationnés à l'extérieur qui leur indiquèrent de marcher vers la rue Royale, à quelques pas du Louis XVI. Des policiers et des CRS les guidaient tout au long du chemin.

Des démineurs arrivèrent avec des chiens détecteurs de bombes. Olivier Bateau apparut juste au moment où Gabrielle et Alaistair quittaient l'hôtel. Lui aussi avait l'air complètement perdu. La directrice adjointe rassurait les hôtes effrayés et désorientés qui s'avançaient vers la sortie. Des employés de l'établissement avaient fait sortir les derniers clients du bar et certains d'entre eux, qui paraissaient ivres, descendaient en titubant la rue du Faubourg-Saint-Honoré. Tout en marchant, les clients du Louis XVI se rendirent compte que tous les bâtiments de la rue avaient été évacués, y compris et surtout les ambassades britannique et américaine devant lesquelles un bataillon de soldats et de gendarmes français montait la garde. Ils aperçurent même des membres du personnel diplomatique qui s'engouffraient dans des bus blindés pour être mis en sécurité. La menace était manifestement sérieuse, et la police française, les équipes d'intervention et les militaires étaient déjà sur place.

— Voyez-vous ça ! s'exclama Gabrielle, qui se hâtait au côté d'Alaistair en lui tenant la main, rassurée devant le nombre de policiers présents sur les lieux pour gérer la situation.

Elle avait emporté son sac et il avait eu le temps de glisser son portefeuille et son passeport dans la poche de son jean. Un fourgon de CRS venait d'arriver rue Royale, tandis que les résidents du quartier et les clients de l'hôtel s'affairaient dans l'air frais de la nuit. Soudain Alaistair, simplement vêtu d'un pull et d'un jean, se mit à frissonner et Gabrielle se demanda s'il avait froid.

— Tu vas bien ?

— Oui, ce n'est rien. Ne t'inquiète pas.

Elle lui aurait bien proposé son peignoir, mais elle se serait alors retrouvée en déshabillé transparent en pleine rue.

Juste à ce moment-là, un policier passa dans les rangs pour distribuer des couvertures, et Gabrielle en saisit deux, une pour Alaistair et une de plus en cas de besoin, si la température continuait à baisser. On emmena ceux qui voulaient s'abriter vers l'église de la Madeleine au bout de la rue, mais Alaistair et Gabrielle préféraient attendre dehors. Chacun essayait de deviner ce qui se passait et les rumeurs parcouraient les rangs comme un feu de forêt. Au fond, personne ne savait rien. Une heure plus tard, Yvonne Philippe apparut dans la foule, cherchant des yeux les clients de l'hôtel pour les rassurer. Elle consacra quelques minutes à Alaistair et Gabrielle et leur promit qu'ils seraient bientôt de retour dans leurs chambres avant de s'éloigner, non sans s'être préalablement excusée pour le dérangement.

— C'est elle qui devrait être la directrice de l'établissement, fit remarquer Alaistair après le départ de la jeune femme. Elle est toujours sur le pont ! Malgré son jeune âge, elle est vraiment efficace. Rien à voir avec l'autre type, Olivier Bateau, qui semble être au bout de sa vie !

— Ça ne doit pas être un métier facile, répondit Gabrielle. M. Lavalle était fantastique, mais les choses sont différentes maintenant. Le monde est devenu plus dangereux. Avant, on n'entendait jamais parler d'alerte à la bombe ou d'attaque terroriste.

De plus en plus de personnes affluaient dans la rue où régnait presque une atmosphère de fête. Les gens discutaient par petits groupes et se demandaient à voix haute ce qui se passait quand une seconde équipe de démineurs arriva sur les lieux. La police avait délimité un immense périmètre de sécurité et le trafic automobile était interrompu dans tout le quartier. À l'aube, des policiers accompagnés de leurs chiens circulèrent dans la foule pour annoncer aux gens qu'ils pouvaient rentrer chez eux. On était parvenu à localiser et désactiver une petite bombe de fabrication artisanale qui n'aurait pas causé autant de dégâts que ce que l'on craignait au départ, toutefois les autorités avaient souhaité ne prendre aucun risque. Entourés par la foule, Gabrielle et Alaistair, fortement impressionnés par la manière dont la police avait géré la crise, se dirigèrent lentement vers l'hôtel.

Dans le hall du Louis XVI les attendaient du café, du thé et des viennoiseries, ainsi que des boissons alcoolisées servies en toute discrétion aux amateurs. Yvonne Philippe saluait les hôtes reconnaissants d'être en sécurité tandis que des CRS, des gendarmes, des militaires et des chiens démineurs continuaient à monter la garde à l'intérieur et aux alentours de l'hôtel. L'allégresse régnait et nombreux étaient ceux qui s'arrêtaient pour prendre une collation sur le chemin de leurs chambres. Olivier Bateau se tenait à l'écart en se tordant les mains.

— Eh bien, que d'action ici ! lança Alaistair avec bonne humeur, et Gabrielle éclata de rire.

— Cet hôtel est devenu beaucoup plus excitant qu'autrefois !

Ils se servirent une tasse de café et Alaistair choisit un pain au chocolat. Le soulagement après l'inquiétude de la soirée avait creusé les appétits et tout le monde avait l'impression d'avoir vécu une grande aventure et bavardait avec animation autour des ascenseurs qui s'étaient remis à fonctionner.

Malheureusement, au bout de quelques minutes, les gens redescendirent dans le hall. Personne ne pouvait rentrer dans sa chambre : le système magnétique des portes était tombé en panne à cause des alarmes. Les grooms, le personnel de bureau, les agents de sécurité, et tous les employés disponibles durent ouvrir chaque chambre manuellement. Les invités fatigués ne trouvaient plus la situation amusante. Yvonne Philippe monta au troisième étage et fit entrer Alaistair et Gabrielle dans leur suite après s'être excusée pour le désagrément, tandis qu'Olivier Bateau se rendait au sixième étage entièrement privatisé par des membres de la famille royale saoudienne.

Dans la chambre, Alaistair sourit à Gabrielle.

— Et maintenant, à quoi peut-on s'attendre ?

— Rien, j'espère ! dit-elle en retirant son peignoir avant de se laisser tomber sur le lit où il se glissa à ses côtés.

Tous les clients avaient été priés de laisser leur porte déverrouillée jusqu'à ce que le système de clé soit réinitialisé.

— Si l'hôtel prend feu, inutile de me réveiller. Je suis trop fatiguée pour me lever de nouveau, murmura-t-elle, tandis qu'il se blottissait contre elle.

Le hall ne fut entièrement évacué qu'à 7 h 30. Olivier, pâle comme un linge et les mains tremblantes, entra dans son bureau en compagnie d'Yvonne.

— Bon sang, ça ne s'arrêtera donc jamais ?

Il se sentait près de défaillir, tandis que son adjointe paraissait calme et maîtresse d'elle-même.

— Il se passe toujours quelque chose.

Depuis la réouverture un mois plus tôt, l'hôtel avait subi un meurtre dans l'une de leurs meilleures suites, l'arrestation de l'un des hommes politiques les plus en vue du pays, plusieurs urgences médicales et des pannes techniques à répétition. Sans oublier qu'une rock star avait complètement démoli un étage ! Et maintenant, cette alerte à la bombe qui avait provoqué l'évacuation en catastrophe de tous les clients au beau milieu de la nuit ! C'était plus qu'Olivier n'aurait jamais imaginé en acceptant ce poste de directeur.

— Je suis trop vieux pour gérer ce genre de crises…

À 41 ans, il n'avait pas les nerfs aussi solides que son adjointe que rien ne paraissait ébranler malgré ses 32 ans. Elle connaissait déjà la majorité des clients par leur nom et les avait salués chaleureusement à leur retour dans l'hôtel comme s'ils venaient d'être soumis à un exercice d'incendie, plutôt qu'à l'évacuation massive de tout le quartier. Heureusement, la brigade d'intervention avait pu localiser la bombe dissimulée dans le sous-sol d'un immeuble voisin et la désamorcer sans difficulté. Les coupables ne s'étaient pas encore manifestés, mais la police était d'avis que cette tentative d'attentat ne tarderait pas à être revendiquée par un groupe extrémiste ou un fou solitaire.

— Ce sont des choses qui arrivent, répondit tranquillement Yvonne avec un sourire. Tu dois être capable de réfléchir et de faire comme si tu n'avais pas peur.

— Pas peur ? J'ai presque mouillé mon pantalon ! Et je suis sûr qu'avant midi, les clients vont descendre se plaindre et nous reprocher d'avoir été évacués en pleine nuit. Mais si nous n'avions rien fait et que quelque chose de grave était arrivé, ils nous auraient accusés de négligence !

— Nous avons agi précisément comme nous devions le faire, le rassura Yvonne. Certains hôtes avaient même l'air de beaucoup s'amuser. Au moins, ça s'est produit au milieu de la nuit, à un moment où il était plus facile d'arrêter la circulation. Imagine si cela nous était arrivé en plein jour !

— Oui, ils auraient pu faire exploser le bâtiment, voire le quartier tout entier. Malheureusement, je vais quand même être contraint de rédiger un rapport pour les propriétaires.

Ces derniers exigeaient d'être informés de tous les événements majeurs qui survenaient dans l'hôtel.

— Personne n'a été blessé et on a évité les mouvements de panique, on s'en sort très bien, lui rappela Yvonne.

Avant la réouverture, ils avaient soumis les équipes du personnel à plusieurs exercices d'alerte à la bombe, ce qui leur avait permis de réfléchir aux moindres détails. Par exemple, des fauteuils roulants avaient été prévus pour les clients âgés et des employés désignés pour les pousser. Rien n'avait été laissé au hasard.

— Et nous avons réussi à faire sortir tout le monde en un temps record.

Ils avaient encore en tête l'image de cette femme de 94 ans avec ses quatre caniches sur les genoux qui aboyaient frénétiquement à la vue des chiens de l'équipe de déminage.

— Je dirais qu'on a fait un sacré bon boulot, conclut-elle.

— Dieu soit loué, tu étais là, Yvonne. J'aurais été perdu sans toi. Je pense que je vais rentrer chez moi maintenant. Je suis en congé aujourd'hui, répondit Olivier avec un sourire.

Il avait l'intention d'avaler un somnifère et d'aller se coucher. Théoriquement, Yvonne aussi était censée être en repos et se faire remplacer pour la journée.

— Je vais m'attarder un moment et m'assurer qu'il n'y a pas d'urgence médicale ou de crise de panique à gérer après les événements de cette nuit. Je n'ai rien de prévu de toute façon. Et puis, nous devons vérifier que les clés des chambres fonctionnent à nouveau et que personne ne reste enfermé dans sa suite !

Olivier avait déjà oublié ce problème ; heureusement, son adjointe avait toujours une longueur d'avance sur lui. Il lui semblait qu'à tout moment, une infinité de contrariétés pouvaient surgir pour lui gâcher sa journée. Face à lui, Yvonne, solide comme un roc, se servit une tasse de café.

— Retourne chez toi. Je garde le pont.

Il faut dire qu'Yvonne n'avait rien d'autre dans l'existence que le Louis XVI. Ce poste d'adjointe représentait pour elle une opportunité inespérée, et elle était prête à tout sacrifier pour réussir. On ne pouvait cumuler une vie privée avec ce genre de responsabilités, sauf à faire passer ses propres besoins après ceux de l'établissement. Or, les clients devaient rester la priorité de l'équipe de direction à tout moment, y compris pendant les jours de congé. Yvonne en était pleinement consciente et se pliait sans sourciller à cette exigence.

— Mon père administrait un hôpital à Bordeaux et il a fait un AVC à 57 ans. Je suis persuadé que c'est son boulot qui l'a tué. Trop de responsabilités. Cet établissement causera ma fin si les choses ne se calment pas bientôt, déclara tristement le directeur.

— Mais que dis-tu ? Travailler dans un hôtel, c'est comme être pompier, il faut toujours être prêt pour affronter le pire !

Yvonne adorait ça, et Olivier lui enviait un peu la passion qui l'animait pour tout ce qui touchait à l'établissement. Il espérait toutefois qu'elle avait tort et que le Louis XVI prendrait rapidement un rythme de croisière tranquille et sans drame. Ils n'avaient pas eu beaucoup de chance jusqu'à présent.

— Rentre chez toi, je te dis. Arrête de t'inquiéter pour rien.

Reconnaissant, Olivier Bateau prit congé quelques minutes plus tard tandis qu'Yvonne partait faire le tour de l'hôtel pour s'assurer que le personnel se sentait bien malgré les événements de la nuit précédente.

La plupart des employés vaquaient à leurs tâches, mais la directrice adjointe en surprit plus d'un qui fumait en petits groupes dans les couloirs du sous-sol, ce qui était rigoureusement interdit. Yvonne les réprimanda en leur expliquant qu'ils devaient continuer à agir de manière professionnelle et ne pouvaient pas se permettre le luxe de paniquer ou de prendre du bon temps. Puis elle retourna à son bureau, enfila une robe bleu marine toute simple et des talons hauts, et se prépara à affronter la journée. Yvonne n'avait pas besoin de son dimanche de toute façon, n'ayant personne avec qui le passer. Elle voyait rarement ses proches : son père travaillait pour une compagnie pétrolière en Arabie Saoudite et sa mère était décédée ; sa sœur vivait en Inde, et son frère était employé sur une plate-forme pétrolière. Elle avait grandi ballottée de pays en pays. Et désormais, le Louis XVI était à la fois sa maison et sa famille, l'endroit sur Terre qu'elle appréciait le plus. Les hôtes de l'établissement étaient les enfants qu'elle n'aurait probablement jamais, ce dont elle se fichait éperdument, car le Louis XVI suffisait à son bonheur. Yvonne se rendit à la réception pour saluer les clients. Ceux qui traversaient le hall se sentaient rassérénés par sa présence. Elle observait tout ce qui se passait d'un œil de lynx et gardait à portée de main un sachet de sucettes pour les enfants – qu'elle leur distribuait avec la permission de leurs parents –, et des friandises pour les chiens. Lire sur les visages des clients leur plaisir à séjourner au Louis XVI était pour elle une récompense suffisante. À vrai dire, elle était toujours surprise par les gros pourboires que certains clients lui laissaient, car elle avait le goût du travail bien fait et n'agissait jamais par appât du gain.

Alaistair et Gabrielle se réveillèrent vers midi. Ils commandèrent un petit déjeuner dans la chambre et discutèrent des événements de la nuit précédente en se félicitant de l'efficacité avec laquelle le personnel de l'hôtel et la police avaient géré la situation.

— Cet établissement me plaît décidément beaucoup, déclara Alaistair en glissant un bras autour de Gabrielle. Ils font du bon boulot et prennent bien soin de nous.

Elle acquiesça en fermant les yeux et se blottit contre lui. Elle se sentait encore fatiguée après avoir passé plus de quatre heures debout dans la rue au milieu de la nuit. Surtout, elle était terrifiée de ce qui aurait pu arriver si la bombe n'avait pas été désactivée à temps. Ils sortirent se promener, puis une pluie fine se mit à tomber et ils rentrèrent s'abriter à l'hôtel. Gabrielle tenait à ce qu'Alaistair se repose avant son traitement le lendemain. Ils passèrent un après-midi tranquille à regarder des films à la télévision et commandèrent le dîner au service d'étage. Les clés de leur chambre fonctionnaient à nouveau et il n'y avait plus aucun signe du drame de la nuit précédente.

— Merci d'être ici avec moi, dit-il avec gratitude.

Le soir venu, il aurait été heureux de l'emmener au restaurant, mais elle avait insisté pour qu'ils restent dans la suite. Au-dehors, la pluie tombait à seaux et il faisait froid, et elle tenait absolument à ce qu'Alaistair soit en meilleure forme possible avant son traitement. Après le repas, ce dernier prit soudain un air soucieux et pensif.

— Tu t'inquiètes pour demain ? lui demanda-t-elle gentiment.

— Pas pour le traitement proprement dit. Ça, je peux le gérer. Ce qui m'effraie, c'est ce qui vient après. Je n'ai pas le droit de t'entraîner dans cette histoire, Gaby. Les chances de m'en sortir sont minces, et si je ne vaincs pas la maladie, je vais te mener sur un chemin que tu ne mérites pas. Regarder mourir quelqu'un qu'on aime est une épreuve terrible. Si j'étais un homme responsable, je mettrais fin à notre relation dès maintenant. Mais apparemment, je ne le suis pas, conclut-il sombrement. Cette situation n'est pas juste, en tout cas en ce qui te concerne.

— Je suis adulte, Alaistair. Tu t'es montré honnête avec moi, mais c'est mon choix d'être ici. Et personne ne sait ce qui va se passer. Tu viens de commencer ton traitement et tu es suivi par l'un des meilleurs médecins au monde. Tu as toutes les chances de ton côté pour vaincre la maladie. Ce serait dommage de tout gâcher pour rien, tu ne crois pas ? La vie et les relations amoureuses sont suffisamment compliquées et personne n'a aucune garantie que tout va bien se passer. Demain matin, je pourrais me faire renverser par un camion ou, pourquoi pas, tomber malade à mon tour ! Avec un peu de chance, tes problèmes de santé ne seront bientôt plus qu'un mauvais souvenir. Tu dois te battre pour guérir. Et je tiens à rester à tes côtés, quoi qu'il arrive.

Dorénavant, ils affrontaient la maladie ensemble et elle n'avait plus peur.

— Tu me connais à peine. Pourquoi prendre un tel risque ?

— Parce que notre rencontre est un cadeau du ciel, Alastair, et personne ne sait jamais ce qui va lui arriver ensuite. Richard a failli mourir à cause d'un problème cardiaque dont il ne soupçonnait même pas l'existence ! Et grâce à toi et aux autres médecins, Judythe et lui ont désormais un avenir radieux devant eux. Je n'ai pas l'intention de renoncer à notre bonheur ou de fuir devant les difficultés. Au moment où on parle, des choses incroyables, bonnes ou mauvaises, se produisent dans la vie des gens. Ta maladie, c'est l'épreuve que nous devons affronter maintenant. Je suis prête. J'ai beaucoup réfléchi avant de prendre l'avion, je ne suis pas venue à Paris par accident ou sur un coup de tête, ou parce que je n'avais rien de mieux à faire. Je suis ici par choix. Te rencontrer a été un miracle dans ma vie. Il y a un an, je pensais que je ne connaîtrais jamais plus le bonheur avec un homme, et voilà que l'on m'a donné une nouvelle chance. De toute façon, s'il n'y avait pas eu ta maladie, je suis convaincue que nous aurions dû faire face à autre chose. Tu ne parviendras pas à me faire peur, Alaistair. Et si le pire survient malgré tout, alors au moins nous aurons vécu tous ces moments de bonheur. À part mes enfants, tu es la meilleure chose qui me soit arrivée dans la vie !

Alaistair se remit à sourire. Gabrielle avait prononcé précisément les paroles qu'il avait besoin d'entendre et il se rendit compte qu'elle était parfaitement sincère. Son sentiment de culpabilité se dissipa.

— Et si j'étais un abruti en fait ? Tu ne me connais pas encore assez…

— J'en sais suffisamment. Et si tu es un abruti, comme tu dis, alors je reviendrai ici dans cette même suite avec un beau gosse de 22 ans et je lui raconterai à quel point tu étais stupide. C'est une bonne idée, non ? Je ne te laisserai pas tomber, Alaistair, quoi que tu dises. Maintenant, tais-toi et finis ton dîner, comme ça on pourra aller au lit et faire l'amour. À moins qu'il soit recommandé de s'abstenir en préparation de ton traitement demain ?

Elle avait l'air inquiète et il secoua la tête en souriant.

— Le professeur n'a rien mentionné à ce sujet. On est en France après tout, je pense qu'on peut faire l'amour quand on veut !

Elle éclata de rire.

— Tant mieux !

Elle vint s'asseoir sur ses genoux et, peu après, ils se retrouvèrent au lit. Il se sentait toujours légèrement coupable de l'avoir entraînée dans ce combat avec lui, mais en même temps tellement heureux et chanceux de l'avoir à ses côtés. Gabrielle était une femme courageuse, et il l'aimait.

Une heure plus tard, au moment où Gabrielle et Alaistair s'endormaient dans les bras l'un de l'autre, apaisés et comblés, Yvonne Philippe quittait l'hôtel pour rentrer chez elle. La directrice adjointe restée à la réception depuis la veille venait de travailler vingt heures d'affilée, alors que c'était théoriquement son jour de congé. Mais elle avait passé un excellent dimanche, le genre de journée pas simple à laquelle il fallait s'attendre dans un établissement plein à craquer, le lendemain d'une alerte à la bombe qui avait ébranlé tout le monde. Alors que la journée aurait dû être paisible, elle avait apporté son lot d'incidents. Du côté des clients, le teckel de la baronne allemande avait avalé un os de poulet et avait dû être transporté d'urgence chez le vétérinaire de garde ; on avait appelé le SAMU quand une petite fille avait fait une soudaine allergie aux fruits de mer ; le fils de 18 ans d'un prince saoudien avait eu un accident avec sa Ferrari et s'était entaillé le bras. Du côté de l'hôtel, trois téléviseurs en panne devaient être remplacés au plus vite ; le chef cuisinier avait menacé son sous-chef avec un couteau. Par ailleurs, une fillette de 6 ans, originaire de Cleveland, avait perdu sa poupée préférée ;

Yvonne avait dû aider sa mère à fouiller l'équivalent de cinq camions de linge sale avant de la retrouver ! La maman reconnaissante avait donné à Yvonne un pourboire de 300 dollars, mais celle-ci ne l'avait fait que par gentillesse et devoir. De toute façon, elle ne trouvait pas le temps de dépenser ce qu'elle gagnait !

Après cette journée pour le moins animée, Yvonne avait du mal à lâcher les rênes. C'était certain, il allait encore se passer quelque chose, et on allait avoir besoin d'elle. Mais un simple coup de fil la ramenait aussitôt à son poste. Car il n'existait aucun autre endroit où elle aurait souhaité être. C'était au Louis XVI qu'elle se sentait la plus heureuse, utile et en sécurité. Peu importe ce qui s'y passait, elle savait qu'elle était capable de gérer les événements avec la patience, la douceur, l'ingéniosité et le courage qui la caractérisaient. Rien d'autre ne comptait plus à ses yeux que le Louis XVI et ses hôtes.

10

Lundi matin, Alaistair et Gabrielle se levèrent à 7 heures. Elle avait mis son réveil et également demandé au réceptionniste de l'hôtel de les appeler. Elle ouvrit les yeux avant l'heure et prit une douche en premier, puis elle réveilla son compagnon en douceur et il lui sourit en voyant son visage.

— Je suis réveillé, dit-il, encore somnolent.

— Ah ! Alors le ronflement était une comédie ? Tu étais très convaincant, chapeau l'artiste !

Il se leva, et elle commanda du café et des toasts. Elle était trop nerveuse pour avaler quoi que ce soit et Alaistair était censé se contenter d'une légère collation avant son traitement.

La veille, ils étaient convenus qu'il irait seul au cabinet et l'appellerait quand il serait prêt à partir dans l'après-midi. L'équipe médicale allait garder Alaistair en observation pendant plusieurs heures à la clinique du professeur Leblanc pour s'assurer qu'il ne faisait pas de réaction indésirable au traitement. Cela n'avait pas été le cas la dernière fois, mais il fallait être prudent. Leblanc ne vivait que pour ses recherches et tenait à observer les effets de près. Si nécessaire, Alaistair passerait la nuit sur place. Bien qu'il soit en substance un sujet de recherche, il n'était pas, loin de là, le premier patient à bénéficier de ce traitement et plusieurs personnes venant de toute l'Europe avaient déjà tenté la thérapie.

Alaistair quitta la chambre à 8 h 30, l'air à la fois sérieux et distrait. Il prit Gabrielle dans ses bras et lui assura que tout irait bien. Il n'en pensait cependant pas moins et se sentait un peu anxieux, mais il ne voulait pas l'effrayer. Elle semblait calme et lui enjoignit de passer une bonne journée à l'école et de ne pas se disputer avec les autres enfants, ce qui le fit éclater de rire. Après son départ, elle s'assit sur une chaise dans le salon et rêvassa un moment en pensant à lui.

Gabrielle était censée faire de la paperasse pour ses clients, mais elle avait beaucoup de mal à se concentrer. À 16 heures, elle consulta sa montre, déçue de ne pas avoir reçu de nouvelles d'Alaistair. Une heure plus tard, elle commença à s'inquiéter, mais elle répugnait à l'appeler, au cas où il serait encore avec les docteurs ou ne se sentirait pas bien. Elle ne savait pas à quoi s'attendre et s'efforçait de ne pas paniquer. Au même moment, Alaistair entra dans la suite. Il avait mauvaise mine, comme s'il avait passé une journée particulièrement épuisante, mais il sourit dès qu'il la vit.

— Pourquoi ne m'as-tu pas téléphoné ? J'avais l'intention de venir te chercher.

— Le professeur m'a raccompagné. On dirait qu'on est en train de devenir amis. Leblanc a pourtant la réputation d'être taciturne et peu chaleureux, mais je crois que ma qualité de médecin a brisé la glace. Il m'a déposé devant l'hôtel. Je suis son seul patient à faire des essais cliniques en ce moment, alors j'ai eu droit à un traitement de faveur.

Il prit place sur une chaise en face d'elle. Il paraissait exténué, ce qui n'était pas une surprise. Les médicaments qu'on lui avait administrés étaient très puissants, mais il semblait bien résister et le professeur Leblanc lui avait expliqué qu'il avait beaucoup de chance.

— Raconte-moi plutôt comment s'est passée ta journée, lui demanda-t-il, désireux d'alléger l'atmosphère.

— J'ai pensé à toi et j'ai fait de la paperasse. Comment ça s'est passé ?

— Étonnamment bien. Le professeur est ravi, mais c'est seulement ma deuxième injection. Nous ne saurons rien de plus avant un certain temps. Il pense que c'est grâce à toi que je résiste aussi bien. Selon lui, l'état d'esprit des patients est très important et la bonne santé mentale est essentielle pour guérir, ou du moins retarder l'évolution de la maladie. Il m'a rappelé que l'objectif de la thérapie est la rémission du patient, car la guérison peut survenir ultérieurement grâce à de nouveaux traitements. Personnellement, je me contenterais bien d'une rémission. Il faut y aller doucement, dit-il en soupirant.

— Pareil pour moi, répondit-elle en s'approchant pour l'embrasser. Tu veux quelque chose à boire ?

Elle pensait à du thé, un jus de fruits, voire de l'eau.

— Un grand verre de quelque chose de frais. Je meurs de soif ! Je n'ai pas eu le droit de manger ou de me désaltérer de toute la journée, mais je n'ai pas faim.

— J'ai bu une excellente limonade cet après-midi, ça te dit ?

Il hocha la tête avec reconnaissance et elle passa commande au service d'étage. Dix minutes plus tard, on leur apportait la boisson fraîche avec une assiette de biscuits au beurre dont il ne laissa pas une miette.

— Ça te dérange si je dors un peu ? Je me sentirai mieux demain.

Alaistair se mit au lit et elle le borda ; elle avait remarqué le pansement de la perfusion sur son bras et ne fit aucun commentaire. Il s'endormit rapidement et ne rouvrit les yeux qu'à minuit. Pendant son sommeil, elle était allée plusieurs fois vérifier qu'il se sentait bien et avait eu le temps de repenser à la décision qu'elle avait prise. Elle était consciente des risques de s'être ainsi engagée à le soutenir, quelle que soit l'issue de la maladie, mais elle ne regrettait rien et était heureuse d'être venue.

À son réveil, il était affamé et elle lui commanda des œufs durs et des toasts, car il ne voulait rien d'autre. Il se rendormit aussitôt après avoir mangé et se leva à 8 heures le lendemain. Il avait dormi pendant quatorze heures et en avait visiblement besoin ! Au matin, il semblait étonnamment être redevenu lui-même et prit un copieux petit déjeuner. Ensuite, il manifesta l'envie de sortir et ils allèrent se promener le long de la Seine. Quand il commença à pleuvoir, ils coururent s'abriter sous un arbre.

— Merci d'être à mes côtés, dit-il avec gratitude. C'est beaucoup exiger de ta part.

— Mais tu ne m'as rien demandé. Je me suis portée volontaire, je te le rappelle.

C'était leur dernier jour ensemble. Ils quittaient tous les deux Paris le lendemain matin, mais Gabrielle avait prévu de se rendre à Londres deux semaines plus tard pour le salon Frieze Art Fair et passer du temps avec Alaistair. On lui administrerait son traitement intermédiaire à ce moment-là, mais il lui avait assuré que c'était une épreuve moins épuisante que celui qu'il venait de subir. Elle avait hâte de visiter sa maison dans le Sussex et, quant à lui, il se réjouissait de l'accompagner à plusieurs événements du salon. Sans le lui dire, elle avait déjà entrepris de réorganiser son emploi du temps pour pouvoir être à ses côtés à Paris dans un mois au moment du prochain traitement.

Alaistair se sentit soudainement un peu fatigué et ils prirent un taxi pour retourner à l'hôtel. Il fit une sieste dans l'après-midi, mais le soir venu, il insista pour l'emmener dîner et ils allèrent dans un restaurant bien connu où il mangea de bon appétit. Quand ils rentrèrent se coucher, il semblait s'être déjà remis de son traitement. Celui-ci était peut-être moins agressif qu'elle ne l'avait craint, mais surtout, Alaistair était un homme fort et peu enclin à se plaindre. Elle était impressionnée par son courage, et le lui dit.

— N'oublie pas que je suis médecin. J'incite les autres à fournir des efforts sur eux-mêmes, donc je n'ai pas vraiment le droit de me lamenter sur mon sort !

— Mais si ! Tu as le droit de faire ce que tu veux.

— De plus, j'ai besoin de retrouver la forme pour guérir mes patients ! J'ai eu beaucoup de chance, car j'ai trouvé un excellent remplaçant qui vient lors de mes déplacements à Paris ou si je me sens trop fatigué. C'est un homme généreux et il comprend parfaitement ce que je ressens parce qu'il a eu un cancer lui aussi et est en rémission depuis dix ans. Il a épousé une Jamaïcaine et ils ont quatre beaux enfants qui sont encore petits. Il avait congelé son sperme avant de commencer sa thérapie, pardonne-moi cette précision. Sa femme est formidable ; elle a enduré toutes ces épreuves pour lui et te plairait beaucoup. Leur mariage a causé pas mal de remous parmi ses proches : son père est comte et membre de la Chambre des lords et mon confrère porte un nom illustre bien qu'il n'utilise pas son titre. Sa famille a fini par accepter leur union, mais ça n'a pas été facile pour le couple pendant un certain temps, entre ses parents et le cancer – je me demande parfois ce qui était le pire. Au moins, nous n'avons pas à faire face à ce genre de problèmes, conclut-il avec un sourire avant d'enchaîner : As-tu l'intention de parler de nous à tes filles ?

Sa question prit Gabrielle au dépourvu. Naturellement, elle y avait déjà songé, mais c'était trop tôt. Veronica et Georgia avaient suffisamment souffert du remariage de leur père.

— Un jour ou l'autre. Le moment n'est pas encore venu.

— J'aimerais les rencontrer, quand tu le jugeras opportun.

— Tu leur plairas, mais je ne veux pas qu'elles se fassent du souci à l'idée que je les abandonne moi aussi. Je ne les vois pas beaucoup, mais elles ont toujours besoin de me savoir à la maison à les attendre. Quel que soit leur âge, les enfants ont du mal à comprendre que les parents sont eux aussi en droit de mener leur vie !

— Je suis tout à fait d'accord avec toi. J'étais très contrarié quand les projets de mes parents interféraient avec les miens, ou quand ils osaient partir en vacances sans moi. Ça me semblait incroyablement égoïste de leur part, répondit Alaistair en éclatant de rire. Je pense qu'on n'apprécie réellement ses parents que lorsqu'ils sont partis.

Elle hocha la tête.

— C'est vrai. J'ai commencé à apprécier les miens à la naissance de mes enfants, mais ils étaient déjà décédés. On s'en rend souvent compte quand il est trop tard.

Ils passèrent une soirée tranquille et reposante et rentrèrent à l'hôtel. Gabrielle avait préparé ses bagages à l'avance et elle l'aida à boucler les siens. Après une dernière nuit d'amour, le temps était venu de se dire au revoir. Le matin, il se chamailla avec elle pour régler la suite, puisqu'il avait renoncé à la sienne et avait prévu de l'inviter lorsqu'il lui avait proposé de le rejoindre à Paris. Toutefois, Gabrielle argua que le prix de la chambre était très élevé et qu'il avait déjà pris à sa charge toutes les autres dépenses du séjour. Il lui fallut beaucoup insister, mais elle eut gain de cause. Cependant, il lui fit promettre de le laisser payer lors de son prochain passage à Paris, si elle décidait de revenir pour son troisième traitement.

Alaistair partit avant elle pour prendre l'Eurostar, car il souhaitait arriver tôt à Londres pour assurer ses consultations. Il lui affirma qu'il se sentait d'attaque, mais elle voyait bien qu'il était un peu fatigué. Le professeur avait téléphoné la veille au soir pour savoir comment il se portait, et avait semblé satisfait de la réponse.

Ils avaient beaucoup de mal à se quitter. Elle n'avait pas encore l'habitude d'être séparée d'Alaistair et ressentit un sentiment de perte lorsque la porte se referma sur lui. Il l'appela de la gare, et quelques minutes plus tard, elle partit à son tour prendre son vol pour New York. Ces cinq jours avaient été merveilleux. Ils avaient organisé leur séjour de manière à passer le maximum de temps ensemble, ce qui arrangeait le remplaçant d'Alaistair à Londres, ravi de faire des heures supplémentaires. Malgré son titre de noblesse, celui-ci ne roulait pas sur l'or et avait six bouches à nourrir.

Gabrielle avait l'impression de connaître Alaistair depuis toujours. Leur relation était si intense, entre sa maladie, les aléas du traitement et l'incertitude des résultats, qu'elle en avait par moments le vertige. C'était une sensation étrange, mais ils étaient si bien ensemble.

Elle dormit pendant le vol et atterrit à New York à 14 heures, heure locale. Après avoir passé la douane, elle se retrouva chez elle à 16 heures et Veronica lui téléphona de Los Angeles juste au moment où elle ouvrait la porte de son appartement.

— Alors, c'était comment ce séjour à Paris ? demanda-t-elle à sa mère.

Gabrielle pensa immédiatement à Alaistair. Elle l'avait appelé depuis le taxi pour lui annoncer qu'elle était bien arrivée ; quant à lui, il venait de rentrer chez lui après une longue journée de consultation et lui avait dit combien elle lui manquait.

— C'était merveilleux, répondit-elle, songeuse.

Veronica ne soupçonnait rien. Elle n'avait de toute façon aucune raison de le faire.

— Et figure-toi qu'il m'est arrivé quelque chose d'excitant. L'hôtel a reçu une alerte à la bombe au beau milieu de la nuit et tous les clients ont dû passer quatre heures dans la rue en pyjama !

— Mais c'est effrayant ! Ça s'est bien terminé ?

— Oui. Ils ont trouvé une petite bombe dans le sous-sol d'un immeuble voisin et ont pu la désarmer à temps.

— C'est trop dangereux, maman. Tu ne devrais peut-être plus aller à Paris.

— Ça peut arriver n'importe où, de nos jours. Mais la police française a été incroyablement efficace ! Ils étaient partout !

— Eh bien, fais tout de même attention à toi. Je suis ravie que tu sois de retour à New York.

Gabrielle tenta de joindre Georgina, mais sans succès. Sa cadette passait tout son temps libre avec ses amis et ne décrochait jamais son téléphone. La jeune fille ne communiquait que par texto, mais Gabrielle préférait entendre sa voix.

À 21 heures, alors qu'elle luttait contre l'envie de se coucher pour se remettre du décalage horaire, son portable sonna de nouveau. C'était Judythe.

— Nous voulions que vous soyez la première à savoir, s'exclama la jeune femme sur un ton joyeux et excité. Nous avons décidé de nous marier au mois de décembre et nous serions très heureux que vous et Alaistair soyez des nôtres. Nous envisagions d'attendre jusqu'au printemps prochain, mais les choses se sont, d'une certaine façon, accélérées..., ajouta-t-elle, soudain légèrement embarrassée. Je viens d'apprendre que je suis enceinte. Cela a dû se produire à Paris. Le bébé naîtra en juin et je veux être mariée avant que ma grossesse ne commence à se voir.

Gabrielle sourit. Judythe et Richard avaient failli tout perdre cette nuit-là, et maintenant ils étaient bénis au-delà de leurs espérances, sur le point de se marier et d'accueillir leur premier enfant. C'était une juste récompense pour toutes les épreuves qu'ils avaient traversées. Ils ne pouvaient rien demander de plus à la vie. Gabrielle se souvenait qu'ils avaient eu l'intention de fonder une famille et que Judythe avait déjà 39 ans.

— C'est merveilleux ! Alaistair sera tellement content d'apprendre cette bonne nouvelle. Je l'ai vu ce week-end à Paris. En fait, je suis rentrée cet après-midi à New York. Et vous pouvez compter sur ma présence, bien sûr !

— Je n'ai encore rien organisé, mais je vous ferai connaître la date dès que j'aurai réservé une salle. Nous n'avons pas l'intention d'inviter grand monde. Après tout, chacun de nous a déjà eu droit à un grand mariage. Une fois suffit, lança Judythe en riant. Nous n'en serions pas là si Alaistair n'avait pas sauvé la vie de Richard.

Mais au moins, Judythe aurait eu un enfant. Et maintenant elle avait les deux, Richard et le bébé.

— Comptez sur moi pour transmettre la nouvelle à Alaistair !

Gabrielle avait encore le sourire aux lèvres en raccrochant. Elle était sincèrement heureuse que Judythe l'ait appelée. Apparemment, Richard se sentait bien et son médecin à New York lui avait assuré qu'il était sorti d'affaire. C'était l'un de ces moments magiques où le bonheur était total.

Pendant les deux semaines qu'elle passa à New York, Gabrielle ne vit pas le temps filer. Elle rencontra plusieurs clients, participa à une importante vente aux enchères chez Sotheby's et organisa des rendez-vous avec les marchands d'art qu'elle tenait à voir à Londres. En bouclant ses valises, elle eut presque l'impression de les avoir défaites la veille.

Elle arriva en Angleterre le soir précédant le traitement d'Alaistair. Elle insista pour l'accompagner et l'y conduire, et il lui confia sa voiture, une MG vert chasseur de collection. Gabrielle avait oublié le fameux sens de circulation des Britanniques et dut se concentrer exclusivement sur la route ! Au retour, ils s'arrêtèrent à la clinique dans Harley Street et elle eut le plaisir de faire la connaissance de Geoffrey Mount Westerley, le médecin suppléant d'Alaistair, qu'elle trouva charmant. Puis ils rentrèrent chez lui pour qu'il puisse se reposer.

Alaistair possédait un loft avec une vue magnifique sur la Tamise, une parfaite garçonnière où l'on accédait à la chambre par une échelle. Le lendemain, il fit la grasse matinée, et à son réveil, ils décidèrent de passer le week-end dans sa maison du Sussex. Au départ, ils avaient prévu de s'y rendre à la fin du Frieze Art Fair, mais il était trop impatient de lui montrer les lieux, et elle de les découvrir. Surtout, il se sentait suffisamment en forme pour faire la route. La foire ne commençait pas avant le lundi et ils avaient donc deux jours rien que pour eux, sans autre projet.

Ils arrivèrent au domaine par une belle matinée d'automne. C'était une remarquable demeure aux proportions gracieuses qui se suffisait à elle-même, avec une maisonnette pour les invités. Au loin, à travers les arbres, on apercevait le manoir de l'autre côté d'un lac où nageaient des cygnes. La propriété, magnifique, semblait être le parfait symbole d'une époque révolue où rivalisaient raffinement et richesse. Gabrielle comprenait pourquoi Alaistair ne l'avait pas conservée lorsqu'il en avait hérité dans sa jeunesse. Le manoir était immense et nécessitait une armée de serviteurs pour s'en occuper ! À l'époque, son grand-père, qui avait les moyens d'embaucher autant de personnel, l'avait racheté à une famille ruinée.

Gabrielle admira les jardins à l'anglaise superbement entretenus avant de le suivre à l'intérieur.

Là, elle découvrit de grandes pièces lambrissées en enfilade, garnies d'antiquités qu'Alaistair avait récupérées dans la demeure de ses parents. La maison au charme ancestral formait un contraste frappant avec son loft londonien résolument moderne. On y sentait encore la présence de son arrière-grand-mère qui y avait vécu, mais Alaistair avait ajouté des touches masculines, notamment dans le salon, décoré de gravures de chasse anciennes et meublé de confortables fauteuils en cuir installés devant une immense cheminée ornée d'un manteau en marbre noir. Gabrielle aperçut plusieurs portraits gigantesques accrochés aux murs, dont deux des parents d'Alaistair dans le salon et le vestibule. Dans son ensemble, la demeure paraissait incroyablement britannique et chic, et Gabrielle, admirative, s'y sentit immédiatement chez elle.

— Je suis tellement heureux que la maison te plaise.

Il semblait ravi en la menant jusqu'à sa chambre pour y poser leurs valises. Un immense lit ancien à baldaquin en acajou sculpté trônait au milieu de la pièce.

— Je n'ai pas pu me résoudre à abandonner tout ça. Ces meubles, c'est toute mon enfance, et les nouveaux propriétaires n'en voulaient pas – ils ont refait le manoir dans un style très contemporain. Je sais bien que c'est démodé, mais ils me sont familiers et c'est ce que j'apprécie.

Gabrielle admirait les sombres tapis persans, bien pratiques pour masquer la boue venant de l'extérieur, les sièges en cuir surdimensionnés et les tapisseries et les rideaux en velours vert foncé. La chambre avait une touche masculine, mais elle s'y sentait bien.

— C'est ici que je passe tous mes week-ends. Mon ex-femme détestait cette maison, mais elle compte beaucoup pour moi. Dans ce lieu, je retrouve une certaine paix intérieure. C'est comme si je retournais en quelque sorte dans le giron maternel. Je me rappelle mes parents, mon enfance et l'histoire de notre famille.

Ils avaient fait des courses avant de quitter Londres et préparèrent le déjeuner dans la grande cuisine à l'ancienne. Ensuite, ils partirent faire une longue promenade autour de la propriété et s'arrêtèrent au bord du lac. L'endroit était paisible, et elle sentit toutes les tensions des derniers jours se dissiper. Ils s'assirent sur un banc pour admirer les cygnes gracieux qui glissaient sur l'eau en compagnie de quelques canards.

— Cela fait si longtemps que je n'ai amené personne ici. J'aime bien venir seul. Je devrais dire, j'aimais ça. Maintenant, je préfère que tu m'accompagnes, annonça Alaistair en lui passant un bras autour des épaules.

En cet endroit hors du temps, sur cette propriété si ancienne qu'elle paraissait immuable, la maladie d'Alaistair leur semblait irréelle, ainsi que tous leurs soucis quotidiens. Même leurs inquiétudes face à l'avenir perdaient leur importance. C'était un lieu paisible qui avait le don de dissiper leurs craintes. Ils retournèrent en silence à la maison, main dans la main, montèrent dans la chambre et firent l'amour. Ensuite, Gabrielle demeura éveillée entre les bras d'Alaistair, priant pour qu'il jouisse d'une longue vie en bonne santé, espérant être à ses côtés pour la partager. Elle pouvait presque ressentir la présence des ancêtres qui avaient vécu là des années auparavant, et elle avait l'impression qu'ils les bénissaient et leur souhaitaient bonne chance à tous les deux.

Ce soir-là, ils préparèrent le dîner ensemble, puis s'installèrent devant la grande télévision du salon, l'élément le plus moderne de la maison, sur laquelle il regardait des matchs de foot quand il était seul. Ils choisirent un film qui leur plaisait à tous les deux, puis ils retournèrent se coucher, ravis de leur journée.

Le lendemain, ils partirent à cheval faire une longue balade dans les collines. Les nouveaux propriétaires permettaient à Alaistair de monter certains chevaux de leurs écuries et cela donna l'occasion à Gabrielle de se rendre compte de l'immensité et de la splendeur du domaine en galopant devant les fermes où vivaient autrefois les métayers du grand-père. Aujourd'hui, la plupart étaient louées, et certaines avaient été vendues à des Londoniens qui en avaient fait leurs maisons de campagne. La vue était si pittoresque que Gabrielle aurait voulu y rester pour toujours. C'était une propriété magnifique, et Alaistair avait eu le flair de la céder au bon moment, à des gens qui avaient les moyens de l'entretenir comme il fallait.

— Ils vivent en Afrique du Sud et ne sont pas souvent là, lui expliqua-t-il. Ils ont l'intention de prendre leur retraite ici, du moins c'est ce qu'ils prétendent. Je ne suis pas certain qu'ils le feront un jour, car ils possèdent plusieurs belles demeures. Mais au moins ils prennent soin du manoir et ils l'apprécient à sa juste valeur. Je suis heureux de détenir encore une petite partie du domaine et de pouvoir en profiter.

— Je suis si contente que tu m'aies montré ta maison.

C'était un aspect important de la vie intime d'Alaistair, un aperçu de l'individu qu'il était et de ses racines. Les premiers propriétaires avaient été l'une des puissantes familles du royaume, mais ils avaient fini par perdre leurs biens au fil des générations. Toutefois, le domaine était encore intact car personne ne l'avait acheté pour le transformer en hôtel, ou le découper en petits lots en vue d'un projet immobilier. Tant d'anciennes propriétés en Angleterre avaient été détruites ou avaient simplement disparu.

Ils allèrent se coucher tôt et se levèrent aux aurores le lendemain matin. Après le petit déjeuner, Alaistair fit un peu de jardinage et Gabrielle lut un livre. Le soir venu, ce fut un déchirement pour eux de retourner à Londres.

— Si je vivais ici, je ne pense pas que je trouverais le courage de partir, déclara-t-elle en souriant.

— J'ai moi-même beaucoup de mal à rentrer.

Alaistair était visiblement comblé qu'elle apprécie autant sa maison et qu'elle le comprenne si bien.

Ils étaient tous les deux un peu tristes de retrouver l'appartement. Elle avait une journée chargée le lendemain à la foire. Quant à lui, il avait prévu de la rejoindre le mardi soir, après avoir vu ses patients.

— Dis, quand pourrons-nous revenir ?

— Mais chaque fois que tu viendras ! répondit-il joyeusement. Je suis toujours heureux d'y passer du temps.

Il n'avait pas oublié les disputes avec son ex-femme qui n'appréciait pas la campagne et préférait l'excitation de la capitale. Les dernières années de leur mariage, elle avait fini par refuser purement et simplement de l'accompagner dans le Sussex.

Gabrielle et Alaistair s'allongèrent sur le lit douillet, blottis l'un contre l'autre sous la couette. Elle s'endormit en regrettant de ne pouvoir rester à Londres plus longtemps et d'avoir trop peu de temps libre pendant son séjour. Mais elle avait une entreprise à gérer, des clients à satisfaire, et sa semaine à Londres allait être bien remplie. Vivre aux côtés d'Alaistair avait des allures de conte de fées, mais qu'elle le veuille ou non, elle devait maintenant se remettre au travail. Tout comme lui. La vraie vie les rattrapait, pleine de délices et de menaces.

11

Pendant deux jours, Alaistair partit à la clinique tôt le matin pendant que Gabrielle se rendait au salon d'art. Il la rejoignit le mardi soir et ils eurent grand plaisir à visiter les galeries en provenance du monde entier : Europe, Asie, Amérique du Nord et du Sud. La foire était un événement de renommée internationale, à l'instar de la Biennale de Paris, mais ils l'apprécièrent tous les deux davantage, peut-être parce que les œuvres exposées étaient particulièrement remarquables cette année-là. Et puis le fait de parler la langue du pays facilitait certainement les choses ! De nombreuses galeries avec lesquelles Gabrielle collaborait régulièrement étaient présentes, et Alaistair se réjouissait de la voir évoluer dans son milieu et de rencontrer les gens qu'elle lui présentait. Il trouvait sa vie fascinante, son univers bien plus raffiné que le sien, ce qui ne l'empêchait pas, elle aussi, de s'intéresser à son travail de médecin. Les moments qu'ils passaient ensemble étaient riches de découvertes et d'expériences partagées. La présence de Gabrielle lui insufflait une nouvelle vitalité, et elle ressentait la même chose en sa compagnie. L'impression de lutter seule sur tous les fronts s'était dissipée. D'une manière tacite, et en un temps très court, ils étaient devenus les meilleurs amis du monde, des alliés qui se battaient pour la guérison d'Alaistair, tout en s'efforçant de mener une existence normale. Un soir dans la semaine, ils allèrent dîner avec des amis d'Alaistair, tous impatients de faire la connaissance de Gabrielle. L'un de ses anciens camarades de classe était artiste, et cette dernière eut beaucoup de plaisir à discuter avec lui.

La semaine qu'elle avait prévu de passer à Londres fila à toute vitesse. Elle devait encore rencontrer quelques clients ce week-end-là, ce qui les empêcha de retourner dans le Sussex.

— Le devoir m'appelle…, se lamenta-t-elle.

Heureusement, elle lui avait promis de le retrouver à Paris début novembre, au moment de son troisième rendez-vous avec le professeur Leblanc. Ce dernier comptait procéder à des tests pour évaluer les effets de la thérapie. Il était encore trop tôt pour en attendre des résultats radicaux, mais le spécialiste espérait observer au minimum une légère amélioration. Bien qu'il se refuse à l'admettre, Alaistair était très nerveux. Et s'il n'y avait aucune évolution ? Ou pire, et si son état de santé continuait d'empirer ? Il n'osait pas exprimer ses craintes devant Gabrielle, mais celle-ci pouvait ressentir son inquiétude. Ce moment était d'autant plus angoissant pour Alaistair qu'il n'avait pas éprouvé le moindre changement depuis le début de sa thérapie. Il se sentait la plupart du temps en forme et de bonne humeur, particulièrement quand il était en compagnie de Gabrielle – sauf le jour même et le lendemain des traitements, particulièrement violents. Il ne souffrait pas autant qu'il l'avait craint, comme si le traitement agissait dans les tréfonds de sa chair, là où il ne pouvait pas en mesurer les effets.

Quand il reconduisit Gabrielle à l'aéroport le dimanche soir, Alaistair était triste. Il se gara sur le trottoir et l'embrassa.

— Tu vas terriblement me manquer, Gabrielle.

— Toi aussi. Mais je te revois à Paris dans quinze jours, rappelle-toi.

— Ton train de vie est digne de la jet-set ! la taquina-t-il.

Leur prochaine rencontre à Paris serait plus brève que d'habitude, car Gabrielle devait rentrer à New York pour son travail et pour organiser Thanksgiving. Tout en réfléchissant aux semaines à venir, elle se tourna vers lui et lui demanda soudain :

— Qu'est-ce que tu dirais de venir à New York pour Thanksgiving et faire la connaissance de mes enfants ?

C'était plutôt osé de sa part. Comment réagiraient ses filles ? Sa relation avec Alaistair était après tout très récente – à Thanksgiving, cela ferait presque trois mois qu'ils se fréquentaient. Mais au fond, c'était sans doute le bon moment de prévoir une rencontre puisque les filles ne seraient pas là pour les fêtes de Noël.

Alaistair parut à la fois heureux et hésitant.

— Tu es sûre ?

— Oui, répondit-elle d'un ton ferme.

Elle adorait soudainement cette idée.

— Et si elles me détestent ?

— On les enverra au lit sans dîner avec une fessée !

Elle n'aurait jamais fait subir ça à ses enfants, même quand elles étaient petites, mais sa remarque le fit éclater de rire et toute la tension retomba.

— Je suppose que ce serait une punition bien méritée. Et pour répondre à ta question, oui, je serais heureux de venir, mais je ne veux surtout pas déranger qui que ce soit.

— Je vais les prévenir alors, elles auront le temps de digérer la nouvelle !

Et si Veronica et Georgina s'opposaient violemment à la présence d'Alaistair, Gabrielle pourrait toujours modifier ses projets. Hors de question pour elle de se brouiller avec ses filles qui jouaient un rôle crucial dans sa vie. Il s'en rendait d'ailleurs bien compte à la manière dont elle parlait de ses enfants.

Il l'embrassa à nouveau, porta sa valise jusqu'au comptoir d'enregistrement et dut ensuite la laisser partir, en lui envoyant au loin un baiser avec la main. Comme elle aurait aimé repartir avec lui ! À certains moments, elle s'inquiétait pour son état de santé, et à d'autres, il semblait tellement en forme qu'elle avait tendance à oublier sa maladie. Mais un monstre maléfique était tapi dans l'ombre, attendant de les détruire tous les deux, ou plutôt, de tuer Alaistair et de briser le cœur de Gabrielle. Mais il était si facile de faire fi de la réalité quand il paraissait en bonne santé, ce qui par bonheur était le cas la plupart du temps.

Ils avaient tous les deux des projets très excitants jusqu'à la fin de l'année. Elle lui avait déjà annoncé qu'elle ne pourrait pas venir à Paris pour son traitement en décembre, car son emploi du temps à New York serait trop chargé. Cependant, elle devait se rendre au salon Art Basel de Miami Beach pendant la première semaine de décembre et elle avait proposé à Alaistair de l'y accompagner. C'était une folie, mais il n'avait pas hésité à accepter, même pour un long week-end. Gabrielle devait y rencontrer plusieurs clients et de nombreux marchands d'art. Les événements Art Basel de Miami et de Bâle étaient les deux foires internationales les plus importantes et Alaistair était impatient d'y mettre les pieds après en avoir beaucoup entendu parler. Décidément, Gabrielle enrichissait sa vie de façon incommensurable. Ils en profiteraient pour ensuite gagner New York et célébrer le mariage de Richard et Judythe, puis Alaistair reprendrait l'avion pour Londres. Fin décembre, Gabrielle avait l'intention de passer quelques jours avec ses filles pour fêter un Noël anticipé avant qu'elles ne s'envolent pour les Caraïbes avec leur père. Néanmoins, elle ne se retrouverait pas seule au réveillon puisqu'elle rejoindrait Alaistair dans sa maison du Sussex. Leurs projets allaient les amener à traverser l'Atlantique pendant les huit prochaines semaines, mais tant qu'Alaistair se sentait suffisamment en forme, ils n'avaient aucune raison de s'en priver. Dire que quelques mois auparavant, elle était seule et déprimée à New York ! Depuis que Gabrielle avait trouvé le courage de partir à Paris et de saisir les opportunités qui se présentaient à elle, elle avait passé tellement de bons moments en compagnie d'Alaistair. Le bonheur était rarement parfait, c'est vrai. Il y avait les peines de cœur, les souffrances sans réel motif, ou encore l'impression d'avoir une dette à payer. Dans leur cas précis, il s'agissait de la maladie d'Alaistair. Mais cela ne semblait pas l'affecter outre mesure, et elle avait beaucoup de chance. Pour le moment, il était en sursis, ce dont ils étaient conscients l'un et l'autre. Et ils comptaient bien profiter de la vie.

Après la foire de Londres, Gabrielle fut tellement occupée à New York qu'elle eut à peine le temps de téléphoner à Alaistair. Leurs invitations au mariage de Richard et Judythe étaient arrivées et ils les avaient tous deux acceptées. Ils n'auraient manqué la cérémonie pour rien au monde.

Lorsqu'elle reprit l'avion pour Paris au début du mois de novembre, Gabrielle eut l'impression que quelques jours seulement s'étaient écoulés depuis leur dernière rencontre. Ils passèrent la journée ensemble et profitèrent de Paris, puis le lendemain, elle l'attendit à l'hôtel pendant qu'il recevait son traitement et subissait une batterie de tests. À son retour, il avait l'air plus fatigué qu'auparavant et se plaignit des nombreuses prises de sang que le professeur lui avait faites :

— Je pense que cet homme est un vampire ! s'écria-t-il.

Mais le jour suivant, il se sentait déjà en meilleure forme et ils s'apprêtèrent à passer un excellent week-end. Le temps s'était rafraîchi et on commençait à installer les lumières de Noël sur les Champs-Élysées, l'avenue Montaigne et dans les quartiers alentour. La ville allait se parer de tous ses feux à l'occasion des fêtes de fin d'année et Gabrielle regrettait de ne pas pouvoir revenir début décembre pour admirer le spectacle. Le voyage en Eurostar était beaucoup plus court pour Alaistair que le vol depuis New York et il ne s'attendait pas à ce qu'elle l'accompagne systématiquement. Il pouvait parfaitement se débrouiller sans elle, même s'il appréciait son soutien et se réjouissait de sa présence à ses côtés.

Ils allèrent dîner dans l'un des restaurants d'Alain Ducasse et dégustèrent un exceptionnel menu consacré à la truffe blanche, puis ils déjeunèrent le jour suivant dans leur bistrot préféré et goûtèrent un hachis parmentier de canard – ils ne connaissaient pas encore toutes les spécialités françaises ! Ils marchèrent des kilomètres, admirèrent les boutiques du faubourg Saint-Honoré déjà décorées pour les fêtes, et firent l'amour dans leur chambre d'hôtel dès qu'Alaistair eut recouvré ses forces.

Pour Gabrielle, ce Noël allait être diamétralement différent des deux derniers. À l'époque, elle n'avait pas encore fait le deuil de son mariage et vivait tant bien que mal au jour le jour. Quel contraste avec maintenant ! Elle se sentait tellement vivante : Alaistair la faisait rire et ils avaient tant de choses à se dire ! Le samedi soir après le dîner, ils allèrent même danser dans une petite discothèque qu'Alaistair connaissait du temps de sa jeunesse et de ses études.

Le dimanche matin, ils quittèrent l'hôtel, elle en direction de l'aéroport et lui de la gare. Ils avaient parlé pendant des heures de Thanksgiving et de la future rencontre d'Alaistair avec Veronica et Georgina. Il était terrifié à l'idée de faire ou de dire quelque chose de mal.

— Les filles sont plus coriaces que les garçons. Et si elles me détestent, elles te convaincront de me laisser tomber.

— Je suis capable de penser par moi-même, tu sais ! Elles ne me convaincront de rien du tout. Et d'ailleurs, je ne vois pas pour quelle raison elles ne t'aimeraient pas, elles sont bien trop occupées à haïr la femme de leur père ! Il n'y a rien de déplaisant chez toi, Alaistair. Veux-tu bien te détendre, à la fin ?

Ils ne parlaient que de ça, ce qui avait au moins le mérite de les distraire de leur inquiétude au sujet des résultats de ses récents examens. Le professeur Leblanc avait déclaré qu'on ne saurait rien avant une ou deux semaines.

À son retour de Paris, il restait à Gabrielle moins de quinze jours pour rattraper son retard et se lancer dans les préparatifs de Thanksgiving. Avec tous ces déplacements, le temps filait à vive allure. Septembre et octobre s'étaient déjà fondus dans une espèce de brouillard, à l'exception de sa rencontre avec Alaistair, qu'elle ne pourrait jamais oublier. Leur amour lui faisait penser à un nourrisson de presque 3 mois : elle avait déjà du mal à se souvenir de sa vie d'avant. Elle lui parlait de tout et de rien, lui racontait ses journées, son travail, ses clients et ses préoccupations au sujet de ses filles. Leur relation en était une au sens noble du terme, une véritable communion à mille lieues de son mariage avec Arthur. Ce dernier avait toujours établi les règles et dicté leur conduite, et pendant longtemps, il l'avait traitée comme une enfant. D'ailleurs, c'était probablement ce qui l'avait attiré chez Sasha. Mais un jour, la jeune Russe grandirait à son tour. Son ex-mari refusait que les femmes qu'il aime vieillissent. En outre, avec l'âge, elles devenaient moins facilement malléables. En mûrissant, Gabrielle était devenue trop indépendante à son goût, elle s'était progressivement forgé ses propres opinions et ses idées. Ce n'était pas ce qu'Arthur attendait d'une épouse. La seule chose qu'il souhaitait, en fin de compte, c'était quelqu'un à façonner à sa guise. Gabrielle l'avait compris trop tard. Mais en réalité, leur mariage était condamné dès le premier jour et Arthur serait parti tôt ou tard, même s'il n'avait pas rencontré Sasha. La belle Russe n'y était pour rien.

Cet aspect de sa personnalité était aussi la raison pour laquelle Arthur se disputait davantage avec leurs filles maintenant qu'elles avaient grandi. Veronica et Georgina l'avaient sévèrement jugé pour avoir quitté leur mère, et elles critiquaient le choix de sa nouvelle épouse. Il les avait déjà mises en garde : elles devaient se montrer gentilles avec elle pendant les vacances. Il avait finalement affrété un yacht de 90 mètres de long à Saint-Barthélemy, pour le plus grand plaisir des filles et de Sasha qui s'était offert toute une garde-robe pour l'occasion. Arthur ne faisait jamais les choses à moitié… Le bébé et les nounous seraient également de la partie. Gabrielle était la première surprise de l'indifférence avec laquelle elle apprenait cela, mais elle avait à présent envie d'une existence plus modeste et de joies ordinaires. Ses séjours au Louis XVI la comblaient, elle n'avait pas besoin de plus de luxe. Passer des vacances sur un yacht aurait été agréable, mais le sacrifice n'en valait pas la peine. Il était désormais hors de question qu'elle renonce à elle-même.

La semaine précédant Thanksgiving, Gabrielle décrocha un nouveau client. Il était grec, s'appelait Dmitri Spiros et possédait une compagnie maritime. Il vivait la plupart du temps à New York sur son yacht flambant neuf de 120 mètres de long. Gabrielle devait l'aider à acquérir de nouvelles œuvres d'art pour décorer le navire. La mission allait durer plusieurs mois et générer une commission très importante pour son entreprise, d'autant plus que Spiros avait une préférence marquée pour Picasso. Le Grec lui fit visiter son bateau et Gabrielle prit de nombreuses photos des endroits où il souhaitait exposer des peintures et des sculptures. Âgé d'une soixantaine d'années, il n'était pas très beau, mais avait un visage intéressant, très marqué. Constatant qu'il était accompagné d'une Française de 20 ans, elle se demanda une fois de plus pourquoi les hommes dans son genre choisissaient toujours des femmes beaucoup plus jeunes qu'eux. Pourquoi ne préféraient-ils pas plutôt une partenaire avec laquelle ils pouvaient discuter, une compagne susceptible de contribuer véritablement à leur vie ? Les hommes comme Spiros formaient une espèce à part. Il leur était plus évident d'acheter leurs épouses, dans une certaine mesure, tout comme Arthur avait séduit Sasha grâce à sa fortune. Gabrielle avait 21 ans et Arthur 46 le jour de leur mariage. Aujourd'hui, à 70 ans, il venait d'épouser une femme de 26 ans ! C'était pathétique. La relation de Gabrielle avec Alaistair, un homme moins riche, moins influent, avec une carrière brillante mais plus ordinaire, était bien plus équilibrée. Alaistair l'écoutait toujours avec la plus grande attention et la traitait comme une égale. Elle n'avait jamais connu ça auparavant auprès d'un homme. Pour sa part, Arthur exigeait de son épouse qu'elle lui serve de faire-valoir, un peu à la manière des anges étincelants que l'on accroche au sommet du sapin de Noël pendant les fêtes.

Malgré tout, Gabrielle passa un excellent moment en compagnie de son nouveau client sur son yacht et décrivit son après-midi à Alaistair dans les moindres détails quand il lui téléphona dans la soirée. Ensuite Veronica l'appela à son tour ; Gabrielle lui parla de Dmitri Spiros et de sa mission, puis à la fin de la conversation, elle lui annonça sur un ton nonchalant qu'elle avait invité un ami à Thanksgiving.

— Quel genre d'ami ? s'enquit Veronica, qui gardait une certaine réserve.

Elle savait que sa mère avait eu une vie sociale très limitée depuis la séparation. Au début, Gabrielle était embarrassée d'avoir été quittée de manière aussi humiliante ; c'est pourquoi elle avait éliminé de son cercle la plupart de leurs amis communs. Elle avait confié à ses filles qu'elle espérait rencontrer de nouvelles personnes, mais qu'elle venait juste de sortir de son cocon et que sa métamorphose n'était pas encore terminée.

— C'est quelqu'un que j'ai rencontré à Paris il y a quelques mois. Il est médecin et vit à Londres.

S'ensuivit un long silence pendant que Veronica digérait la nouvelle.

— Tu sors avec lui ?

Il y eut de nouveau une longue pause, le temps que Gabrielle réfléchisse à sa réponse, avant de conclure qu'il était plus simple de dire la vérité. Après tout, si ses filles avaient l'intention qu'on les traite comme des adultes, leur mère avait le même droit.

— Oui.

— C'est sérieux ?

— Il est trop tôt pour le savoir. C'est quelqu'un de vraiment gentil, et nous nous apprécions beaucoup. Nous sommes tous les deux invités à un mariage à New York après Thanksgiving et j'ai pensé que vous aimeriez le rencontrer, toi et Georgina.

— C'est comme ça que ça va être à partir de maintenant, maman ? On va devoir choisir entre les vacances avec la petite copine de papa ou tes rencards ?

Gabrielle n'apprécia pas le commentaire mais garda le silence, car elle comprenait pourquoi sa fille était contrariée. Arthur leur avait imposé Sasha, qui se croyait désormais en territoire conquis et passait son temps à se plaindre de ses belles-filles à leur père qui lui prêtait généralement une oreille compatissante.

— Il n'a rien à voir avec Sasha. C'est un homme bien.

— Est-ce que Georgina est au courant ?

— Tu es la première à qui j'en parle. Si ça te contrarie tant que ça, il n'est pas obligé de venir. Thanksgiving n'est pas si important pour lui. Il avait simplement envie de faire votre connaissance parce que je lui parle souvent de vous deux. Et il sera à New York de toute façon pour le mariage de nos amis Richard et Judythe.

— Écoute, maman, moi ça me va.

Avant le divorce, Arthur et elle avaient l'habitude d'organiser de grands repas de Thanksgiving avec de nombreux invités, mais maintenant elles n'étaient plus que toutes les trois. Son ex-mari, qui voyait toujours les choses en grand, avait, lui, convié plusieurs amis sur le bateau qu'il avait affrété pour Noël, afin de ne pas se retrouver en petit comité avec sa nouvelle femme et ses filles.

Arthur considérait la vie comme une fête permanente et adorait exhiber sa jeune épouse. Il aimait que les gens l'envient – ce qui était le cas de la plupart des membres de son entourage. Après leur séparation, Gabrielle s'était rendu compte que si elle l'avait rencontré aujourd'hui, elle ne se serait pas intéressée à lui, voire même l'aurait trouvé franchement antipathique. Mais Arthur l'avait éblouie au temps de sa jeunesse. Il s'était montré séduisant et attentionné à l'extrême, et il l'avait courtisée et conquise. À présent, ils n'avaient plus rien en commun, sauf leurs filles. L'univers de Gabrielle était plus restreint désormais, et c'était son choix. Elle avait envie d'une vie plus réelle, à l'opposé de l'existence superficielle qu'elle avait menée avec Arthur pendant tant d'années. Elle préférait la petite maison d'Alaistair au yacht dans les Caraïbes.

Après leur coup de fil, Gabrielle appela Georgina. Celle-ci était bien trop prise par sa propre vie pour se montrer contrariée par la perspective de rencontrer Alaistair à Thanksgiving. Elle paraissait presque pressée de raccrocher.

— Si tu veux, maman. Il est mignon ?

— Plutôt, répondit Gabrielle avec un sourire.

Elle trouvait Alaistair très beau, mais ne souhaitait pas s'étendre sur le sujet avec sa fille.

— Alors est-ce que je peux amener quelqu'un, moi aussi ?

La question prit sa mère au dépourvu.

— Qui donc ?

La présence d'un hôte supplémentaire pourrait atténuer l'appréhension d'Alaistair et contribuer à briser la glace entre lui et ses filles.

— Je sors avec un garçon. Il vient de New York et va rentrer chez lui pour Thanksgiving, mais ses parents ne comptent pas vraiment le fêter. Il te plairait.

— D'accord. Est-ce qu'il possède des vêtements corrects ou est-ce qu'il va célébrer Thanksgiving avec un sweat et des Nike aux pieds ?

C'était la tenue habituelle des amis de Georgina. Veronica s'habillait avec soin, surtout depuis qu'elle avait commencé à travailler dans un musée de Los Angeles, mais Georgina se vêtait comme si elle était toujours une ado.

— Et ça s'applique aussi à toi.

— Je sais, je sais. Son père est avocat et sa mère est généralement sur son trente et un quand elle vient lui rendre visite, donc j'imagine qu'il doit avoir des vêtements décents au fond d'une armoire. Il est obligé de mettre une cravate ?

Cela avait l'air de l'inquiéter.

— Non, mais une veste serait la bienvenue s'il en possède une, et des chaussures en cuir...

Gabrielle était à cheval sur la tenue que ses hôtes portaient pour les fêtes. Elle mettait d'ailleurs autant de soin à s'habiller pour l'occasion qu'à dresser une jolie table.

— Non mais maman... Et il faut que je porte du noir, tant que tu y es ?

— Peu importe.

Au fil des ans, Gabrielle avait assoupli ses règles. Elle était simplement heureuse de revoir ses filles et de les avoir à la maison.

— De toute façon, vous feriez mieux d'emporter des tenues soignées sur le bateau. Ton père va se fâcher si tu arrives au dîner en short avec des tongs aux pieds.

— Je sais, maman, répondit Georgina d'un ton exaspéré. Sa princesse porte du lamé et de l'or au petit déjeuner. Papa doit devenir aveugle… ou sénile. Il adore ça.

Gabrielle sourit, mais s'abstint de faire un commentaire.

— On se retrouve dans une semaine ! Je n'ai pas cours mercredi, donc j'arriverai à la maison mardi soir.

— J'ai hâte de te revoir.

Veronica aussi rentrait le même jour à New York. Et toutes les deux avaient prévu de rester jusqu'à dimanche.

En raccrochant, Gabrielle n'espérait plus qu'une chose : que tout le monde s'entende bien, et que les filles ne fassent pas passer un mauvais quart d'heure à Alaistair. Depuis le divorce, elles se montraient très possessives à l'égard de leur mère. Gabrielle avait fini par comprendre que, d'une certaine façon, elles aimaient la savoir seule et entièrement à leur disposition. Même si elles ne vivaient plus à la maison, elles n'avaient pas l'intention que les choses changent.

Alaistair atterrit à New York le lundi soir, ce qui leur laissait vingt-quatre heures en tête à tête avant l'arrivée des filles. Gabrielle l'avait invité à séjourner chez elle la première nuit, et il prit un taxi depuis l'aéroport tandis qu'elle l'attendait dans son appartement situé au coin de la 74e Rue et de la 5e Avenue.

Il était déjà minuit, heure de Londres. Gabrielle avait donc supposé qu'il n'aurait pas envie de sortir et lui avait préparé un dîner léger composé d'un potage et d'un assortiment de charcuterie et de saumon fumé. Le lendemain, Alaistair irait s'installer au très chic hôtel Mark, qui se trouvait dans son quartier. Les prochaines semaines allaient être très chargées. Après le départ des filles, Alaistair et Gabrielle prendraient l'avion pour Miami où ils avaient prévu de rester toute la semaine, puis ils rentreraient à New York pour assister au mariage de Richard et Judythe. Alaistair devait s'envoler directement pour Paris le lundi suivant la cérémonie pour son traitement, tandis qu'elle le rejoindrait à Londres après le départ des filles pour Saint-Barthélemy. À leur retour de Miami, Alaistair avait prévu de s'installer de nouveau chez Gabrielle. Les filles n'étaient pas au courant, mais elles seraient déjà reparties à ce moment-là. Leur mère craignait en effet que la nouvelle de cette cohabitation ne mette trop de pression avant leur première rencontre avec Alaistair, qu'elle souhaitait aussi détendue que possible. Si Georgina et Veronica savaient qu'il s'était installé chez leur mère, elles devineraient immédiatement que leur relation était sérieuse. Or, le moment n'était pas encore venu de le leur annoncer.

À son arrivée dans le duplex de Gabrielle, Alaistair avait l'air fatigué mais ravi de la retrouver. Il admira un instant la vue sur Central Park enneigé, une véritable carte de Noël, avant de porter son regard sur les œuvres d'art accrochées aux murs, impressionné bien qu'il ne fût guère surpris. Elle possédait de beaux tableaux, certains peints par des artistes inconnus, d'autres par de très grands noms qui lui avaient été légués par son père. Après leur séparation, Arthur avait repris la plupart des œuvres qui valaient une fortune, mais elles ne lui manquaient pas. Alaistair la suivit en souriant dans la cuisine. Elle était vêtue d'un jean et d'un pull rose. Il prit place à la table joliment dressée, couverte d'une nappe et garnie d'un bouquet de fleurs blanches. Elle déposa les plats devant lui et il se pencha vers elle et l'embrassa quand elle s'assit enfin à ses côtés.

— Cela ne fait aucun doute, cet appartement appartient à une femme ! lança-t-il.

— Vraiment ? Et pourquoi ça ? demanda-t-elle en haussant un sourcil.

— Tout est si soigné. Les hommes sont incapables de ça.

— Tu es plutôt ordonné, toi aussi, s'esclaffa-t-elle.

— Seulement quand j'attends ta visite, avoua-t-il, ce qui la fit rire de nouveau. Mais tu as raison. J'aime avoir une maison bien rangée.

C'est à ce moment-là qu'elle remarqua que les mains d'Alaistair tremblaient légèrement tandis qu'il se servait une tranche de saumon et du citron. Elle ne lui posa pas de questions, mais il surprit son regard.

— C'est un effet secondaire des médicaments, avec son cortège de maux de tête ponctuels, de vertiges et de faiblesses occasionnelles. Je sens que quelque chose se passe dans mon corps, et la bataille fait rage ! précisa-t-il sur un ton badin.

Il avait ressenti avec plus de force qu'auparavant les effets du traitement de novembre.

— Mais la bonne nouvelle, c'est que ça semble fonctionner. Le professeur Leblanc m'a appelé ce matin avant mon départ pour me communiquer les résultats des récentes analyses de sang. Il est ravi, les chiffres sont positifs, même si l'évolution est lente. Il a l'intention d'augmenter la dose pour les trois derniers traitements. Les médicaments que je prends à Londres vont eux aussi être plus puissants. J'espère que tes filles ne vont pas remarquer que j'ai les mains qui tremblent et en déduire que tu fréquentes un ivrogne.

— Ne t'inquiète pas, cela ne se voit pas, c'est juste que je te regarde de près !

Malgré tout, il semblait en bonne forme, en tout cas bien mieux que lorsqu'elle l'avait quitté deux semaines auparavant.

Après le dîner, elle lui fit faire le tour de son appartement. Joliment meublé, élégant, aéré et lumineux, il jouissait d'un éclairage tamisé et d'une vue spectaculaire sur le parc le plus célèbre de New York. Gabrielle possédait même un petit jardin sur son toit-terrasse, et elle attendait impatiemment le printemps pour replanter des fleurs aux couleurs vives. Veronica et Georgina avaient grandi dans cet appartement et leurs chambres n'avaient pas été touchées depuis leur départ. Pour elles, c'était toujours leur maison.

À la fin de la visite, ils se retrouvèrent dans la chambre de Gabrielle. Elle avait hésité un moment à y dormir avec lui. Après tout, aucun autre homme qu'Arthur n'en avait franchi le seuil, et elle craignait que cela l'empêche de se détendre ou incommode Alaistair. En fin de compte, Gabrielle avait décidé de ne plus considérer la chambre comme un sanctuaire et lui avait même fait de la place dans une armoire pour ses affaires.

Alaistair déballa ce dont il avait besoin pour la nuit, puis il alla prendre une douche dans l'ancienne salle de bains d'Arthur située en face de celle de Gabrielle. Il revint simplement vêtu d'une serviette enroulée autour de la taille, et elle sourit en le voyant si sexy et si bien bâti. Elle retira doucement la serviette pendant qu'il l'embrassait. Quelques instants plus tard, dans le lit qu'elle avait partagé avec Arthur pendant tant d'années, les fantômes furent exorcisés et les souvenirs de son ex-mari s'évanouirent dans le passé.

L'avenir de leur couple semblait encore incertain, mais le présent, baigné d'amour et de joie, leur suffisait à tous les deux.

12

Le lendemain matin, ils apportèrent les affaires d'Alaistair à l'hôtel Mark et partirent faire une longue promenade dans Central Park, puis ils rentrèrent déjeuner au restaurant réputé de l'hôtel. Dans l'après-midi, ils longèrent la 5e Avenue en admirant les vitrines des boutiques et s'arrêtèrent pour visiter la cathédrale Saint-Patrick, une magnifique église construite en face du Rockefeller Center où trônait l'immense sapin de Noël qui n'était pas encore illuminé à cette époque de l'année. Ils entrèrent dans la nef et Gabrielle alluma un cierge pour chacune de ses filles et une bougie de neuvaine pour Alaistair, fermant les yeux un court instant pour se recueillir.

— Pour qui est la grande ? chuchota-t-il après qu'elle fut venue s'asseoir sur le banc à ses côtés.

— Pour toi, répondit-elle sur un ton solennel, et il sourit.

— C'est probablement plus efficace que le traitement du professeur Leblanc, et au moins, je n'aurai pas les mains qui tremblent ! ajouta-t-il.

Elle se pencha vers lui et l'embrassa sur la joue.

Ils retournèrent à pied jusqu'à son hôtel et profitèrent du grand lit pour faire l'amour. Puis ils restèrent couchés l'un contre l'autre, tendrement, les longs cheveux noirs de Gabrielle couvrant le torse de son amant, jusqu'à ce qu'elle se décide à partir. Elle tenait à être prête pour accueillir Veronica et Georgina qui avaient prévu de dîner à la maison ce soir-là. Alaistair, épuisé par le décalage horaire et leur longue promenade, avait décidé de se faire livrer un repas dans sa chambre d'hôtel et de regarder un film. Il méritait de passer une soirée tranquille. Elle lui demanda de venir chez elle le lendemain vers midi pour faire la connaissance de ses filles avant qu'elles ne sortent. Les amis de Georgina rentraient eux aussi de l'université pour profiter du long week-end chez leurs parents ; quant à ceux de Veronica, ils étaient pour la plupart dispersés à travers le pays – Chicago, Boston, Houston, Miami à cause de leur travail –, mais Julie, la meilleure copine de Veronica au lycée, passait elle aussi le week-end de Thanksgiving à la maison.

— En Angleterre, les jeunes ont tendance à rester plus près de chez eux, commenta Alaistair. La plupart ne déménagent pas aussi loin, à moins que leur emploi ne les y oblige.

— J'aimerais que ce soit la même chose ici. J'adore quand mes enfants sont de retour à la maison.

Il lut dans ses yeux une lueur de nostalgie qui révélait à quel point ses filles lui manquaient.

Au moment où Veronica arriva de l'aéroport, tout était prêt. Les chambres des filles étaient propres et aérées, et leurs lits garnis de draps frais. Gabrielle avait prévu un repas léger si elles avaient faim, ce qui n'était jamais le cas. Dès qu'elles rentraient à la maison, la première chose qu'elles voulaient faire, c'était sortir et voir leurs amis.

Veronica serra sa mère très fort dans ses bras, puis elle consulta ses appels manqués sur son téléphone. Lorsque Georgina arriva à son tour une demi-heure plus tard, sa sœur était occupée à envoyer des SMS à ses amis. La maison semblait reprendre vie dès que les enfants étaient de retour. Hélas, les filles partirent ensemble retrouver leurs amis et l'appartement se vida. Gabrielle se consola à l'idée qu'elles allaient passer la nuit sous son toit et que, dès le lendemain, elle aurait le plaisir de prendre le petit déjeuner avec elles dans la cuisine comme avant.

Après le départ des filles, elle appela Alaistair pour lui souhaiter une bonne nuit. Il était sur le point de s'endormir devant la télévision.

— Tu me manques, dit-il d'une voix ensommeillée. Comment vont les filles ?

— Elles sont sorties, comme je m'y attendais ! Je viendrais bien te rendre une petite visite nocturne, mais je crains de m'assoupir dans tes bras et de ne pas être de retour à temps à la maison !

Ils avaient été gâtés par toutes les nuits passées ensemble lors de leurs voyages.

Gabrielle entendit les filles rentrer dans la nuit. Le lendemain matin, elle leur prépara du café dans la cuisine et passa un moment avec elles. Veronica avait déjà des projets pour la journée, et Georgina écrivit des messages à ses nombreux amis pour organiser son emploi du temps. Gabrielle envoya quant à elle un SMS à Alaistair pour lui demander de venir vers midi afin qu'il puisse les rencontrer avant qu'elles ne sortent.

Il débarqua alors qu'elles étaient sur le départ. On sonna à la porte, et leur mère revint bientôt en compagnie d'un homme grand et beau, aux yeux bleus et aux cheveux gris. Tout occupées comme elles l'étaient à planifier leur séjour à New York avec leurs amis, elles avaient oublié que leur mère avait l'intention de leur présenter quelqu'un. La surprise de rencontrer Alaistair les rendit un peu timides et Gabrielle se dit que c'était une bonne chose. Georgina fut la première à réagir et le regarda avec intérêt.

— C'est vous, l'invité mystère de Thanksgiving ?

— Je crois bien ! J'ai fait tout le voyage depuis Londres pour manger de la dinde. C'est la première fois que je célèbre Thanksgiving. Et je suis également venu pour faire votre connaissance. Merci infiniment de me permettre de me joindre à vous.

— Moi aussi, j'amène un ami, lança Georgina sur un ton désinvolte.

Elle était très mignonne, vêtue d'un jean, de boots, d'un caban et d'un bonnet.

— Il va justement s'acheter des chaussures aujourd'hui, sinon maman ne lui permettra pas de franchir la porte d'entrée. Petit conseil : ne débarquez pas avec des Nike aux pieds !

Alaistair éclata de rire.

— J'ai apporté mes Adidas !

Il était sympathique et gentil, comme toujours.

— Maman m'a dit que vous êtes médecin, intervint Veronica, qui ne voulait pas être en reste.

Elle avait l'air chic dans son nouveau manteau rouge acheté à Los Angeles, et elle portait des escarpins noirs. Sa mère eut l'impression que sa fille avait un rendez-vous galant, mais qu'elle n'avait pas l'intention de leur en parler.

— Oui, je suis médecin généraliste à Londres.

— C'est comme ça qu'on s'est rencontrés, expliqua Gabrielle. Quand je suis allée à la Biennale de Paris en septembre. Nous séjournions tous les deux au Louis XVI. Un soir j'ai entendu des cris, j'ai ouvert ma porte, et un homme dans la chambre située en face de la mienne était en train de faire un arrêt cardiaque. C'était Richard ! Heureusement, Alaistair était là et il est parvenu à le ranimer.

Ses filles semblèrent épatées par ce récit.

— C'est vrai, je lui ai fait du bouche-à-bouche, mais ce sont les secouristes, puis un excellent chirurgien de l'hôpital qui lui ont sauvé la vie. Il n'avait que 38 ans.

— Quelle horreur ! s'exclama Georgina, visiblement sidérée.

Même Veronica semblait intéressée. Elle appréciait la façon dont Alaistair s'exprimait et n'avait pas manqué le regard plein de tendresse qu'il avait échangé avec leur mère.

— Il souffrait sans le savoir d'une anomalie congénitale, mais il a été opéré cette nuit-là, et il se porte bien aujourd'hui.

— Quel courage ! J'espère qu'il vous a remercié comme il se doit ? demanda Georgina.

— Oui. D'ailleurs, nous allons à leur mariage, votre mère et moi. Nous avons passé une soirée très particulière au Louis XVI. Est-ce que Gabrielle vous a raconté que le même soir, un homme avait été assassiné au bout du couloir ?

— Assassiné ? s'exclama Veronica, horrifiée. On lui a tiré dessus ?

— Non, une dispute qui aurait mal tourné entre un politicien français et un Russe qui lui extorquait de l'argent…

— Tu devrais peut-être changer d'hôtel, maman, lui conseilla Veronica, et Gabrielle lui sourit.

— J'y ai pensé, mais ton père et moi avons toujours beaucoup aimé cet établissement, et il est en plein centre de Paris. Et puis, personne d'autre n'a été blessé.

Elle ne mentionna pas l'alerte à la bombe, sinon ses filles ne l'auraient jamais laissée retourner à Paris.

Heureusement, Veronica semblait avoir oublié cette histoire.

— Declan Dragon était là lui aussi, avec toute son équipe. Ils ont complètement saccagé un étage entier de l'hôtel, alors ils l'ont jeté dehors !

Georgina avait l'air fascinée par cette anecdote. Le sourire aux lèvres, Veronica attrapa son sac à main, non sans jeter un dernier coup d'œil à Alaistair. L'Anglais ne semblait pas constituer une menace majeure. Les filles prirent congé trois minutes plus tard, et avant de sortir, Georgina rappela à Alaistair de mettre des chaussures en cuir pour Thanksgiving. Après leur départ, il s'assit sur une chaise de cuisine et poussa un long soupir de soulagement.

— Alors, ce n'était pas si terrible que ça, pas vrai ? lui demanda Gabrielle en se penchant vers lui pour l'embrasser.

— Je me suis contenté de prétendre qu'il s'agissait de nouvelles patientes, et j'ai fait en sorte que la conversation soit fluide.

— Tu as un excellent contact avec tes malades. Je connais mes filles : tu les as charmées toutes les deux et elles te ficheront la paix demain. Je suis si heureuse que tu les aies rencontrées aujourd'hui. Maintenant, elles peuvent se rendre compte que faire ta connaissance n'a rien d'extraordinaire. Tu ne t'es pas extasié sur elles et tu les as traitées comme si c'étaient des filles lambda.

— Elles sont très jolies et te ressemblent beaucoup.

— Veronica ressemble plutôt à son père, mais Georgina est mon portrait craché au même âge. C'est juste qu'elle a davantage confiance en elle. Elle n'a peur de rien !

— Je dois t'avouer que j'étais dans mes petits souliers à l'idée de les rencontrer.

Gabrielle le savait bien.

— Je n'ai pas l'habitude de côtoyer des filles aussi jeunes, mais elles n'ont rien de si effrayant en fin de compte. Elles m'ont fait l'impression d'être polies et posées. Pourtant, je les imagine très bien donner du fil à retordre à leur belle-mère !

Veronica et Georgina étaient des filles douces, intelligentes et bien éduquées, et on s'en rendait compte dès qu'on commençait à leur parler.

— Arthur s'y est mal pris avec elles en leur imposant sa nouvelle épouse. C'est le genre de chose qui ne marche jamais avec nos filles. Elles n'ont pas le goût du secret, et le remariage de leur père a été un choc pour elles ! Sans compter que Sasha est très difficile à gérer, d'après ce que j'ai compris… Mais le plus important, c'est qu'elles s'entendent bien avec toi !

Alaistair était un gentleman d'une grande gentillesse et chaleureux, et les filles ne pouvaient que l'apprécier.

Ils passèrent l'après-midi à faire du shopping, puis Alaistair retourna à l'hôtel pour se reposer tandis que Gabrielle rentrait chez elle. Veronica et Georgina lui annoncèrent qu'elles avaient prévu d'aller dîner avec des amis. Gabrielle alla alors chercher Alaistair à son hôtel pour l'emmener dans un restaurant de quartier, puis il la raccompagna à son appartement.

Elle l'invita à monter boire un verre, mais il lui dit qu'il était trop fatigué, l'embrassa et retourna à son hôtel. Gabrielle était contente d'en avoir fini avec les présentations. Les filles ne semblaient pas avoir d'objections à l'égard d'Alaistair. Si cela avait été le cas, elles auraient pris leur mère à part et le lui auraient dit. Gabrielle se doutait qu'Alaistair allait dormir beaucoup mieux cette nuit-là, n'ayant plus d'inquiétude à la perspective de les rencontrer.

Et le lendemain, c'était Thanksgiving. Ils étaient tous impatients d'y être.

L'ami de Georgina débarqua à la maison le matin de Thanksgiving chaussé d'une très belle paire de richelieus en cuir noir qui lui donnaient un air plus que respectable. Malheureusement, il n'avait pas reçu la consigne au sujet de la coiffure. Ses dreadlocks évoquaient un porc-épic, et Gabrielle sursauta à la vue de son anneau dans le nez. Elle entendit Georgina lui rappeler en chuchotant dans le couloir qu'elle lui avait demandé de le retirer.

Joel, qui étudiait les sciences politiques à l'université George Washington, se révéla brillant et intéressant. Il portait un jean noir troué aux genoux, une chemise à carreaux froissée qui en dépassait, et une veste en velours côtelé couleur moutarde beaucoup trop petite qui l'empêchait de lever les bras. Joel précisa qu'elle appartenait à son jeune frère qui était au collège. Sa famille habitait à Tribeca, un quartier à la mode, mais de toute évidence Joel n'avait aucun vêtement décent. Toutefois c'était un gentil garçon qui aida à apporter les plats, et Gabrielle décida qu'il était inutile d'aborder le sujet de la tenue avec sa fille. Cette dernière était vêtue d'une mini-jupe noire et d'un pull de la même couleur, avec des bottes Doc Martens qui montaient jusqu'au genou et des bas résille. Quant à Veronica, elle arborait une tenue similaire à celle que portait Gabrielle ce jour-là : un tailleur Chanel gris clair (qui appartenait d'ailleurs à sa mère) et des talons noirs. Quand Alaistair fit son entrée, il était habillé d'un costume gris foncé, d'une chemise blanche et d'une cravate Hermès bleu marine. Gabrielle le trouva très élégant.

La dinde était cuite à la perfection, et Gabrielle donna des instructions à Alaistair pour la découper. Les filles l'avaient aidée à préparer la sauce et les légumes, et Gabrielle avait concocté deux sortes de farce, l'une avec des châtaignes et l'autre sans. Pour le dessert, ils eurent droit à un assortiment de plusieurs tartes aux pommes, aux fruits confits, aux noix de pécan et à la citrouille, servies avec de la crème fouettée et de la glace à la vanille. Le repas fut exceptionnel, et ils furent bientôt tous trop rassasiés pour faire un geste. Alaistair paraissait épaté par les compétences culinaires de Gabrielle, mais elle se récusa quand il la complimenta :

— Ne sois pas impressionné ! C'est à peu près le seul plat que je suis capable de cuisiner convenablement, et je prépare exactement le même menu pour Noël. Je ne suis pas réputée pour mes talents gastronomiques !

Joel prit congé peu après le déjeuner, et trois copines de Georgina débarquèrent pour passer du temps avec elle dans sa chambre. Veronica rejoignit son petit ami en bas de l'immeuble pour l'accompagner à un dîner de Thanksgiving organisé chez un autre ami. Une montagne de vaisselle attendait dans la cuisine l'arrivée de la femme de ménage le lendemain.

Alaistair et Gabrielle allèrent s'asseoir dans le salon pour discuter. Ils venaient de passer un excellent moment et tout le monde était heureux. Alaistair avait apprécié de faire la connaissance des filles et la conversation avait été animée, portant sur des sujets aussi divers que la politique et la mode. À un moment donné, elles avaient demandé à Alaistair s'il avait des enfants et avaient semblé soulagées par sa réponse. Veronica avait longuement parlé de son travail au musée, et Georgina d'un devoir qu'elle écrivait.

— J'adore Thanksgiving ! s'exclama Alaistair avec chaleur.

— C'est une parfaite excuse pour ramener tout le monde à la maison !

Ils s'amusèrent tous les deux de la tenue de Joel et de son anneau dans le nez. Gabrielle avait moins apprécié ses cheveux.

— Si on attrape tous des poux à cause des dreadlocks de ce garçon, je jure que je tords le cou à Georgina ! rit-elle.

En prenant congé, le jeune homme avait ramené sa masse de cheveux dans un bonnet de rasta jamaïcain, avant de remercier poliment Gabrielle pour le repas. Il avait précisé que sa famille l'attendait pour célébrer Thanksgiving.

— Je suppose qu'il a dû rendre sa veste à son petit frère ! s'esclaffa Alaistair.

Les coutures étaient à deux doigts de craquer à chaque fois que Joel tentait de lever les bras.

— C'était amusant de passer ce moment avec ces jeunes gens, fit remarquer Alaistair en lançant un regard admiratif à Gabrielle. Tu sais vraiment y faire.

— Ce n'est pas très compliqué, ils sont tous adultes, ou presque. Georgina doit encore choisir une carrière qui lui plaît.

— Joel était très poli, et remarquablement intelligent. J'ai trouvé que tu avais bien géré la situation quand j'ai aperçu son anneau dans le nez ! s'esclaffa-t-il.

— Ce n'est pas la peine de s'agacer pour si peu. Et je ne crois pas que Georgina soit amoureuse. Elle m'a semblé plus excitée de revoir ses copines. Je pense qu'elle a juste invité Joel pour ne pas être en reste parce que je t'avais invité. Son père, en revanche, est du genre à sortir de ses gonds quand il la voit porter ce genre de tenue. Mais c'est seulement une phase, elle va grandir.

— J'aurais été un père épouvantable ; je pense que je me serais trop focalisé sur les défauts.

— Tant qu'elles ne se droguent pas, ne sont pas enceintes ou en prison, je peux à peu près tout accepter.

Cela dit, Gabrielle était une maman poule qui gardait un œil attentif sur ses enfants.

— Quand j'étais gamin, mes parents me tyrannisaient à propos de mes notes.

— Les filles étaient toutes deux de bonnes élèves, alors je n'avais pas trop à m'inquiéter à ce sujet. Désormais, je me fais du souci sur les choses importantes, comme la possibilité qu'elles se marient avec le mauvais garçon. Avec un peu de chance, ce n'est pas pour demain, mais en ce qui me concerne, j'étais plus jeune que Veronica quand j'ai épousé Arthur… Je te remercie encore une fois d'être venu. Au moins, tu connais mes enfants maintenant, ajouta-t-elle avec le sourire.

— J'espère avoir l'occasion de les voir régulièrement.

— Moi aussi, répondit-elle doucement.

Une fois les filles parties, ils retournèrent dans la chambre d'hôtel d'Alaistair et s'allongèrent sur son lit.

La journée avait été longue, et il leur était agréable de se retrouver seuls. Il s'endormit tandis que Gabrielle l'observait, allongée à ses côtés, espérant de toutes ses forces que le traitement du professeur Leblanc lui permette de triompher de la maladie. Elle lui caressa doucement les cheveux, puis après un moment elle le laissa dormir paisiblement et rentra chez elle pour être là au retour de ses filles. Cela avait été agréable de passer Thanksgiving avec Alaistair et ses enfants. D'une certaine manière, avoir fait les présentations rendait les choses plus concrètes. Alaistair n'était plus un secret.

Quand Veronica revint, Gabrielle, qui avait enfilé un jean, tentait de mettre un semblant d'ordre dans la cuisine.

Veronica saisit une bouteille d'eau pour l'emporter dans sa chambre.

— J'aime bien ton ami, maman.

— Je te remercie. C'est quelqu'un de bien. Dommage que ce soit un peu compliqué avec la distance qui nous sépare.

Veronica acquiesça. Effectivement, cela semblait difficile, mais elle était convaincue que les choses finissaient toujours par s'arranger si elles étaient faites avec le cœur.

— C'est plus facile qu'il n'ait pas d'enfants. C'est tellement dur de s'entendre avec les enfants des autres. C'est une complication de plus, ajouta Veronica d'une voix innocente.

Elle ignorait que s'il n'avait pas d'enfants, il était en revanche atteint d'une maladie incurable et se battait pour rester en vie. Au moins, il n'avait pas renoncé. Gabrielle repensa aux pilules qu'il avait jetées dans la Seine.

— Je suis désolé qu'on parte toutes les deux et qu'on te laisse seule pour Noël.

— Ça va aller, répondit Gabrielle avec un sourire.

Et c'était le cas, Veronica l'avait constaté. Sa mère paraissait heureuse, et pas uniquement parce qu'elle avait un homme dans sa vie. Elle semblait profiter de chaque moment et être en paix avec elle-même.

— Tu comptes passer Noël avec lui ? demanda Veronica.

— Probablement.

Veronica hocha la tête. Rien n'était plus pareil que du temps où ses parents étaient ensemble, mais au moins leur mère allait mieux. Gabrielle éteignit bientôt les lumières dans la cuisine, puis elle pria pour que ce ne soit pas le dernier noël d'Alaistair. Ce serait tellement injuste. Mais si c'était le cas, ils feraient en sorte que ce soit le meilleur de sa vie, un noël dont ils se souviendraient pour toujours. Ils devaient se contenter de ça pour le moment. Et il n'y avait rien d'autre à faire que de vivre chaque jour comme le dernier.

13

Le dimanche suivant Thanksgiving, Alaistair revint s'installer dans l'appartement de Gabrielle. Ce matin-là, avant le départ de Veronica et Georgina, mère et filles brunchèrent toutes les trois, et Alaistair les rejoignit au restaurant. Au moment de se dire au revoir, les deux jeunes femmes le serrèrent dans leurs bras. Leur geste le surprit, mais il fut touché de leur gentillesse.

— Prenez soin de ma mère, lui chuchota Veronica.

Alaistair acquiesça, puis il tourna la tête pour dissimuler ses yeux brillants de larmes. Il ne souhaitait rien d'autre que de s'occuper d'elle, et il espérait de tout son cœur que le destin le lui permettrait. L'avenir de Gabrielle et Alaistair demeurait un mystère que personne ne pouvait déterminer. Mais qui avait ce pouvoir après tout ? Il passa un bras autour des épaules de Gabrielle, regrettant seulement de ne pas l'avoir connue plus tôt. Toutefois, les moments qu'ils partageaient étaient infiniment précieux.

Ils s'envolèrent pour la Floride le lundi. Gabrielle leur avait réservé une chambre à l'incroyable Miami

Beach Edition, un hôtel qui leur permettait en outre d'être proches de la foire d'art contemporain. La ville était en effervescence, car plusieurs événements artistiques se tenaient au même moment qu'Art Basel. Gabrielle avait trois rendez-vous ce jour-là, et elle devait également rechercher des œuvres pour quatre clients. Elle s'apprêtait à passer une semaine de travail intense, mais Alaistair ne s'ennuierait pas dans cette ville qui le fascinait déjà. Ils déposèrent leurs sacs à l'hôtel et se rendirent directement à la foire où certains stands étaient encore en cours d'installation. Gabrielle aimait être présente au début des salons, avant que les meilleures œuvres ne soient vendues, et son laissez-passer lui donnait un accès privilégié aux lieux. Elle avait expliqué à Alaistair que la foire allait attirer un monde fou dans quelques jours, et il trouvait cela très excitant de participer au salon en sa compagnie. La foire se révéla être pour lui une véritable aventure. Alaistair retournait à l'hôtel se reposer quand elle rencontrait ses clients. Il se sentait très fatigué, plus qu'il ne voulait bien l'admettre, car les traitements répétés sollicitaient et bouleversaient plus que tout son organisme. Il n'en parlait jamais à Gabrielle, mais elle en était consciente et l'encourageait à faire la grasse matinée et à se détendre dès qu'il en avait l'occasion. Art Basel Miami était une épreuve usante pour tout le monde, mais davantage encore pour lui.

Il passa deux jours à la foire en compagnie de Gabrielle, puis les trois derniers à explorer Miami et se prélasser au bord de la piscine. La chaleur et le soleil lui faisaient du bien et il prenait régulièrement des nouvelles de Geoffrey à la clinique, où tout semblait aller pour le mieux. Quand arriva le vendredi, Gabrielle avait rencontré toutes les personnes qu'elle devait voir et réalisé tout ce qu'elle avait prévu de faire. Elle avait notamment acquis de superbes pièces pour son client grec, y compris un fabuleux Picasso dont la vente avait été menée dans la plus stricte confidentialité – à sa demande, l'anonymat de l'acheteur avait été respecté. Pendant le vol vers New York, elle raconta tous les détails de cette affaire à Alaistair avant de s'endormir la tête sur son épaule. De légers flocons tombaient lorsque l'avion atterrit, et il était déjà tard quand ils rentrèrent à l'appartement. Depuis les fenêtres, Central Park saupoudré de neige augurait déjà l'ambiance de Noël. Le lendemain, Gabrielle et Alaistair se réveillèrent tard et s'apprêtèrent pour le mariage de Richard et Judythe qui avait lieu à 18 heures au Plaza. La neige recouvrait les trottoirs et la température était glaciale. Trente personnes avaient été invitées pour la cérémonie, et Alaistair et Gabrielle se sentirent honorés d'en faire partie. Judythe était ravissante, vêtue d'une robe couleur lavande, ses cheveux blonds ramenés en un chignon lâche, et un bouquet de violettes dans les mains. Richard était très élégant dans son costume sombre, avec un brin de violette accroché au revers de sa veste.

Les parents de Judythe étaient présents, ainsi que sa grand-mère âgée de 90 ans. La cérémonie fut célébrée par un pasteur, et au moment d'échanger leurs vœux, les mariés eurent du mal à retenir leurs larmes. Ils avaient tellement lutté pour arriver à leurs fins et semblaient ravis de la naissance prochaine de leur bébé. Le ventre de Judythe ne laissait rien paraître, et Richard la regardait comme s'il ne réalisait pas tout le bonheur qui l'attendait. Dans son discours, il remercia chaleureusement Alaistair et Judythe de lui avoir sauvé la vie à Paris. Sans leur aide, il ne se trouverait pas parmi eux aujourd'hui. En entendant ces mots, Gabrielle serra la main d'Alaistair. Dire que sans ce drame, elle ne l'aurait peut-être jamais rencontré au Louis XVI ! Et maintenant, Richard était en bonne santé, marié à la femme de sa vie et ils attendaient leur premier enfant !

Le jeune couple avait prévu de s'envoler pour Rome pour sa lune de miel, comme ils en avaient l'intention depuis longtemps. Une fin heureuse après des mois de souffrance, et un nouveau départ au-delà de toutes leurs espérances, couronné par une magnifique célébration de leur amour.

Alaistair et Gabrielle passèrent le dimanche ensemble, et il s'envola le lendemain matin pour Paris. Gabrielle resta à New York ; elle avait énormément de travail après Art Basel : des expéditions à confirmer, des virements à gérer. Ensuite, les filles reviendraient à New York célébrer Noël en avance avec elle, avant de partir pour Saint-Barthélemy dans le jet privé de leur père. Les quelques semaines à venir allaient être très chargées pour Gabrielle. Le 23, elle prendrait l'avion pour Londres afin de passer les fêtes de Noël avec Alaistair dans sa maison du Sussex, et elle se réjouissait à cette perspective.

Alaistair lui téléphona dès qu'il arriva à Paris. Cette fois, il logeait dans un petit hôtel de la rive Gauche, plus proche de la clinique, et n'avait pas l'intention de s'éterniser dans la capitale française.

Le professeur parut satisfait des résultats des derniers tests, et ne fut pas surpris par la perte de poids et la fatigue ressentie par son patient. Il ne s'attendait pas à moins à ce stade du traitement. Alaistair avait déjà parcouru la moitié du chemin ; il ne lui restait plus que deux séances en janvier et février. C'est alors qu'ils pourraient constater les bénéfices à long terme de la thérapie, s'il y en avait. Il se rendit compte qu'il avait déjà vécu un mois de plus que ce que les spécialistes lui avaient annoncé au moment du diagnostic. À l'époque, personne n'aurait pensé qu'il survivrait au-delà du mois de novembre. Désormais, chaque nouveau jour était un cadeau du ciel, et l'avenir un mystère. En rentrant à l'hôtel, Alaistair se sentit encore plus mal qu'à l'accoutumée et s'endormit avant d'envoyer un message à Gabrielle. Elle avait attendu son coup de fil toute la journée et se demanda si son état de santé ne s'était pas dégradé, s'imaginant qu'il répugnait à lui annoncer une mauvaise nouvelle. Alaistair se réveilla en sursaut à 2 heures du matin, et l'appela immédiatement. Il était 20 heures à New York, et elle avait passé de longues heures à se rendre malade d'inquiétude à son sujet. Au son de sa voix, elle se mit à pleurer.

— Est-ce que tu vas bien ? Qu'est-ce qu'il t'a dit ?

— Il affirme que je me porte aussi bien qu'on peut l'espérer à ce stade. Les effets secondaires ne le surprennent pas. Mais j'étais si fatigué quand je suis revenu dans ma chambre que je me suis endormi avec mon téléphone dans la main pendant que je t'envoyais un texto. Je suis vraiment désolé, Gaby, je ne voulais pas t'inquiéter inutilement.

Il pouvait entendre son émotion dans sa voix et détestait être la cause de son tourment. C'est lui qui l'avait entraînée dans cette galère. Et dire que la situation ne ferait qu'empirer ! Hélas, il était trop tard pour faire machine arrière. Ils se trouvaient dans le même bateau désormais, elle l'avait rejoint en connaissance de cause, et ils devaient s'accrocher au mât jusqu'à la fin.

— J'étais tellement inquiète de ne pas avoir de tes nouvelles !

— Je ne le referai plus, c'est promis.

— Je serai bientôt là, dit-elle d'une voix douce en essuyant ses yeux. Ne t'inquiète pas pour moi. Je vais bien. Je suis juste fatiguée. Miami a le don de m'épuiser. Rentre chez toi demain et repose-toi. Tu devrais demander à Geoffrey de te remplacer quelques jours de plus.

— Ça va aller. Je ne peux pas le faire travailler tout le temps, bien que mes patients semblent beaucoup l'apprécier. C'est un homme tellement sympathique.

— Comme toi, et je t'aime. Alors, prends bien soin de toi et, je t'en prie, porte ton masque dans le train pour ne rien attraper.

Elle l'avait obligé à le mettre pendant le vol pour Miami et il s'était senti stupide, mais le professeur Leblanc aussi le lui avait suggéré. La contagion était très dangereuse dans son état, car son système immunitaire était au plus bas. Après leur conversation, il se rendormit. Il prit le train le lendemain matin et s'assoupit derechef. Il dormit pendant tout le trajet. Quand il arriva à la clinique, Geoffrey le renvoya chez lui se reposer, lui affirmant qu'il effraierait les patients s'ils le voyaient dans cet état. Alaistair avait les yeux cernés et sa pâleur inquiétait Gabrielle depuis un mois. Malgré tout, il semblait tenir le coup.

Les filles arrivèrent à New York la semaine précédant Noël pour passer la soirée avec leur mère et échanger les cadeaux. Gabrielle connaissait leurs goûts et les avait gâtées. Elle avait préparé le traditionnel dîner de Noël – elle avait seulement remplacé la dinde par un poulet étant donné qu'elles n'étaient que toutes les trois. Veronica et Georgina avaient les larmes aux yeux en prenant congé et s'excusèrent à nouveau de l'abandonner pour les fêtes. Elles étaient toutes deux soulagées que leur mère prenne l'avion pour Londres afin de retrouver Alaistair ; ainsi, elle ne serait pas toute seule. Gabrielle leur rappela de ne pas être trop désagréables avec leur belle-mère, au risque de mettre leur père de mauvaise humeur. Les filles savaient bien qu'elle avait raison, mais elles trouvaient Sasha insupportable. La jeune femme allait s'exhiber sur le bateau et roucouler devant leur père. Ça allait être un véritable défi de ne pas perdre leur patience – sans compter que le bébé pleurait tout le temps ! Heureusement, le yacht était immense et elles avaient bien l'intention de faire de leur mieux pour éviter Sasha. Elles partirent bras dessus, bras dessous, assurant à leur mère que c'était la première et dernière fois qu'elles la laissaient tomber pour Noël.

Gabrielle s'envola dans la soirée du 23 décembre, et atterrit à Londres le même jour. Elle trouva Alaistair alité. Il paraissait avoir encore maigri et Geoffrey le remplaçait à la clinique depuis plusieurs jours.

— Nous devrions peut-être téléphoner au professeur Leblanc ? demanda Gabrielle à Alaistair.

Ce dernier savait que lorsqu'elle surviendrait, la fin pourrait être brutale et rapide. Il était déjà en sursis par rapport au pronostic initial. Hélas, le traitement n'avait pas l'air de faire effet et Alaistair semblait à l'article de la mort.

— Je l'ai appelé. Il affirme que c'est tout à fait normal. Les résultats des derniers tests sont encourageants. Il dit que ça deviendra plus difficile vers la fin du traitement et que nous en saurons plus en janvier et février.

Il avait pris son traitement intermédiaire à Londres la semaine précédente, et avait été touché de plein fouet. Gabrielle prépara son sac de voyage pour le Sussex et Alaistair tint à conduire. Pourtant, il paraissait tellement épuisé qu'elle craignait qu'il ne s'endorme au volant. C'est pourquoi elle lui parla pendant tout le trajet en s'efforçant de rendre sa conversation amusante et de le faire rire. Elle lui rapporta notamment les premières nouvelles qu'elle avait reçues de ses filles sur le bateau. Quand ils arrivèrent à la maison du Sussex, Gabrielle l'obligea à se coucher dans l'immense lit à baldaquin. Un peu plus tard, elle lui apporta un bol de soupe qu'ils avaient emportée de Londres, mais Alaistair était profondément endormi et elle ne le réveilla pas. Elle espérait de toutes ses forces qu'il n'était pas en train de mourir. Geoffrey lui avait dit qu'il y avait un hôpital à proximité, et si elle y était contrainte, elle y emmènerait Alaistair, bien qu'elle soit morte d'inquiétude à l'idée de conduire de nuit du « mauvais » côté de la route. Gabrielle aurait fait n'importe quoi pour celui qu'elle aimait, et elle était reconnaissante de sa chance de pouvoir célébrer Noël avec lui.

Elle se coucha à côté d'Alaistair en s'efforçant de ne pas perturber son sommeil et resta allongée un long moment à le regarder respirer. Il semblait si paisible que cela l'effrayait presque. À son réveil le lendemain matin, il se sentait un peu mieux et avait repris quelques couleurs, tandis qu'elle avait à peine fermé l'œil de la nuit. Il prit un petit déjeuner, puis ils partirent faire une petite promenade. Il constata à quel point elle s'inquiétait pour lui quand elle lui demanda à plusieurs reprises si c'était vraiment une bonne idée d'être là, et s'ils ne devraient pas plutôt retourner en ville, pour être plus près de ses médecins.

— Mais je vais bien, insista-t-il.

Alaistair fit une sieste après le déjeuner, et quand le soir fut venu, ils allumèrent un feu. C'était la veille de Noël. Ils restèrent assis devant la cheminée en se tenant la main jusqu'à près de minuit, puis ils montèrent se coucher. Allongé dans le lit, il avait l'air paisible et heureux.

— Tu es la plus belle femme que j'aie jamais vue, lui dit-il en souriant.

— Maintenant, je sais que ta maladie te rend aveugle !

Il éclata de rire.

— Je ne suis pas aveugle, et tu es folle d'être ici avec moi. J'espère que je pourrai me rattraper un jour. On devrait aller quelque part quand tout ça sera derrière nous.

C'était la première fois qu'il faisait des projets d'avenir. Elle se demanda si c'était une espèce de délire dû à son état ou s'il se sentait vraiment mieux, ou encore s'il ne tentait pas tout simplement de lui remonter le moral.

— Joyeux Noël, au fait !

— Sois un bon garçon et endors-toi, sinon le père Noël mettra des crottes de renne dans tes chaussettes.

Il s'esclaffa, puis s'endormit quelques minutes plus tard. Au matin, il paraissait en meilleure forme qu'il ne l'avait été depuis des jours. Gabrielle ignorait si c'était un signe que la fin était proche ou s'il s'agissait d'une véritable amélioration de son état. Elle avait entendu dire que, parfois, les gens connaissaient un regain d'énergie juste avant de mourir.

Les filles lui téléphonèrent ce matin-là pour lui souhaiter un joyeux Noël. Elles prenaient du bon temps malgré Sasha, qui portait un string à strass et se baladait seins nus sur le bateau, sous les yeux attendris de leur père. Georgina dit à sa mère qu'il avait dû perdre la tête le jour où il avait décidé de lui passer la bague au doigt. Gabrielle, désireuse de ne pas jeter de l'huile sur le feu, s'abstint de tout commentaire.

Après le coup de fil des filles, Gabrielle et Alaistair échangèrent leurs cadeaux. Elle lui avait acheté des boutons de manchette en or avec ses initiales gravées – il en portait chaque jour pour aller travailler. Quant à Alaistair, il lui offrit une bague ornée de diamants qu'il fit glisser à l'annulaire où elle avait autrefois arboré son alliance. Le bijou lui seyait parfaitement et elle sourit en le voyant scintiller, sans faire aucune objection à ce geste plein de sens.

— Quand tout cela sera terminé, si tu le désires, nous officialiserons notre relation. En attendant des jours meilleurs, je serai heureux que tu la portes.

Gabrielle sourit de nouveau et l'embrassa. C'était un cadeau tout à fait déraisonnable et elle en était enchantée.

Ils passèrent la semaine dans le Sussex, et Alaistair se sentit chaque jour un peu mieux. Tous deux redoutaient son prochain traitement à Paris, qui l'affaiblirait inévitablement à nouveau. Le professeur Leblanc l'avait averti qu'il serait hospitalisé et éventuellement gardé en observation pendant la nuit.

Le jour de l'an, Gabrielle et Alaistair rentrèrent à Londres la mort dans l'âme, après avoir quitté la paix et la chaleur de la maison du Sussex. Le lendemain, ils prirent le train pour Paris, et descendirent au Louis XVI.

— Cette fois, si quelqu'un commet un meurtre ou place une bombe au sous-sol, ce sera moi le coupable, ne cherchez pas plus loin…, lança Alaistair, irritable et inquiet.

Le lendemain matin, Gabrielle l'emmena à l'hôpital et resta avec lui jusqu'à ce que le professeur entre dans la chambre pour lui administrer le médicament – la dose la plus puissante depuis le début de la thérapie. Les infirmiers lui donnèrent un sédatif, ce qui n'avait jamais été le cas auparavant. Alaistair dormit toute la journée et ils le gardèrent pour la nuit. À son réveil, il semblait avoir repris quelques forces. Il lui restait un dernier traitement le mois suivant, mais c'était déjà un miracle qu'il ait aussi bien résisté jusqu'à ce jour.

Gabrielle et Alaistair passèrent en tout et pour tout deux jours à Paris. Pendant ce temps, elle fut malade d'inquiétude et dormit très peu. À l'inverse, Alaistair se sentit suffisamment en forme pour retourner à la clinique après leur retour à Londres, ce qui constituait un grand progrès. À présent, Gabrielle était nerveuse et s'inquiétait constamment de l'avenir, d'autant plus qu'elle avait prévu de rentrer à New York à la fin de la semaine pour revoir son client grec. Le temps était venu de l'accompagner sur son bateau pour y installer le Picasso et cinq autres tableaux qu'elle avait acquis pour son compte.

Avant de quitter Londres, Gabrielle affirma à Alaistair qu'elle pourrait revenir à tout moment s'il avait besoin d'elle. Sinon, elle avait plusieurs semaines de travail prévues à New York avant de le retrouver à Paris pour l'ultime traitement et les derniers tests du professeur Leblanc. Pour le moment, ils devaient s'estimer heureux qu'il ait survécu aux fêtes de fin d'année. C'était déjà une grande victoire pour tous les deux.

Gabrielle n'avait pas retiré la bague de son doigt depuis le jour où Alaistair la lui avait offerte. Quant à lui, il arbora ses nouveaux boutons de manchette le premier jour de son retour au bureau. Geoffrey les remarqua immédiatement et lui en fit compliment, soulagé de constater que son collègue paraissait en meilleure forme. C'était comme si un cap dangereux avait été passé entre Noël et le Nouvel An et qu'il reprenait progressivement des forces. Alaistair ne travaillait que quelques heures par jour, mais il se rendait à la clinique quotidiennement pour accueillir ses patients. Les fêtes de fin d'année avaient été difficiles pour lui, mais il s'en était sorti. Malgré sa faiblesse et son extrême fatigue, une joie certaine imprégnait tous les instants qu'il passait en compagnie de Gabrielle. Et bien qu'ils ne puissent pas encore en voir les signes, tous deux priaient pour un miracle prochain.

14

Chez les Martin, comme on pouvait s'y attendre, Noël fut d'une tristesse absolue. L'ancien ministre de l'Intérieur vivait seul dans son petit appartement de location tandis qu'Alice continuait à résider chez eux. Leur fille Marina revint de l'université pour passer les vacances chez sa mère, mais elle rendit visite à son père tous les jours. Quant à leur fils Damien, il refusait de voir Patrick depuis deux mois. Il prétendait ne plus pouvoir le supporter à cause de son hypocrisie, de ses mensonges répétés, et de ce qu'il avait fait subir à leur mère. Alice se promenait comme un fantôme dans la maison, l'air hagard, épuisée par la pression. Elle était submergée par la douleur, la honte, l'humiliation et l'anxiété de ce que l'avenir leur réservait. Le couple survivait grâce à l'argent du compte commun qui diminuait rapidement. En préparation de la procédure judiciaire, Patrick en avait ponctionné une grande partie pour rémunérer son avocat. Avant cela, il avait quasiment dilapidé toutes leurs économies pour payer à Sergei le prix de son silence.

Patrick Martin ne parlait plus qu'à ses avocats en vue du procès reporté en février. Il y pensait nuit et jour, terrifié à l'idée d'aller en prison et de devenir le bouc émissaire des autres détenus. Il haïssait Sergei Karpov jusque dans la mort et le tenait pour seul responsable de cette catastrophe qu'était devenue sa vie. Si le jeune Russe avait été encore de ce monde, Patrick aurait été capable de le tuer de ses propres mains. Il ne pouvait plus imaginer aucun avenir pour lui-même, à moins d'être reconnu innocent. Mais même si les juges étaient cléments, l'opinion publique n'oublierait jamais cette affaire, étant donné la manière dont les journaux s'en étaient emparés. C'est pourquoi Patrick ressentait également une rancune profonde à l'égard des médias. Rongé par la haine, il devenait une personne extrêmement toxique, et le simple fait de le côtoyer vous contaminait tel un poison.

Dans ce contexte, Noël se réduisit à une morne obligation dans l'appartement familial, entre Alice et ses deux enfants en guerre l'un contre l'autre au sujet de leur père. Ce dernier resta seul chez lui jusqu'à ce que Marina aille lui rendre visite en fin de journée ; personne d'autre ne souhaitait passer du temps en sa compagnie. Il n'y eut ni cadeaux échangés ni vœux chaleureux, aucune expression d'affection. On aurait dit qu'une atmosphère moribonde empoisonnait les lieux. Il avait contaminé tous ceux qu'il avait côtoyés et n'avait plus aucun allié, personne pour l'aimer à part sa fille qu'il avait réussi à convaincre qu'il n'était qu'une victime. Selon lui, tout le monde voulait le voir déchoir : le gouvernement français, la presse, et même ses proches. Patrick continuait à nier son homosexualité. C'était un homme à l'esprit dérangé, qui parvenait à farcir la tête de Marina de mensonges éhontés, et Damien le haïssait d'autant plus à cause de ça.

Alice, engourdie, regardait sa famille se désintégrer sous ses yeux. Elle avait ôté son alliance et attendait l'issue du procès pour finaliser son divorce. Tous les papiers étaient prêts et signés, et elle désirait plus que tout rompre le dernier lien qui la rattachait à Patrick. D'ailleurs, elle avait l'intention de reprendre son nom de jeune fille. Elle était soulagée que ses cours à la Sorbonne ne reprennent qu'après les fêtes de fin d'année.

La famille tout entière, plongée dans cette situation infernale par la seule faute de Patrick, attendait que le couperet tombe. Dans son délire, ce dernier, persuadé qu'aucun juge digne de ce nom ne pourrait le condamner pour la mort d'un être aussi minable que Sergei, se mit à croire qu'il serait déclaré innocent. Quant à Marina, elle refusa de reprendre ses cours à l'université de Lille après les vacances. Elle avait la tête trop pleine des mensonges de son père et ne pouvait se résoudre à quitter Paris en connaissant son isolement total.

Le mois de janvier passa à toute vitesse dans l'attente du procès dont chacun espérait qu'il lui procurerait un soulagement bien mérité.

Gabrielle, pressée de retrouver Alaistair, ne vit pas le temps passer. Au téléphone, ce dernier donnait l'impression d'avoir repris des forces et son sentiment fut confirmé par Geoffrey qu'elle appela à plusieurs reprises : selon lui, Alaistair paraissait en meilleure forme. Il avait semblé extrêmement fragile en décembre, mais début janvier, son état avait montré une légère amélioration et on lui avait administré son traitement final à Londres au milieu du mois. Gabrielle s'envola pour Paris la veille de son ultime traitement avec le professeur Leblanc. Elle n'avait pas revu Alaistair depuis un mois et il lui parut en meilleure santé, le teint moins pâle et les yeux plus brillants et moins enfoncés dans leurs orbites. Il allait être admis à l'hôpital et Leblanc souhaitait de nouveau lui faire passer une batterie de tests par la même occasion. Gabrielle l'accompagna à la clinique, et l'attendit dans le couloir pendant plusieurs heures jusqu'à ce que les médecins lui permettent de le retrouver dans sa chambre. Alaistair, sous l'effet des antidouleurs, était incapable de garder les yeux ouverts ou de former une phrase sensée. Il dormit d'une traite jusqu'au lendemain tandis qu'elle somnolait dans la salle d'attente, la tête posée sur un oreiller proposé par une infirmière compatissante. Quand Gabrielle le revit le matin suivant, Alaistair, souriant, prenait son petit déjeuner. Avant son départ de l'hôpital, le professeur lui promit de l'appeler à la fin de la semaine pour lui communiquer les résultats des tests.

Ils restèrent à Paris pendant deux jours, cette fois pour que Gabrielle puisse dormir un peu, car elle était épuisée. Alaistair avait envie de la dorloter et la couvrit d'attention et d'affection. Il désirait s'occuper d'elle, conscient que quoi qu'il fasse, il ne pourrait jamais assez la remercier de tout ce qu'elle avait fait pour lui. De son côté, Gabrielle était touchée par l'amour qu'il lui témoignait.

Ils passèrent la plupart de leur temps au lit, mais cet après-midi-là, ils décidèrent de prendre l'air. Gabrielle adorait se balader le long des boutiques très chics de la rue du Faubourg-Saint-Honoré et admirer les vitrines. Les plus belles enseignes avaient pignon sur rue, y compris certaines marques qu'Alaistair appréciait. Ils avaient terminé leur promenade et s'approchaient de l'hôtel lorsqu'ils aperçurent trois individus louches qui sortaient d'une bijouterie. Leurs visages étaient dissimulés sous des capuches et des cagoules, et ils transportaient ce qui ressemblait à de gros sacs de sport noirs. Alaistair, intrigué, remarqua trois autres hommes sur des motos qui semblaient les attendre. Il eut à peine le temps de comprendre ce qu'il se passait sous ses yeux qu'ils entendirent un coup de feu. Sans réfléchir, Alaistair attrapa Gabrielle, la poussa entre deux voitures et se coucha sur elle pour la protéger.

— Reste à terre ! lui ordonna-t-il tandis qu'un échange de tirs retentissait dans la rue.

Les trois motos passèrent en trombe devant eux pour se faufiler dans la circulation, bientôt poursuivies par des sirènes de police.

Alaistair leva la tête pour mieux voir ce qui se passait.

— Qu'est-ce que tu fais ? demanda Gabrielle en le tirant frénétiquement par la veste pour l'obliger à se cacher.

Aucun bruit d'arme à feu ne se faisait plus entendre. Il leva de nouveau la tête. Des policiers à moto bloquaient l'extrémité de la rue, tandis que des renforts avaient intercepté les malfaiteurs et leur passaient les menottes avant de les pousser dans des fourgons de police.

— C'était quoi tout ce cirque ? s'inquiéta Gabrielle, visiblement secouée.

— Je pense qu'il s'agissait d'un braquage, lui répondit Alaistair, stupéfait.

La rue était toujours barrée et la police se frayait un chemin parmi les passants en leur ordonnant de quitter la zone. Alaistair s'entretint rapidement avec l'un des policiers, puis il conduisit Gabrielle dans une rue latérale.

Ils durent faire tout un détour pour pouvoir accéder au Louis XVI. Une petite foule était massée à l'extérieur de l'hôtel, ainsi que des policiers, l'arme au poing. Après avoir montré leur carte d'accès, Alaistair et Gabrielle furent autorisés à entrer. Tout le monde dans le hall parlait du vol qui venait de se produire.

— J'ai indiqué au policier l'adresse de notre hôtel et nos noms, au cas où ils auraient besoin de notre déclaration, expliqua Alaistair à Gabrielle en traversant le hall pour monter vers leur chambre.

— Je n'ai pas eu le temps de voir ce qu'il se passait, j'ai seulement entendu des motos qui passaient à toute allure devant nous.

Deux policiers leur rendirent visite ce soir-là et ils leur consacrèrent une demi-heure dans le salon de la suite. Gabrielle donna son témoignage avec l'aide d'Alaistair qui joua les interprètes. Les trois suspects et leurs complices avaient été arrêtés, et on avait récupéré la totalité des bijoux volés. Les policiers leur annoncèrent que les malfrats faisaient partie d'un gang d'amateurs qui s'attaquait aux bijouteries de la ville depuis deux mois.

— Dieu merci, ils ne se sont pas attaqués à la bijouterie de l'hôtel ! fit remarquer Gabrielle, encore sous le choc.

Avant de prendre congé, les policiers leur firent signer leurs déclarations et notèrent leurs coordonnées.

— C'est dingue comme on ne sait jamais ce qui va se passer dans cette ville ! s'exclama Alaistair après leur départ.

La possibilité que Gabrielle ait pu être blessée – ou pire ! – l'avait profondément ébranlé et il la serra fort entre ses bras. Il n'aurait pas pu supporter de la perdre maintenant. Pour sa part, Gabrielle pensait exactement la même chose. Depuis plusieurs mois qu'ils menaient une bataille contre la maladie d'Alaistair, l'idée ne les avait jamais effleurés que d'autres dangers existaient.

Ils passèrent la nuit blottis l'un contre l'autre, et au matin ils lurent dans les journaux que six hommes avaient été arrêtés et se trouvaient déjà en prison. Par miracle, aucun passant n'avait été touché lors de l'altercation avec les forces de l'ordre. Eux-mêmes avaient eu beaucoup de chance et remerciaient leur bonne étoile. Si celle-ci pouvait encore guérir Alaistair, Gabrielle serait la femme la plus comblée sur Terre. Elle n'oublierait jamais la manière dont il l'avait couverte de son corps pour l'abriter des balles perdues au péril de sa vie.

Le couple se trouvait toujours à Paris lorsque le procès de Patrick Martin débuta. L'affaire avait fait couler beaucoup d'encre dans la presse et les propos accablants du procureur de la République étaient constamment repris dans les journaux qu'Alaistair traduisit pour Gabrielle. Le procureur avait qualifié la victime et l'accusé de loups qui se mangent entre eux. L'univers et la carrière de Patrick Martin étaient construits sur des mensonges depuis le commencement et l'ancien ministre était parvenu à tromper un pays tout entier et à salir le nom de la fonction qu'il représentait. Le moindre aspect du procès faisait froid dans le dos, et l'atmosphère qui régnait dans la salle d'audience devait être aussi délétère que l'affaire elle-même.

Le procès était toujours en cours quand Alaistair et Gabrielle retournèrent à Londres. Elle avait décidé de rester avec lui une semaine supplémentaire, jusqu'à ce qu'ils reçoivent les résultats des tests du professeur Leblanc, de manière à le soutenir si les nouvelles étaient mauvaises, ou à se réjouir avec lui en cas d'amélioration, même légère.

Leblanc les appela quelques jours plus tard que prévu. Il était tôt et Alaistair n'était pas encore parti travailler. Gabrielle devina immédiatement qui était au bout du fil. Alaistair, immobile, tenait le téléphone d'une main et écoutait le professeur, l'air si sérieux et concentré qu'elle retint son souffle en attendant de savoir ce qu'il en retournait. Aux réponses d'Alaistair, elle comprit qu'il avait l'intention de consulter un autre médecin, ce qui ne lui sembla pas être une bonne nouvelle. Enfin, il remercia Leblanc d'une voix étranglée, posa le téléphone et resta debout un moment, en la regardant fixement sans prononcer un mot. Les larmes aux yeux, il paraissait tellement choqué qu'on aurait dit qu'il avait perdu l'usage de la parole. Gabrielle s'élança auprès de lui pour le réconforter.

— Il a reçu les résultats de tous les tests. Rémission, je suis en rémission… Mon Dieu, Gabrielle, je suis en rémission ! Le cancer est parti, il ignore pour combien de temps, si c'est provisoire ou pour toujours, mais apparemment je suis complètement guéri. Gabrielle, je vais vivre !

En prononçant ces mots, il se mit à sangloter et elle le prit dans ses bras en pleurant avec lui. Ils avaient gagné… Il avait gagné… Lui qui avait envisagé de se suicider quelques mois plus tôt avait mené une douloureuse bataille, et voilà qu'il s'en sortait victorieux ! Gabrielle dut s'asseoir un moment tant ses jambes tremblaient. Alaistair prit place à côté d'elle et la serra si fort contre lui qu'elle en eut le souffle coupé. Elle était incapable de réfléchir ou de prononcer le moindre mot ; la seule chose qu'elle comprenait, c'est qu'il n'allait pas mourir. Elle pensa à toutes ces nuits atroces pendant les vacances de Noël où elle ne fermait pas les yeux de peur qu'il ne succombe pendant son sommeil. Le cauchemar était enfin terminé.

— Oh mon Dieu, finit-elle par balbutier, silencieusement reconnaissante envers Dieu pour ce miracle pour lequel ils avaient tant prié sans s'imaginer qu'il puisse se produire.

Alaistair, souriant à travers ses larmes, la regarda intensément et l'embrassa. Il n'arrivait pas à réaliser, mais se précipita sur son téléphone pour prévenir Geoffrey, et ce dernier fondit en larmes à son tour. Alaistair avait envie de crier sa joie sur les toits, mais il avait encore peur d'y croire, comme si à tout moment le monstre maléfique pouvait revenir. Il prit enfin congé, l'air hébété, mais déterminé à aller travailler et retrouver une vie normale. Leblanc l'avait prévenu qu'il se sentirait affaibli pendant un certain temps à cause des médicaments, mais que ses forces finiraient par revenir. Dorénavant, Alaistair devait continuer à se faire suivre régulièrement pour s'assurer qu'il n'y avait pas d'altération de son état. Avant de sortir, il annonça à Gabrielle que le professeur Leblanc souhaitait qu'il consulte un autre chercheur à New York. Celui-ci allait examiner toutes les données du traitement et prodiguer un avis précieux, dans le propre intérêt d'Alaistair et dans celui de ses patients souffrant de la même maladie. Gabrielle ne s'envolerait donc pas seule pour New York à la fin de la semaine. Mais peu importe, il était en rémission, il était libre ! Maintenant, pour un moment ou pour toujours, ça, ils ne pouvaient pas le savoir.

Ce soir-là, ils célébrèrent la bonne nouvelle en allant dîner dans leur pub préféré, mais ils se sentaient encore tous les deux sous le choc, à la fois exaltés, reconnaissants, épuisés, heureux, et effrayés à l'idée que le professeur se soit trompé. Quel soulagement de rentrer dans le loft avec vue sur la Tamise, de grimper dans le lit et de se serrer l'un contre l'autre. Toute la journée, ils étaient passés du rire aux larmes et étaient exténués. Ils firent l'amour et s'endormirent ensemble. Le lendemain, Alaistair crut un court instant qu'il avait rêvé, mais non, c'était bel et bien vrai. Le miracle s'était produit.

C'était le plus précieux cadeau qu'ils pouvaient espérer.

Le procès à Paris se poursuivit pendant deux semaines, pendant lesquelles plusieurs amants clandestins de Patrick Martin vinrent témoigner à la barre. Le moindre moment de sa vie cachée était entaché de mensonges. Toutefois, aucun d'entre eux ne l'accusa d'avoir eu à son égard le moindre geste violent. D'autres personnes déclarèrent que Sergei les faisait chanter elles aussi et leur soutirait de l'argent par tous les moyens possibles. Pour ceux qui assistaient au procès, il était difficile de dire qui de la victime ou de l'accusé était le plus coupable. En tout cas, il semblait improbable d'éprouver la moindre sympathie pour ces hommes dépourvus de morale. Alice Martin, loyale, était présente chaque jour au tribunal. Aussi immobile qu'une statue, elle essuyait par moments une larme furtive à l'aide d'un mouchoir serré en boule entre ses poings, tandis que Marina, assise deux rangées plus loin, sanglotait avec abandon. À un moment donné, la jeune fille tenta même de se frayer un chemin jusqu'à

Patrick et dut être évacuée de la salle du tribunal. Damien, quant à lui, faisait penser à un volcan sur le point d'entrer en éruption. Toute la famille avait été détruite. Le procureur eut des propos très durs. Il affirma que Patrick Martin n'avait aucun honneur, que ce soit dans sa vie publique ou dans la sphère privée, dans son rôle de père ou de mari, en qualité de ministre du gouvernement ou d'être humain. Tous ses actes étaient condamnables. Le juge d'instruction sembla tirer des conclusions similaires, et le motif de sa condamnation fut confié à un autre juge. Pour le moment, Patrick était accusé d'homicide involontaire, en l'absence de preuve concrète de son innocence ou de sa responsabilité dans un meurtre avec préméditation. Il avait certes un mobile valable pour vouloir tuer Karpov, mais les circonstances de l'affaire restaient ambiguës. Lorsque le procureur requit une inculpation de meurtre et trente ans d'emprisonnement, Patrick bondit en hurlant de désespoir, puis il s'enfonça dans son siège quand la demande fut rejetée.

Le verdict tomba au cours de la troisième semaine du procès. On ordonna à l'accusé de se lever pour entendre les chefs d'inculpation. Parce que la police n'avait pas été en mesure de prouver qu'il avait bousculé Sergei Karpov et causé sa mort, Patrick Martin fut reconnu coupable d'homicide involontaire aggravé du délit de non-assistance à personne en danger, et condamné à cinq ans de prison. Dans le silence qui suivit cette annonce, Marina poussa un cri de désespoir et Patrick éclata en sanglots. Toutefois, le juge déclara qu'en raison des services qu'il avait rendus à la nation à son poste de ministre de l'Intérieur, sa peine était suspendue, avec une mise en liberté surveillée pendant cinq ans.

Patrick Martin était libre, mais le juge souligna qu'il emportait avec lui le fardeau du mal qu'il avait causé à son épouse et ses enfants.

Pendant qu'on prononçait la sentence, Alice était restée de marbre, et elle ne lui adressa pas un seul regard. Damien secoua la tête en signe de dégoût et lui passa un bras autour des épaules.

Quand il quitta le tribunal en compagnie de son avocat, Patrick Martin avait l'air d'être en état de choc. Les juges avaient fait preuve d'indulgence à son égard.

Marina et sa mère se dirigèrent vers la sortie l'une derrière l'autre. Sur les marches du tribunal, elles furent assaillies par les journalistes et Damien s'efforça de les protéger. Il parvint à les faire monter dans sa voiture et il les reconduisit à la maison. Pendant le trajet, des larmes coulaient sur les joues d'Alice, mais elle ne prononça pas un mot. Damien ne pouvait déterminer si elle était soulagée ou déçue de la sentence, si elle aurait préféré que son mari aille en prison ou non. Arrivés à l'appartement, il la força à se coucher et plaça un verre d'eau sur sa table de nuit. Alice le remercia et ferma les yeux, comme si elle ne pouvait plus supporter ce qu'elle avait vu et entendu lors du procès.

Damien espérait que son père ne leur ferait pas l'affront de se présenter chez eux ou de les contacter, du moins pendant un certain temps. Alice était censée demander le divorce immédiatement, et il espérait qu'elle ne changerait pas d'avis. Toutefois, elle paraissait trop secouée pour qu'il puisse lui poser la question. Alors il referma doucement la porte de la chambre et la laissa pleurer sur sa vie anéantie.

15

Après le procès, Patrick Martin retrouva sa liberté, mais le reste de sa vie avait volé en éclats. Sa condamnation pour homicide involontaire l'empêchait désormais d'exercer son métier d'avocat et entraîna sa radiation du barreau. Quant à sa carrière politique, elle avait été réduite à néant par le scandale et son jugement n'arrangea rien pour sa personne. Par ailleurs, sa situation financière était devenue critique, après avoir profité pendant des années des nombreux avantages liés à sa fonction : voiture avec chauffeur, vacances subventionnées, allocations de logement, sans oublier les fréquents cadeaux et services reçus à titre gratuit. Il n'était plus qu'un homme isolé, et même son ancien réseau lui tourna le dos. Il ne lui restait donc qu'une seule solution : trouver du travail par ses propres moyens. Mais qu'allait-il bien pouvoir faire ? De plus, il l'ignorait encore, mais en compensation du préjudice moral qu'elle avait subi par sa faute, Alice Martin comptait réclamer la propriété exclusive de leur appartement, avec la possibilité de le vendre à sa guise si elle le souhaitait. Son avocat estimait qu'elle avait de bonnes chances d'obtenir gain de cause, dans la mesure où Patrick avait commis un délit grave et était déchu de ses droits. S'il contrevenait d'un iota à la légalité, le sursis de sa peine serait révoqué et il passerait cinq années en prison parmi des délinquants endurcis.

Patrick, de retour dans son petit meublé, était parvenu aux mêmes conclusions. Trois jours après la fin du procès, son fils reçut un appel en pleine nuit. C'est Achille, avec qui sortait Damien depuis trois ans, qui répondit et lui tendit le téléphone avec une expression grave. Les services d'urgence de la Pitié-Salpêtrière étaient au bout du fil : son père venait d'être admis dans un état critique à la suite d'une ingestion massive de somnifères et il était dans le coma. Si par chance il en réchappait, il souffrirait probablement de lésions cérébrales irréversibles. La veille, Alice avait déposé la requête en divorce au tribunal, mais Patrick n'en avait pas encore été informé ; elle n'aurait donc aucune raison de se sentir coupable.

Après avoir raccroché, Damien resta assis calmement pendant une minute, puis il sortit du lit et enfila un jean.

— Que fais-tu ? lui demanda Achille.

Décidément, Damien n'avait pas de chance d'avoir un père comme le sien.

Achille avait récemment fait la connaissance de sa mère, qui l'avait trouvé sympathique. Alice en apprenait chaque jour un peu plus sur la vie de son fils depuis son *coming out*.

— Mon père a tenté de se suicider. Il est dans le coma, et il va sûrement y rester, répondit Damien sobrement, sans trop savoir ce qu'il ressentait.

— Je suis désolé de te dire ça, mais je trouve que c'est un juste retour des choses, après ce qu'il vous a fait subir. Tu veux vraiment y aller ?

Damien hocha la tête en ravalant ses larmes. Il ne pouvait même plus pleurer pour son père.

— Je t'accompagne alors, répondit Achille à voix basse en le serrant dans ses bras.

— C'est quelqu'un d'affreux, je le sais bien, mais il reste mon père. Il ne devrait pas mourir seul ! s'exclama Damien, laissant enfin échapper un sanglot.

Quelques minutes plus tard, ils se mirent en route pour l'hôpital.

À leur arrivée, ils trouvèrent Patrick, seul dans une petite chambre. D'une pâleur mortelle, les lèvres bleues, il était vêtu d'une blouse d'hôpital et se trouvait sous assistance respiratoire. Il semblait déjà mort. Damien demeura un long moment à le regarder, s'efforçant de ressentir quelque chose pour lui. Avec Achille, ils allèrent ensuite s'asseoir dans le couloir pour attendre l'avis du docteur.

Un médecin vint trouver Damien pour lui expliquer que son père pouvait rester dans le coma pendant des semaines, du moment qu'il était sous respiration artificielle.

— Vous pouvez rentrer chez vous et nous vous appellerons s'il se passe du nouveau. Nous avons tenté en vain de contacter votre mère, et nous n'avons pas non plus réussi à lui laisser un message. C'est pourquoi nous vous avons téléphoné.

Damien savait qu'Alice avait débranché son téléphone fixe et qu'elle avait éteint son portable après avoir déposé sa requête en divorce. Elle n'avait aucun désir de parler à Patrick une fois qu'il aurait été informé de la situation – pas avant cinq jours, à en croire son avocat. Par conséquent, il n'était toujours pas au courant, et il ne la pensait sans doute pas capable d'aller jusqu'au bout de sa démarche. Damien était fier qu'elle ait trouvé le courage de le faire.

Les jeunes hommes rentrèrent chez eux, et le lendemain matin, Damien rendit visite à sa mère pour lui annoncer la tentative de suicide de son père. Après avoir appris la nouvelle, elle resta assise en silence à le regarder fixement, les yeux secs. Puis elle hocha lentement la tête.

— Tu voudrais le voir, maman ?

— Je n'ai rien à lui dire.

— Il ne peut pas t'entendre, de toute façon. Dis-moi seulement si tu veux le revoir une dernière fois.

— Je n'ai pas envie de me souvenir de lui dans cet état.

Il était donc exclu qu'Alice lui rende visite, désormais. En fait, elle avait même espéré que le divorce lui permettrait de l'effacer de sa mémoire. Elle rêvait d'un nouveau départ et avait été jusqu'à envisager de partir enseigner sous son nom de jeune fille dans une université de province où personne ne la connaîtrait. Elle avait déjà recommencé à utiliser son ancien nom avant le procès et attendait simplement la confirmation du tribunal.

La nouvelle était beaucoup plus difficile à annoncer à Marina. La jeune fille demanda immédiatement à voir son père et Damien l'emmena à l'hôpital. Dès qu'elle le vit, elle se jeta sur la poitrine de Patrick et sanglota sans retenue jusqu'à ce que les infirmières l'écartent de lui de peur qu'elle ne l'étouffe. Puis son frère la ramena à la maison. Il ne tenta même pas de discuter avec elle de ses sentiments. Elle était trop bouleversée et Damien estimait qu'elle avait le droit d'aimer son père, peu importe les actes de ce dernier.

Leur mère l'aida à se coucher et lui apporta une tasse de thé.

— Pourquoi êtes-vous tous si méchants avec lui ? lui demanda Marina en pleurant. Vous ne voulez même pas le voir.

Alice ne lui répondit pas. Il y avait beaucoup de choses à dire et sa fille était trop choquée pour les entendre. Elle retourna dans sa propre chambre mais laissa sa porte ouverte, au cas où Marina l'appellerait. La jeune fille n'avait pas d'autre choix que d'accepter la vérité sur son père.

Gabrielle apprit la nouvelle de la tentative de suicide de Patrick Martin à Londres. Alaistair semblait chaque jour en meilleure forme, tout comme elle. Ils avaient survécu à l'horrible période pendant laquelle ils le croyaient condamné et jouissaient à présent de leur liberté.

Gabrielle fut choquée d'apprendre dans les journaux que l'ancien ministre français avait tenté de mettre fin à ses jours quelques jours après son procès. Elle montra l'article à Alaistair qui secoua la tête.

— C'est vraiment un sale type.

— Quand on pense à tout le mal qu'il a fait subir à sa famille. Le destin est étrange, non ? Tu crois qu'il va mourir ?

— Peut-être, mais peut-être pas. Les gens peuvent rester dans le coma pendant des années. Une chose est sûre : s'il se réveille, il ne sera plus le même homme. Plus il reste dans cet état, plus les risques de dommages cérébraux augmentent. Quelle tristesse ! Après tout ce qu'elle a déjà enduré, sa famille doit maintenant supporter ça !

Patrick Martin sortit du coma après trois semaines, souffrant de graves pertes de mémoire à cause de l'énorme quantité de somnifères qu'il avait ingérés. Un voisin l'avait trouvé presque mort dans son appartement dont il avait laissé la porte ouverte de peur qu'on ne découvre son cadavre des mois plus tard.

Quand il se réveilla, il n'avait plus aucun souvenir du procès, de sa condamnation ou même des faits qui l'avaient amené là. Il pouvait dire son nom quand on le lui demandait et se rappelait quelques détails épars de son enfance, mais rien d'autre. Les dommages étaient trop importants et il était resté trop longtemps dans le coma. Le médecin avait annoncé à Damien qu'il était peu probable que son père reprenne conscience, et son réveil fut donc une surprise pour tout le monde. On fit comprendre à Damien que Patrick ne pouvait pas demeurer à l'hôpital indéfiniment. Il n'était pas malade, et ils avaient besoin du lit. Par conséquent, il fallait trouver une solution à long terme dans un établissement spécialisé. Malheureusement, les listes d'attente étaient très longues, et une mesure provisoire devait être adoptée jusqu'à ce qu'il puisse être accueilli dans une clinique.

Damien s'en ouvrit à Achille le soir même, au grand mécontentement de ce dernier.

— Ce ne sera pas pour toujours, peut-être seulement une semaine, en tout cas je l'espère. Mais c'est mon père et je me sens contraint de l'aider. Il réagit comme un gamin maintenant, et il est incapable de prendre soin de lui. Personne d'autre que moi ne peut s'occuper de lui.

— Et ta mère ? Elle ne peut pas l'accueillir un petit moment ?

— Elle ne veut pas le voir, et je refuse qu'elle en ait la charge, répondit Damien en secouant la tête. C'est déjà trop dur pour elle, elle a assez souffert et ça la briserait.

C'était un miracle qu'elle tienne encore debout.

— Je suis le seul à pouvoir le faire, insista Damien d'une voix douce.

Ce serait son dernier cadeau à son père, en guise de pardon.

— C'est d'accord, mais pas plus de quinze jours. Je t'aiderai à trouver un endroit qui puisse l'accueillir. Je n'ai vraiment pas envie qu'il soit ici mais je le fais pour toi, consentit Achille, plein de compassion pour Damien qui avait enduré tant d'épreuves.

Ils récupérèrent Patrick le surlendemain, puis ils reçurent la nouvelle que le service de santé publique pourrait leur fournir un lit d'ici deux semaines.

Patrick se comportait dans l'appartement comme un enfant perdu. Damien et Achille l'avaient installé dans la chambre d'amis et il mouillait ses draps toutes les nuits. C'était un cauchemar de cohabiter avec lui et ils comptaient les heures jusqu'à son départ. Toutefois, Achille tint sa promesse et Damien supporta la situation en se disant que c'était son ultime acte de charité envers un père qui ne le connaissait plus. En effet, Patrick se souvenait du prénom de Damien mais sans savoir de qui il s'agissait, ce qui l'emplissait de confusion chaque fois qu'il le croisait.

Il était chez eux depuis une semaine quand on sonna à la porte un beau matin. Damien alla ouvrir et fut surpris de voir sa mère. Alice était au courant de ce que son fils faisait pour Patrick et lui en était profondément reconnaissante. Cela aurait été au-dessus de ses forces de l'accueillir dans son appartement.

— Je suis venue parler à ton père, dit-elle doucement. C'est possible ?

Damien acquiesça et la conduisit dans la petite chambre. Patrick, en pyjama, était réveillé et regardait dans le vide. Quand Alice commença à parler, il ne leva même pas les yeux vers elle, et leur fils les laissa seuls l'un avec l'autre. Sa mère semblait décidée à délivrer son message et se lança d'une voix claire et ferme.

— Patrick, je suis venue te dire que je te pardonne pour ton comportement à mon égard, et pour avoir été un piètre père pour Damien et Marina. Je te pardonne tes mensonges, ta cruauté et ce que tu as fait avec d'autres. Je pardonne ta lâcheté et ta malhonnêteté. Pour tous tes péchés, je te pardonne. Toutefois, je renonce à mon mariage avec toi, et à partir de ce jour, je ne suis plus ta femme. Je ne veux plus jamais te voir, mais au nom de Dieu, je te pardonne.

Puis elle sortit de la pièce tandis que Patrick, qui n'avait rien compris à ses paroles, la suivait d'un regard dépourvu d'expression. Damien, qui avait tout entendu, fut empli d'admiration pour elle. Il ne savait pas comment elle trouvait la force en elle de pardonner à Patrick, mais c'était une femme honnête et profondément croyante. Toutefois, l'homme qui avait été son mari était définitivement mort pour elle à présent. De toute façon il n'était déjà plus parmi eux, et il ne manquerait à personne.

Alice remercia Damien et prit congé. Lui-même partit au travail peu de temps après. Il avait dû beaucoup s'absenter du bureau et avait fini par embaucher un auxiliaire de vie qui venait tous les jours pour s'occuper de Patrick.

Marina était, elle, retournée à l'université à Lille. Elle avait vu son père une fois sous respirateur et cela lui avait suffi. Elle savait qu'il n'était plus vraiment là. Damien se doutait qu'elle lui rendrait probablement visite dans son établissement d'accueil, même si Patrick ne la reconnaîtrait pas davantage qu'il n'avait reconnu son fils.

L'ancien ministre de l'Intérieur était devenu un cadavre ambulant, la coquille vide d'un être humain. Les mensonges étaient terminés, tout comme le reste. Le destin lui avait imposé une peine très lourde.

16

Une autre foire d'objets d'art de taille plus modeste avait lieu à Londres pendant le séjour de Gabrielle et elle décida de s'y rendre. Peut-être dénicherait-elle une œuvre qui lui taperait dans l'œil, pour elle-même ou l'un de ses clients. Alaistair l'accompagna et ils eurent beaucoup de plaisir à déambuler parmi les stands, car le salon était particulièrement bien organisé. Ils allèrent ensuite dîner et il lui demanda si elle avait déjà envisagé la possibilité de venir vivre à Londres de manière à ne plus passer la moitié de sa vie dans les avions.

— J'y ai déjà pensé, acquiesça Gabrielle avec un sourire, mais j'ai des impératifs professionnels à New York un certain nombre de jours par mois à cause de mes clients. Toutefois, je pourrais aisément m'installer ici le reste du temps, avec mon métier de saltimbanque !

C'était une jolie façon de considérer les choses. Son travail était important pour elle, tout comme le sien pour Alaistair, et il respectait son choix.

— Tu dois de toute façon te rendre à New York un de ces jours pour consulter le Dr Thatcher que le professeur Leblanc t'a recommandé. Quand comptes-tu y aller ?

— Bientôt, mais avant je dois donner un peu de répit à Geoffrey qui a désespérément besoin de faire une pause. Le pauvre a tellement travaillé pour moi ces cinq derniers mois… J'appellerai le Dr Thatcher cette semaine, et je verrai bien quand il pourra me recevoir. Leblanc pense qu'il s'intéressera à mon cas, et il veut obtenir son avis sur la durée probable de ma rémission. Leblanc semble croire que ça pourrait être définitif. Moi aussi, j'aimerais beaucoup entendre ce que ce docteur en pense !

— Et moi donc !

Pour son plus grand bonheur, Alaistair reprenait des forces de jour en jour.

— À propos… J'ai pensé que nous pourrions également reparler de cette bague que tu as au doigt un de ces jours, puisqu'il paraît que je vais rester dans les parages encore un bon moment…

La crainte de voir le cauchemar revenir demeurerait toujours dans leur cœur, mais après tout, la maladie pouvait frapper n'importe qui, même ceux sans aucun antécédent médical, comme cela lui était arrivé. L'avenir n'était jamais garanti et personne n'était à l'abri d'un coup du sort. Les êtres humains étaient vulnérables et fragiles, et la vie si imprévisible qu'elle pouvait offrir ce qu'elle avait de plus beau, et l'instant suivant confronter au plus terrible.

Le lendemain, Alaistair téléphona au spécialiste new-yorkais et obtint un rendez-vous deux semaines plus tard. Gabrielle avait prévu de rentrer chez elle et il la rejoindrait pour passer le long week-end en amoureux.

Gabrielle retourna à New York à la fin de la semaine, et Alaistair la rejoignit huit jours plus tard. Elle avait ménagé encore plus d'espace pour lui dans ses placards et avait déplacé certains meubles pour rendre l'appartement mieux adapté à leur vie de couple. Elle avait notamment installé un autre bureau dans la pièce où elle travaillait et qu'ils pouvaient désormais utiliser tous les deux.

Il se rendit seul à sa consultation avec le Dr Thatcher. Son inquiétude était telle qu'il n'avait pas fermé l'œil de la nuit. Gabrielle avait une réunion très importante prévue avec son client grec tandis que le Dr Thatcher n'avait qu'un seul créneau disponible pour lui cette semaine, c'est pourquoi ils étaient convenus qu'elle ne l'accompagnerait pas.

— Et s'il trouve quelque chose que Leblanc aurait manqué ? Ou s'il est d'avis qu'il s'est trompé sur toute la ligne ? demanda Alaistair, très anxieux, pendant le petit déjeuner.

— Alors nous repartirons de zéro. Mais peut-être pensera-t-il au contraire que tout va bien désormais, comme Leblanc. Pourquoi ne pas se concentrer là-dessus jusqu'à ce que tu entendes ce qu'il a à te dire ?

Elle se sentait coupable de ne pas l'accompagner dans ce moment crucial, mais Alaistair avait insisté sur le fait que ça ne le dérangeait pas.

Dans la salle d'attente du médecin, Alaistair était trop terrifié pour parler. Le professeur Leblanc avait envoyé par e-mail tous ses dossiers au Dr Thatcher, de manière à ce qu'il puisse les étudier avant le rendez-vous. Le docteur les avait examinés avec soin, et avait même consulté l'un de ses confrères pour avoir un second avis.

Son visage était impassible quand Alaistair entra dans son bureau. Ses jambes tremblaient si fort qu'il fut obligé de s'asseoir.

— Je sais que ce moment doit être extrêmement stressant pour vous, commença le Dr Thatcher en le regardant. Apprendre qu'on a recouvré une parfaite santé, et attendre un second avis… D'autant plus que les chercheurs sont rarement d'accord…

Alaistair fut alors convaincu que le Dr Thatcher s'apprêtait à lui livrer une triste nouvelle, et il se sentit soudainement sur le point de défaillir. Le médecin poursuivit :

— Pourtant, dans votre cas, je confirme son diagnostic. En fait, j'irai jusqu'à dire qu'à mon avis, le Dr Leblanc s'est montré très prudent dans son évaluation. Je pense pour ma part que vous êtes complètement guéri, et non en rémission. En supposant qu'un autre cancer ne se déclare pas à l'avenir, les données de votre traitement sont cruciales pour nos recherches. D'une manière ou d'une autre, vos cellules, votre ADN et la thérapie ont fonctionné en parfaite symbiose, et Leblanc a marqué le point décisif du match. Je ne peux pas concevoir un meilleur résultat. Vous avez dû en baver, mais chaque moment de souffrance que vous avez enduré à cause de ce traitement valait le coup. Félicitations, conclut-il en tendant la main à Alaistair.

Celui-ci la serra, les larmes aux yeux, incapable de prononcer un mot pendant plusieurs secondes tant il était ému.

— Ma future femme va être très heureuse d'entendre la nouvelle. Quand je l'ai rencontrée, j'étais un homme condamné et on m'affirmait qu'il me restait moins de deux mois à vivre. Le Dr Leblanc et elle m'ont sauvé.

— Il arrive même aux spécialistes de se tromper. La médecine est une science compliquée et les traitements peuvent se montrer imprévisibles. Personnellement, j'ai beaucoup de foi en la force de l'esprit humain. Il faut savoir prendre soin de son cœur et de son âme avant la guérison du corps. Ce n'est pas le genre de chose que les chercheurs aiment entendre, poursuivit-il en souriant à Alaistair. Alors vous avez peut-être raison. Peut-être que votre future épouse a quelque chose à voir avec votre rétablissement. Nous ne comprenons pas toujours pourquoi un traitement fonctionne sur un patient et pas sur un autre. Quoi qu'il en soit, si vous tombez malade, vous n'avez qu'une chose à faire : saisir la vie à deux mains, remonter le courant aussi loin que possible et tout donner dans le combat. Et si, en plus, vous êtes né sous une bonne étoile, alors vous avez de bonnes chances de triompher.

En quittant la clinique, Alaistair avait l'impression d'être sur un petit nuage. Ce soir-là, il attendit le retour de Gabrielle pour lui annoncer la bonne nouvelle de vive voix. Il l'avait déjà appelée plus tôt pour lui dire que le rendez-vous s'était bien passé, mais il tenait à lui fournir tous les détails en personne. De son côté, Gabrielle craignait que le diagnostic soit mauvais et qu'il veuille justement le lui annoncer en face.

— Le Dr Thatcher est d'avis que Leblanc a accompli un travail remarquable. Il n'a qu'un point de désaccord mineur : selon lui, je ne suis pas seulement en rémission, ainsi que l'a formulé Leblanc, mais complètement guéri, et il ne pense pas que le cancer reviendra. Le temps nous le dira mais apparemment, nous sommes définitivement débarrassés de cette saleté.

— Oh mon Dieu, Alaistair…

Ses genoux se dérobèrent sous elle et il se précipita pour la rattraper. Il l'aida doucement à s'asseoir, puis il prit place à côté d'elle.

— Est-ce que cela signifie que tu es tiré d'affaire une fois pour toutes ? demanda-t-elle à voix basse, comme s'ils étaient à l'église.

— Nous en avons terminé. Ce n'était pas une partie de plaisir, mais ça a marché !

— Tu t'es montré très courageux.

— Toi aussi. D'ailleurs, il a ajouté quelque chose sur ce point. Dans les grandes lignes, il a dit que les chercheurs n'avaient pas accès à tous les tenants et aboutissants dans une guérison, mais au fil des années, ils ont fini par comprendre que cela n'avait pas seulement à voir avec l'état physique du patient, mais également avec son état émotionnel. Le Dr Thatcher affirme que l'amour d'un compagnon ou d'une compagne peut faire toute la différence. En résumé, tu m'as sauvé la vie, Gaby ! Quand tu m'as rencontré, je n'en avais plus que pour deux mois à vivre et tu as bouleversé mon existence. Si je n'avais pas fait ta connaissance, je me serais suicidé il y a longtemps. Dire que je ne pensais pas avoir une chance…

— Eh bien, tu avais tort. Et tu as gagné !

Sur ces mots, Alaistair se pencha vers elle et l'embrassa.

17

Les services sociaux mirent quelques semaines à trouver une place dans une structure de santé publique pour Patrick Martin. C'était une petite maison bien tenue où il avait une chambre privée – ce qui était préférable, car Patrick Martin était un patient relativement jeune, et il risquait d'y passer un certain temps. Un établissement privé aurait bien sûr été une meilleure option, mais il n'avait pas les moyens d'assumer les frais ni aucun membre de sa famille non plus. Le centre d'accueil était situé à une distance raisonnable de Paris. Les parents et les amis pouvaient ainsi lui rendre visite s'ils le désiraient, mais jusqu'à présent, personne ne l'avait fait. Marina irait sans doute le voir quand elle rentrerait de l'université à la fin du trimestre. Patrick était très diminué et ne pouvait reconnaître personne, ce qui décourageait ses proches de venir. Il leur suffisait de savoir que le personnel s'occupait bien de lui, ce qui les déchargeait de toute responsabilité ou sentiment de culpabilité.

Le juge qui prononça le divorce du couple accorda à Alice Chalon, ancienne épouse de Patrick Martin, la propriété de l'appartement. Elle le mit en vente avec l'intention d'acheter un bien plus petit – tout en gardant une chambre pour ses enfants. Le peu d'argent qu'il lui resterait, elle l'investirait en vue de sa retraite. Alice avait également prévenu la Sorbonne qu'elle souhaitait s'éloigner de Paris et enseigner dans une université de province. Elle attendait d'ailleurs des réponses des facultés de Reims, Bordeaux et Grenoble. Quant à Marina, elle avait préféré poursuivre ses études à l'étranger et se trouvait à Madrid. Elle souhaitait vivre dans un endroit où personne ne connaissait Patrick Martin. Et elle ne regretta pas sa décision.

Le petit garçon de Richard et Judythe naquit en juin, et ils lui donnèrent le nom d'Alaistair Sam, son deuxième prénom faisant référence aux sauveteurs du SAMU qui avaient ranimé Richard.

— Vous auriez pu l'appeler Louis XVI ! les taquina Alaistair à l'occasion du baptême.

Il était très touché que les jeunes parents aient donné son prénom à leur bébé.

Alaistair et Gabrielle se marièrent au mois d'août à New York, lors d'une cérémonie toute simple en présence de Veronica et Georgina. Les filles étaient les témoins de leur mère et Richard Sheffield celui d'Alaistair. Les nouveaux mariés avaient reporté leur lune de miel en septembre et choisi de se rendre à Paris pour célébrer l'anniversaire de leur rencontre.

Ils séjournèrent au Louis XVI, dans leur suite habituelle – la préférée de Gabrielle –, et revisitèrent tous les endroits qu'ils avaient fréquentés ensemble quand ils s'étaient connus et ceux qu'ils avaient découverts pendant leurs nombreux séjours à Paris pour les traitements d'Alaistair. Ils rendirent également visite au professeur Leblanc pour le remercier en personne d'avoir sauvé la vie d'Alaistair. Celui-ci répéta à Gabrielle qu'elle avait joué un rôle fondamental dans sa guérison, et qu'elle était l'ingrédient secret qui avait fait toute la différence. Ils ne sauraient jamais ce qui avait fait pencher la balance du bon côté, mais les résultats étaient remarquables. Le Dr Leblanc avait rédigé plusieurs articles scientifiques à partir des résultats du traitement sur le cancer d'Alaistair, et sa collaboration avec le Dr Thatcher promettait de belles avancées.

À leur retour à l'hôtel, ils aperçurent Olivier Bateau et Yvonne Philippe, fidèles à leurs postes, debout près de la réception. Olivier affichait un large sourire et fit un signe de la main à Gabrielle et Alaistair tandis qu'ils s'approchaient de la réception. Gabrielle murmura sa désapprobation à Alaistair.

— Louis Lavalle ne serait jamais resté planté là comme un échalas. Il aurait déjà traversé le hall pour te serrer la main et baiser la mienne, et il aurait demandé des nouvelles de mes filles.

— Et il aurait probablement obtenu un pourboire exorbitant, à ce que j'ai cru comprendre…

— Certes, mais il l'aurait fait avec tellement de style et de grâce que cela n'aurait gêné personne. Olivier Bateau nous dit à peine bonjour. Il se fiche royalement de nous !

— Mon diagnostic est que ce type est à bout de nerfs et qu'il en a par-dessus la tête de ce boulot. Et qu'en plus il en a conscience. C'est la première fois que je le vois sourire en un an !

Ils étaient arrivés au comptoir et le directeur n'esquissa pas un geste vers eux, tandis qu'Yvonne les saluait chaleureusement.

— Que puis-je faire pour vous aider ?

— Nous avons oublié notre clé dans la chambre, répondit Gabrielle en adressant un signe de tête à Olivier Bateau.

Ce dernier avait le don de l'agacer par la simple façon dont il se tenait, qui évoquait plus un chiot qui tente de se cacher la tête avec ses pattes. Mais cette fois, il lui fit un large sourire.

— Avez-vous rencontré notre nouvelle directrice ?

Alaistair et Gabrielle regardèrent autour d'eux pour apercevoir la personne fraîchement nommée, mais Olivier désigna Yvonne. Celle-ci avait été son assistante depuis la réouverture mais, en réalité, c'est elle qui dirigeait pratiquement l'établissement. On pouvait la croiser partout dans l'hôtel, toujours sur le front, tandis que son supérieur se réfugiait habituellement dans son bureau.

— La voici ! Il s'agit bien de Mlle Yvonne Philippe. Elle reprend mon poste à partir de demain.

— Vous partez ? demanda Gabrielle, surprise.

Olivier Bateau lui semblait si plein de prétention, en plus de son inefficacité confondante.

— J'ai été muté, répondit-il avec fierté. Vous savez, je ne suis pas de la capitale. Je viens d'une petite ville des montagnes du Jura. Alors je reprends la route vers des pâturages plus verts et sans doute plus tranquilles. L'hiver, je travaillerai dans un chalet à Megève en tant que directeur général, et l'été, je gérerai un modeste établissement en cours de construction à Saint-Jean-Cap-Ferrat. J'ai vraiment hâte d'y être. Pendant ce temps, Mlle Philippe ici présente s'occupera du vaisseau amiral à Paris. Elle m'a été d'une grande aide tout au long de l'année.

Gabrielle se souvenait qu'Yvonne était omniprésente. C'est elle qui avait géré la situation à chaque incident, tandis que Bateau était incapable de se montrer responsable ! Il serait sans doute plus à sa place dans des lieux de vacances haut de gamme de taille modeste et beaucoup moins stressants. Bateau paraissait heureux tandis qu'il serrait la main d'Yvonne pour la féliciter une fois encore de sa promotion, la juste récompense de son engagement sans faille envers le Louis XVI et sa clientèle.

En montant dans l'ascenseur quelques minutes plus tard, Alaistair et Gabrielle ne pouvaient s'empêcher de repenser à l'année passée. Tout avait commencé avec la crise cardiaque de Richard, le décès accidentel d'un maître chanteur russe, la double vie d'un important politicien français révélée au grand public et son implication dans la mort du Russe. Tout cela avait précédé leur rencontre le week-end même où Alaistair envisageait de se suicider. Ce dernier n'aurait plus été de ce monde si Gabrielle n'avait pas décidé de reprendre sa vie en main après la terrible trahison de son mari qui s'était enfui avec celle que ses filles appelaient désormais leur « belle-morue ».

Le voyage de Gabrielle à Paris pour visiter la Biennale avait fini par sauver la vie d'Alaistair, tandis que lui-même portait secours à Richard. Alors c'était vrai que la vie n'était pas un long fleuve tranquille. Mais chaque épreuve avait un sens dans l'existence, et offrait des solutions inattendues et des bénédictions miraculeuses. Il suffisait d'avoir le courage d'y croire et de les chercher. Les difficultés rencontrées par Alaistair et Gabrielle leur avaient été bien utiles. Le chemin avait beau être semé d'embûches, ils n'avaient jamais oublié de vivre chaque jour comme un cadeau du ciel.

Tandis qu'ils sortaient de l'ascenseur au troisième étage, l'alarme incendie se déclencha soudain, se répercutant dans tout le bâtiment. Gabrielle et Alaistair se regardèrent en éclatant de rire.

— Joyeux anniversaire ! lui cria-t-il dans l'oreille par-dessus le vacarme.

Puis il l'embrassa, et ils se dirigèrent vers l'escalier pour ressortir du bâtiment.

Lorsqu'ils arrivèrent dans le hall, ils aperçurent Yvonne et ses deux assistants qui s'excusaient en informant tout le monde qu'il s'agissait d'une fausse alerte. Olivier Bateau s'était sans doute déjà carapaté dans son bureau.

— C'est dingue comme on ne s'ennuie jamais quand on séjourne ici, ironisa Alaistair.

Gabrielle rit de plus belle tandis qu'ils attendaient de nouveau l'ascenseur pour remonter dans leur chambre.

— Pour ma part, je ne m'ennuie jamais avec toi !

Depuis un an, leur vie avait été une aventure extraordinaire, et chaque moment, même le plus difficile, un don précieux.

Très chers lecteurs,

J'espère que vous avez pris autant de plaisir à lire ce roman que j'en ai eu à l'écrire !

Et je suis très heureuse de vous rappeler tous nos rendez-vous de 2023.

Les voici.

— *Royale*, le 5 janvier 2023
— *Les Voisins*, le 2 mars 2023
— *Ashley, où es-tu ?*, le 4 mai 2023
— *Jamais trop tard*, le 29 juin 2023
— *Menaces*, le 24 août 2023
— *Les Whittier*, le 9 novembre 2023

Je vous remercie pour votre fidélité.

Très amicalement,

ROYALE

Été 1943. Le roi et la reine décident d'envoyer leur plus jeune fille, la princesse Charlotte, loin de Londres et de la guerre. Dans l'anonymat, à la campagne, une nouvelle existence commence pour elle. Des drames vont s'en mêler.

Vingt ans plus tard, des secrets remontent à la surface. Une jeune princesse se révèle.

LES VOISINS

Après un violent tremblement de terre à San Francisco, Meredith, ancienne star hollywoodienne qui vit à l'écart du monde, ouvre les portes de sa grande et belle maison à ses voisins. Dans cette nouvelle intimité inespérée, des amitiés et des relations se nouent, des secrets sont révélés.

ASHLEY, OÙ ES-TU ?

Melissa Henderson a abandonné sa carrière d'auteure à succès. Elle mène désormais une vie tranquille dans le Massachusetts. Après un incendie et un appel de Hattie, la sœur qu'elle n'a pas vue depuis des années, elle comprend qu'il est temps de rouvrir l'un des plus douloureux chapitres de sa vie.

JAMAIS TROP TARD

Eileen Jackson n'a jamais regretté d'avoir mis de côté ses rêves pour élever ses enfants et se consacrer pleinement à sa famille. Avec son mari, ils ont construit une vie simple mais heureuse dans le Connecticut. Quand elle découvre que son mari la trompe, Eileen comprend que ce bonheur n'était qu'un mirage, et sa vie un mensonge.

À 40 ans, sera-t-il trop tard pour tout recommencer ?

MENACES

L'hôtel Louis XVI est depuis toujours l'un des plus chics de Paris. Récemment rénové, il est prêt à rouvrir ses portes pour accueillir anciens et nouveaux clients – et leurs vacances, drames, rendez-vous romantiques ou secrets politiques. Mais le danger plane dans l'hôtel.

LES WHITTIER

Âgés de 20 à 40 ans, les enfants de Preston et Constance Whittier se retrouvent dans le manoir familial de Manhattan après la mort tragique de leurs parents. Désormais orphelins, les six héritiers sont à un carrefour de leurs existences. D'âges et de caractères différents, ils doivent trouver une solution pour réussir à vivre de nouveau ensemble dans cette maison pleine de souvenirs dans laquelle ils ont grandi.

ŒUVRES DE DANIELLE STEEL
AUX PRESSES DE LA CITÉ *(Suite)*

En héritage
Disparu
Joyeux anniversaire
Hôtel Vendôme
Trahie
Zoya
Des amis proches
Le Pardon
Jusqu'à la fin des temps
Un pur bonheur
Victoire
Coup de foudre
Ambition
Une vie parfaite
Bravoure
Le Fils prodigue
Un parfait inconnu
Musique
Cadeaux inestimables
Agent secret
L'Enfant aux yeux bleus
Collection privée
Magique
La Médaille
Prisonnière
Mise en scène
Plus que parfait
La Duchesse
Jeux dangereux
Quoi qu'il arrive
Coup de grâce
Père et fils
Vie secrète
Héros d'un jour
Un mal pour un bien
Conte de fées
Beauchamp Hall
Rebelle
Sans retour
Jeu d'enfant
Scrupules
Espionne
Royale
Les Voisins
Ashley, où es-tu ?
Jamais trop tard

Vous avez aimé ce livre ?
Si vous souhaitez avoir des nouvelles de Danielle Steel,
devenez membre du
CLUB DES AMIS DE DANIELLE STEEL.

Pour cela, rendez-vous en ligne, à l'adresse :
https://bit.ly/newsletterdedaniellesteel
Ou retrouvez Danielle Steel sur son site internet :
www.danielle-steel.fr

La liste des romans de Danielle Steel publiés aux Presses de la Cité se trouve au début de cet ouvrage. Si vous ne les avez pas déjà tous lus, commandez-les vite chez votre libraire !

Au cas où celui-ci n'aurait pas le livre que vous désirez, vous pouvez (si vous résidez en France métropolitaine) nous le commander à l'adresse suivante :

Éditions Presses de la Cité
92, avenue de France
75013 Paris

Imprimé en France par CPI
en août 2023

Composition et mise en pages
Nord Compo à Villeneuve-d'Ascq

#lisez! engagé
www.lisez.com
Pour plus d'information :
Imprimé sur du papier issu de forêts gérées durablement.

N° d'édition : C20349/01
N° d'impression : 3053753